Birgit Birnbacher

ICH AN MEINER SEITE

Roman

Paul Zsolnay Verlag

Die Arbeit an diesem Roman wurde vom Land Salzburg durch ein *Jahresstipendium* und durch *Projektstipendien des Bundeskanzleramts für Kunst und Kultur* gefördert. Die Autorin bedankt sich bei allen, die zur Fertigstellung dieses Romans, formell und informell, beigetragen haben, für die Unterstützung.

Gefördert von Stadt und Land Salzburg

1. Auflage 2020
ISBN 978-3-552-05988-7

Satz: Nadine Clemens, München
Autorenfoto: © Bogenberger Autorenfotos
Umschlag: Anzinger und Rasp, München
Motiv: © Michelangelo Pistoletto, »The Ears of Jasper Johns«, Minus Objects 1965-66 collection Cittadellarte Fondazione Pistoletto, Biella, Italy
Druck und Bindung: CPI books GmbH, Leck
Printed in Germany

FSC www.fsc.org
MIX
Papier aus verantwortungsvollen Quellen
FSC® C083411

FÜR
GÜNTHER

Da ist es wieder, dieses Licht. Im Zug von St. Pölten nach Wien ist es frühmorgens durch die Scheiben gefallen, auf alle anderen, auf Arthur. Bald kommt der Herbst, aber Arthur fürchtet sich nicht. Er schließt noch einmal die Augen und steigt aus. Den letzten Rest des Weges zur Uni macht er zu Fuß, mit nicht ganz so schnellen Schritten wie hier üblich, aber das fällt nicht auf. Er ist ein freier Mensch unter vielen.

So ist es Arthur schon oft ergangen: Er steuert auf etwas zu und weiß nicht, wer oder was ihm gleich beistehen wird, aber etwas wird es schon sein. Er will nicht, kann nicht, traut sich nicht (schon wieder nicht) allein in diese Aula hinein, obwohl er zuvor schon zweimal hier gewesen ist. Wieder wird er nicht wissen, wo er sich hinstellen soll, um zu warten, bis die Lehrveranstaltung beginnt. Damit ihn niemand in ein Gespräch verwickelt und ihn zum Lügen drängt. Nur nicht diesen Tag beginnen und lügen. Das neue Kapitel hat keine Lüge im ersten Absatz. Auch nicht im zweiten, aber Arthur hat gelernt, nicht dauernd zu viel zu wollen. Eins nach dem andern. Jedenfalls ist da gleich wieder die Angst, als Unrechtmäßiger erkannt zu werden. Du hast hier nichts verloren, einen Haftentlassenen brauchen wir hier nicht. Das gilt übrigens für nahezu alle Bereiche des öffentlichen Lebens, und privat sowieso. Aber wieder einmal taucht Rettung auf. Oder wie nennt das der durch und durch ungläubige Mensch? Fügung? Der meterhohe, grell beleuchtete Kaffeeautomat gleicht einem Raumschiff, steht riesig und breit in der Mitte der Aula. Im Hausmeisterteam nennen sie das Testphase. Arthur nennt das Glück.

Der Automat blinkt. Er spricht zu ihm. Trink! Try me! So einfach ist das, denkt Arthur, und schon weiß der Mensch, wohin. Er geht sicheren Schrittes durch die Aula und stellt sich vor das sprechende Raumschiff. Lässt sich ein wenig anblinken und ansprechen. Es ist ein warmes Gefühl, richtig zu sein.

Die Auswahl der vielen verschiedenen Sorten überfordert Arthur genauso wie die Frage nach dem Becher. Bloß nicht beim ersten Mal den Fehler machen und *Ich habe meine Tasse dabei* drücken. Sonst gibt es nicht viel falsch zu machen. Welchen Kaffee trinkt ein Student? Die Mensenplörre unten im Keller heißt *Häferlkaffee*. Arthur wüsste, dass er keinen *Häferlkaffee* wollen würde, aber es gibt auch keinen.

Eins zwanzig ist nicht gerade schmal, aber es ist der erste Tag, und der Mensch kann sich ab und zu etwas gönnen. Mittelstark. Mittelzucker. Gebt mir etwas Durchschnittliches! Jetzt wartet jemand hinter ihm, das muss wirklich ein wenig schneller gehen. Wie viel Milch? Als gäbe es tief drinnen in diesem Raumschiff auch noch ein Milchlager. Diese Maschine denkt, dass ich glaube, es gibt eines. Keine Milch. Nur mittel und schwarz. Bestätigen. Arthur zuckt zusammen, als der Becher in die Halterung schnalzt.

Die hinter ihm atmet jetzt hörbar aus, aber das kann alles Mögliche heißen. Nicht die ganze Welt dreht sich um ihn. Da kommt auch schon das Restgeld. Arthur steckt die dreißig Cent ein und nimmt den Becher oben am Rand. Langsam umdrehen, jetzt nichts verschütten. Da blinkt alles orange, meine Güte! Die ganze Aula dreht sich nach ihm um. Feedback muss er noch geben. Hat er sich mit der Bedienung ausgekannt? Na ja, alles könnte immer ein wenig einfacher ablaufen, aber er will nicht kleinlich sein. Ja, bestens, alles zu meiner Zufriedenheit. Enter, okay, tschüss dann. Halt! Nehmen Sie sich noch Zeit für eine letzte Frage? Nein, bitte nicht, hinter mir … Wie können wir uns verbessern? Bitte schreiben Sie mit der Fingerspitze auf das Display. Oh, das möchte er nicht, er möchte bitte nichts auf dieses Display schreiben, weiter. Weiter und Schluss. Aber diese Option gibt es nicht. Bevor er nichts schreibt, kriegt die Studentin hinter ihm keinen Kaffee. Damit das *Enter*-Feld endlich erscheint, muss er. *Echte Milch*, schreibt er schließlich, dann darf er gehen.

1

Favoriten, Juni 2010

Fast anderthalb Jahre zuvor steht Arthur unten vor dem Haus im zehnten Bezirk, und das Blut an seiner Schläfe trocknet langsam ein. Draußen ist es jetzt schon wärmer geworden, fast wie Sommer. Der Pullover und die leichte Jacke, die er trug, als er ins Gefängnis kam, sind jetzt unangemessen warm. Er schwitzt. Die Adresse stimmt, aber er ist mehr als zehn Minuten zu spät. Es nützt ja nichts. Die Tür geht auf, er nimmt die Stufen doppelt. Die Schläfe pocht, das ist mehr als ein Kratzer. Hätte er sich sparen können, jetzt muss er hier so zugerichtet antreten. Zweiter Stock, er vergewissert sich der richtigen Tür, ein kurzes Klopfen. Eine Frauenstimme, die sagt: »Herein, bitte.«

Dass der Mensch automatisch kläglich klingt, wenn er sich entschuldigt. Neben der Frau sitzt ein Mann, der älter aussieht, als er wahrscheinlich ist. Das ist der Therapeut. Der Therapeut ist mit seinem Handy beschäftigt und schaut nur kurz auf. »Alles okay?«, fragt die Frau mit Blick auf Arthurs Stirn. Er nickt.

Die Brille des Therapeuten heißt da, wo Arthur aufgewachsen ist, Bundesheerbrille, weil sie früher einmal das Gratismodell für Wehrdienstleistende war. Wer sich nach dem Wehrdienst nichts anderes leisten konnte, trug sie einfach weiter, bis die Brille schließlich nach Jahren gegen das Leseschwächekassenmodell ausgetauscht wurde. Der Therapeut wedelt mit seiner großen Hand den Rauch seiner Zigarette über dem

Schreibtisch fort und schaut Arthur durch die Bundesheerbrille an.

Es liegt nicht nur an diesem Handy, ein Nokia aus den neunziger Jahren, dass der Therapeut etwas an sich hat, wovon Arthur denkt, »ehemalig«. Es ist auch dieser abgetragene, blaue Arbeitsmantel. Und die offensichtliche Provokation, mit der er diese wirklich sehr lauten Klingeltöne nicht abstellt. Will er nicht, oder kann er nicht?

Arthur schaut die Frau an. Gut möglich, dass sie bereit ist, einiges für diese womöglich sehr begehrte Postdoc-Stelle am soziologischen Institut zu ertragen. Genau in dem Moment, als sie wirklich nicht länger so tun kann, als wäre nichts, findet der Therapeut einen Klingelton, der ihm zusagt, und legt diesen mit ausholendem Zeigefinger fest. »Blossom«, liest er erfreut.

»Wenn Sie so etwas hören, Betty, woran denken Sie dann?«, fragt der Therapeut mit verträumtem Gesicht. »Mein Name ist Bettina Bergner«, sagt sie zu Arthur gewandt. Und zum Therapeuten: »Ich denke an die Daten in unserer Aufnahmemaske. Und wann Sie endlich lernen werden, wie man eine Klientendokumentation eröffnet.«

Arthur versucht ein Lächeln, ihm ist ein bisschen schlecht. Das Blut. Die Entlassung. Oder der Tonfall, in dem die beiden miteinander sprechen, der ihm so fremd ist. Das Belanglose im Singsang dieser Menschen. Was sich in diesem Kollegengeplänkel offenbart. Dass eine Auseinandersetzung mehr oder weniger aus Spaß beginnt. Dass im Spaß etwas endet.

Heute Vormittag hat Arthur Galleij als freier Mensch das Gefängnis der JVA Gerlitz verlassen. Er hat in der Schleuse seine Sachen genau so zurückbekommen, wie er sie damals abgegeben hatte. Dann ist er einfach davongegangen. Einen Schritt nach dem anderen hat er in seinen braunen Adidas-Sneakers gemacht, einen nächsten und übernächsten, ganz normal, in Jeans, und doch hat er sich gewundert, dass seine Kleidung nicht zerfällt in der Luft, dass nichts von ihm wegbricht oder sich auflöst. So ein junger Mensch zerfällt nicht wie ein Mensch, der zwanzig Jahre da drin war und sich dann als »S« durch die Freiheit schiebt, mit einem Körper, bei dem sich vorne der Bauch vom Sitzen wölbt und hinten der Buckel vom Warten. Von außen betrachtet ist es ein gerader Mensch, der das Gebäude verlassen hat.

Arthur kennt niemanden, der eine Blutspur so konsequent übersehen kann wie der Therapeut, dessen Name Arthur lange bekannt war, bevor er ihn zum ersten Mal sah. Mit bürgerlichem Namen heißt er Konstantin Vogl, aber alle nennen ihn Börd. Der Therapeut schaut ihm so lange schweigend und rauchend in die Augen, bis Arthur in den Glasaschenbecher schaut, in dem Börd die Zigarette gründlich ausdrückt, ohne hinzusehen.

Er mustert Arthur durch die Brille, legt aber das Handy nicht aus der Hand. Ihm ist nicht anzusehen, was er denkt. Oder dass er nicht einmal eine halbe Stunde zuvor beim Blättern in Arthurs Akte die flache Hand gegen die Stirn geklatscht und gemurmelt hat: »Dass es so etwas gibt.« Ein seltener Moment, in dem Vogl sich in die Karten schauen lässt. Sein Gegenüber, hat er immer gefunden, muss nicht bei allem mitlesen können, was er sich so denkt. Darum hat er begonnen, sich nichts anmerken zu lassen. Sein direkter Nachbar zum Beispiel hat das Verschwinden seiner Frau Elsa lange nicht bemerkt. Vogl hat immer schon lieber noch einen getrunken, bevor man ihm etwas ansehen konnte. Damit man ihm nichts anmerkt, trinkt er auch heute lieber noch einen. Nie extrem, nie mit Totalabsturz. Nur einen für die Stimmung und einen gegen den Schmerz. »Die Elsa ist immer unterwegs«, solche Sätze hat er über den Zaun gesagt, so hat er sich angewöhnt zu sprechen. »Hat Hummeln im Arsch, die Frau.« Einmal hat der Nachbar geantwortet: »Wie sie halt so sind«, und Vogl hat ein wenig dümmlich wiederholt: »Wie sie halt so sind.« Dann ist er hineingegangen ins Haus und den Satz nicht mehr losgeworden. Er klang und klang und klang, im Ohr und in der Küche, im Badezimmer und später im Bett, im geschlossenen Mund. *Wie sie halt so sind.*

Heute Vormittag ist Arthur also den Gehsteig entlanggegangen, einen Schritt nach dem anderen, und nichts ist auseinandergefallen, niemand hat ihn komisch angeschaut. Er ist nur ein Mensch, der hier geht, mit einer Sporttasche über der Schulter, und er macht ein paar Schritte, da sieht er sie schon. Erkennt sie auf den ersten Blick. Sie war damals in Andalusien schon alt, als sie bei Marianne und Georg eingecheckt hat, da war er fast noch ein Kind. Hat sie angestarrt und geglaubt, sie sei tot, als sie damals so dalag und rasten musste. Die erste ehemalige Schauspielerin, die Arthur kennengelernt hat. Eine alte Frau, jetzt Haut und Knochen, durch einen Mantel aus der falschen Jahreszeit geschützt. Ein schwarzes Gefieder über einem Gerüst von Mensch, der schwächliche Mensch, die davongelaufene Palliativpatientin, die nun an der Bushaltestelle vor der JVA Gerlitz sitzt wie eine, die nicht nur aus der Zeit, sondern gleich aus einer ganzen Spezies gefallen ist. Als sei sie lange hierher zurückgeflogen und fände nun ihre Gattung nicht mehr. Alle Schauspieler sind tot und Freunde, Weggefährten, fort. Nur Arthur hat sie noch. Aber was auch in ihrem Gesicht steht: Es ist alles gar nicht so schlimm. So schaut sie ihm entgegen, die blauen Augen ganz wach, der Buckel gelassen gekrümmt, die Schmerzpumpe schussbereit in der abgemagerten linken Hand, den spitzen Stein, aber das sieht Arthur nicht, gut versteckt in der rechten. Es ist kein Lächeln, aber etwas regt sich in der Luft um sie. Die ganze Haltestelle ist aufgeladen mit dem Übermut einer Frau, der die durchgängige Bitterkeit, die sie immer gern nach außen getragen hätte, nie so ganz gelingen wollte. Nicht einmal jetzt, wo sie ihre letzte Reise angetreten hat, um den *Jungen*, wie sie sagt, vor einem Blödsinn zu bewahren.

»Können Sie einen Eisbecher?« Der Therapeut schaut jetzt von seinem Handy auf wie ein sehr junger Mensch, der einen frischen Einfall hat.

»Wie bitte?«, fragt Arthur.

»Es scheint da solche Symbole zu geben, auf diesen Tasten. Das gibt es mit Smileys und all sowas, aber auch mit Gegenständen. Können Sie das auf dem Display? Es ist ganz neu, meine Klienten schicken mir erhobene Daumen und Gesichter und sowas ...« Der Therapeut müsste eigentlich wissen, dass Arthur nicht weiß, wie man ein Smartphone bedient. Genau zu der Zeit, als die Smartphones sich so richtig ausbreiteten, kam Arthur in den Knast. Das Wischen kriegt er gerade noch hin, den ganzen Rest kennt er noch nicht. Was Arthur aber trotzdem weiß: dass man für das, was der Therapeut will, ein Smartphone braucht, und Börd ein Tastengerät hat.

»Mit Ihrem Gerät funktioniert so etwas nicht«, sagt Arthur höflich, aber Börd scheint nicht besonders erstaunt zu sein. »Einen Eisbecher können Sie da nicht hineintippen. Schreiben

Sie doch einfach, dass Sie auf ein Eis gehen möchten«, schlägt Arthur vor.

Jetzt schaut der Therapeut wieder auf. Betty grinst fast unmerklich. »Wie kommen Sie denn auf sowas? Sehe ich vielleicht aus, als würde ich auf ein Eis gehen wollen?«

»Ich weiß es nicht«, sagt Arthur wahrheitsgemäß und ist selbst überrascht, wie traurig das klingt.

Börd winkt ab. »Nein, nein. Das ist ein Klient, der Ärger mit seinem Channel hat. Youtube, so Gaming-Sachen. Kennen Sie sich mit sowas aus?«

Arthur schüttelt den Kopf, was bei seiner Verfahrensgeschichte nicht glaubwürdig ist.

»Der Kerl jedenfalls, mein Klient, verträgt absolut null Kritik. Schreibt jetzt in den Nachrichten an mich von Online-Mobbing, Sperrungen und all sowas. Rechtlichen Schritten! Da wollte ich ihm schreiben, er soll mal den Ball flachhalten.«

»Und das hätten Sie mit einem Eisbecher getan.«

»Genau«, sagt er selbstzufrieden und nickt diesem Gedanken noch eine Weile hinterher.

»Fällt das nicht unter Datenschutz?«, fragt Bettina Bergner.

»Ich wüsste nicht, dass ein Eis jemals unter Datenschutz gefallen wäre. Aber Sie können gerne Ihre Tagesfreizeit damit verbringen, ein Kügelchen Zitronensorbet beim Finanzamt registrieren zu lassen.«

Bettina Bergner verdreht die Augen, holt zum Gegenangriff Luft, lässt es aber dann doch. »Ich spreche von unserer Schweigepflicht. Dass Sie dem einen Klienten nicht vom anderen erzählen dürfen.«

Er weitet die Augen und schaut Arthur dabei an. »Müsste ich andauernd schweigen, Betty, könnte ich meinen Kumpels im Schwedenespresso auch nicht von Ihnen erzählen.«

»Was erzählen Sie denn?«

»Ich erzähle, dass Sie eine seltene Lichtgestalt sind, die an Zitronensorbet schleckt.«

»Die niemals mit Ihnen und Ihren Kumpels in diesem ranzigen Beisl sitzen würde.«

»Wirklich? Niemals?«

»Nie-mals.«

»Nicht einmal auf einen Spritzer?«

»Ich hasse Spritzer, und ich trinke nicht.«

»Gar nicht?«

»Nicht mit Ihnen.«

»Ich würde das als *vielleicht* ins Protokoll nehmen.«

»Ich würde ins Protokoll nehmen, dass Sie niemals irgendetwas ins Protokoll nehmen, und deswegen gar nicht wüssten, wo Sie das mit dem Spritzer verzeichnen könnten.«

»Ich könnte Sie fragen, Betty«, seufzt Börd, »und außerdem schreibe ich es mir ins Herz.«

Dann tippt er so langsam und konzentriert eine Tastenkombination in sein Handy, dass Arthur erst merkt, dass ihm der Mund offen steht, als dieser bereits ganz trocken ist.

Die meisten Dinge, von denen Börd Ahnung hat, gelten heute nicht mehr. Dennoch, die Thesen, die er damals zur *Besserung der Person* formulierte, alles bis hin zu seinem bekanntesten Aufsatz *Die weitere Möglichkeit*, würde man heute zwar nicht mehr als Durchbruch bezeichnen, aber immerhin gelten sie noch als akzeptable Leistung.

Trotzdem wäre Betty leicht umhingekommen, den ausrangierten Sozialarbeiter, der nach etlichen Turbulenzen als arbeitslos gemeldet war, zu fragen, ob er an einer Projektmitarbeit interessiert sei. Doch als seine ehemalige Studentin, die nun zu genau jenem Bereich forschen sollte, fühlte sie sich ihm verpflichtet.

Sein Ansatz war damals vollkommen neu. Was er machte, war anders als alles, was bisher gemacht worden war. Um Theorie scherte er sich immer nur exakt so viel, wie es eben unbedingt notwendig war. Den ganzen Rest bestritt er mit Versuch und Irrtum, mit Intuition und Inbrunst, mit dem Willen, wirklich etwas zu bewegen. Was Doktor Konstantin Vogl an seinem Fach, den Gesellschaftswissenschaften, immer schon besonders mochte: dass sie eine Wissenschaft der alltäglichen Dinge war. Dass sie den Menschen und die Gesellschaft beschrieb, wie sie eben waren. Auf Börd, der es mit wissenschaftlichen Standards und sozialarbeiterischen Verhaltensregeln nie allzu genau genommen hat, hatte diese Tatsache stets eine entspannende Wirkung gehabt: Beschreiben, was er sah, das konnte er, denn er sah gut, und viele seiner Ergebnisse waren von Alltagswissen nicht zu unterscheiden. Hausverstand. Börd mochte an seiner Arbeit immer am meisten, dass er jedem seiner Thekennachbarn im Schwedenespresso erzählen konnte, woran er gerade forschte, und jeder es verstand. Ab und zu hatten diese Kerle auch gute Ideen, die Börd hin und wieder sogar in die Ergebnisfindung mit einbaute. Gut, vielleicht hatte er das eine oder andere Mal behauptet, etwas nachgewiesen zu haben, was streng genommen eher nur eine Vermutung war. Als sie ihn aber schließlich wegen solch angesammelter Ungereimtheiten an der Universität rausschmissen, just zur selben Zeit, als es auch mit dem Verein, wo er als Bewährungshelfer arbeitete, nicht mehr ging, tat es ihm doch leid, es mit der Interpretation der Ergebnisse übertrieben zu haben.

Auch die Entgleisungen mit seinen Klienten sprachen sich

schnell herum. Immer wieder wurde ihm sein aufbrausendes Gemüt zum Verhängnis und verhinderte Beförderungen oder Anstellungen, die endlich auch einmal finanziell interessant gewesen wären. Zu einem richtig guten Job brachte er es nie, was manchmal nur daran lag, dass er keine Briefe aufmachte, niemals.

Als dann die ganze Fluchthelfergeschichte aufkam, war er längst arbeitslos. Fast hätten sie ihn auch noch strafrechtlich verfolgt, aber dann hat doch niemand von den Ex-Kollegen ausgesagt. Ob er juristisch betrachtet seinem damaligen Klienten wirklich zur Flucht verholfen hat, weiß Börd selbst nicht, dazu fehlt ihm die Fachkenntnis über die genaue Gesetzeslage. Aber diese Kategorien waren ihm immer schon zu eng. Er weiß nur, wie jeder in der Bewährungshilfe, dass es die gute Tat in der schlechten gibt, genauso wie es die schlechte Tat in der guten gibt. Und dieser Klient, den sie übrigens nie erwischt haben, war einer von denen, die eine schlechte Tat begangen haben, die aber eigentlich auch eine gute war, fand Konstantin Vogl. Dann ergab eins das andere, und der Therapeut hat selbst nicht gewusst, dass er bereit ist, in bestimmten Momenten einfach nicht hinzuschauen. Und notiert hat er sowieso nie was. Das Dokumentieren war ihm immer schon zu verschwitzt, die ganzen malzkaffeetrinkenden Neomagister mit den Zopfpullovern, das war nicht mehr das Kollegium, das es früher einmal in der Bewährungshilfe gegeben hat. Es war sowieso nicht mehr Seins. Aber dass es dann doch kein Strafverfahren gegen ihn gab, war ihm auch recht.

Bettina Bergner trägt zwar keine Zopfpullover, dafür betet sie aber mehr oder weniger ohne Unterlass Durchführungsstandards herunter, sodass Börd manchmal froh ist über seinen wirklich schlimmen Tinnitus. »Betty erklärt uns den Ablauf«, grinst Börd Arthur zu. Und Bettina Bergner erhebt sich und murmelt: »Wenn ihn schon sonst niemand kennt …«

»Ich erkläre Ihnen zuerst, woraus wir unser Material beziehen«, sagt Betty zu Arthur. »Das sind in erster Linie die Tonaufnahmen, die wir regelmäßig von Ihnen bekommen. Wir nennen das *Schwarzsprechen*. Doktor Vogl gibt Ihnen Themen vor, und Sie erzählen gewissermaßen ins Leere, was Ihnen dazu einfällt.«

»Deswegen schwarz«, sagt Arthur.

»Er ist klug«, sagt Börd spöttisch.

»Danach kommt das alles zu uns, und wir tippen es ab. Aus den Inhalten«, sie räuspert sich, »… entwickelt Doktor Vogl die weiteren Therapieschritte.« Börd nickt zufrieden. »Das Ziel ist ja«, sagt Betty, »dass Sie über das kommende Jahr hinweg straffrei bleiben, und idealerweise darüber hinaus.«

»Bis Oktober haben wir zehn Sitzungen«, sagt Börd. »Sie und ich, nur wir beide. Wir nennen dieses ganze Theater das *Starring-Prinzip*. Therapie dürfen wir ja nicht sagen. Nennen Sie das niemals Therapie! *Starring*, von Hauptfigur, weil wir am Ende dieser zehn Sitzungen festgestellt haben werden, wie Ihre ureigene Optimalversion ausschaut. Sie sollen sich über diese Figur dermaßen klar werden, dass Sie sie in brenzligen Situationen ›spielen‹ können, in sie hineinschlüpfen. Sich über etwas hinwegretten, indem Sie so tun, als wären Sie diese Version von sich, die bessere, die weichgezeichnete, die klügere. Und deshalb nicht straffällig werden. Unsere Aufgabe ist es, aus Ihrem blassen, und das meine ich nicht persönlich, aus Ihrem unscheinbaren Gesicht mit der hässlichen Wunde das einer Hauptfigur zu machen. Diese Hauptfigur, die ich mit Ihnen entwickle, ist trotzdem mehr als ein Wunschkonzert. Wenn

Sie so wollen, handelt es sich um den Spiegelsaal Ihres ureigenen Selbst. Also träumen Sie erst mal einen Entwurf von sich. Nicht, wer wir sein wollen, ist entscheidend, sondern wen wir darstellen können. Verstehen Sie den Unterschied? Sehen Sie, was plötzlich möglich wird? Wenn niemand mehr den Unterschied merkt, brauchen Sie ihn auch nicht mehr zu leben. Niemanden interessiert, wer Sie sind. Entscheidend ist, wer Sie vorgeben können zu sein. Das ist vielleicht etwas deprimierend, aber nur auf den ersten Blick. Das Gute daran ist: Einer Hauptfigur kann man viel besser nacheifern als einem starren inneren Ideal, das man niemals erreichen wird.«

»Und dann?«

»Und dann? ... Dann sind Sie ein besserer Mensch, und das ist es doch, was wir alle sein wollen. Oder nicht?«

(00:00) *Eins, zwei, check. Funktioniert das überhaupt? Arthur Galleij für Doktor Vogl, Aufnahme eins oder so, check. Danke, dass Sie meine Wunde nicht angesprochen haben. Ich kann Ihnen das erklären, irgendwann, aber nicht jetzt. Gut. Weiter im Text. Das Aufwachsen also, haben Sie gesagt. Darüber soll ich sprechen. Dann sagen wir, 1988. Oder beginnen wir mit: Mein Name ist Arthur Galleij, aber eigentlich hätte ich anders heißen sollen. Ich bin geboren am 29. Mai 1988. Der Lieblingsname meiner Mutter war Mario, aber mein Vater hat sich durchgesetzt. Viel weiß ich eigentlich nicht aus dieser Zeit. So einzelne Geschichten, mit denen man sich später eine Herkunft erzählt. Das mit dem Namen ist irgendwie hängengeblieben. Im Knast habe ich dann öfter wieder daran gedacht. Vielleicht eine Erinnerung an eine zweite Möglichkeit. Reset, und alles beginnt von vorn. Neuer Name, alles von vorn. Aber das ist nur so ein bescheuerter Traum.*

2

Hallein, Mai 1988

Er heißt Arthur, aber nicht einmal das stimmt ganz. Jedenfalls: Jetzt wird er geboren. Das rosa Leben in den Händen von Marianne und Ramon, blutverschmiert, blaugeprellt, ein beim Brüllen zitterndes Gaumenzäpfchen. Marianne riecht an ihrem Sohn und denkt: Wenn so das Menscheninnerste riecht, dann kann nicht alles verloren sein. Was nicht so oft vorkommt: Wie einig sich Marianne und Ramon sind, zum Beispiel wenn sie sagen: »Das Schönste, was es gibt.« Dass selbst Ramon ganz still ist, selbstvergessen, wie er da in diesem Stuhl hängt und kurz nicht mit sich selbst beschäftigt ist, sondern das Bündel Säugling in seinen Armen anschaut, seinen zweitgeborenen Sohn.

Später einmal wird Marianne sagen: Die Kinder werden so schnell erwachsen – irgendwann verschwinden sie in ihrem Zimmer und kommen zwei Kopf größer wieder heraus. Schon mit Arthurs Geburt hat sie die ersten Jahre mit seinem Bruder Klaus wieder vergessen. Das Wort *Schreikind* gab es damals noch nicht, und Marianne hatte keinen Vergleich. Klaus schrie einfach, er schrie die ganze Zeit, niemals schien er richtig satt zu werden, Schlaf brauchte er kaum. Manchmal schrie und döste er zugleich, und Marianne gewöhnte sich an, zu schlafen, wenn er das tat.

Ein zweites Kind war keine Entscheidung für Marianne, es ist passiert.

Und dann kommt Arthur und braucht so wenig. Schaut herum, schaut das Mobile mit den blauen Heißluftballons an, schaut ihnen nach, bewegt die Augen hin und her, verzieht den Mund zu einem Lächeln. Marianne fasst es nicht. Das ist ein ganz anderes Kind, sie merkt sofort: Dieser Mensch genügt sich selbst.

An diesem 29. Mai 1988, als Arthur noch nicht einmal einen Namen hat, sagt sie: »Genau so habe ich ihn mir vorgestellt«, und produziert ein Glücksgefühl. Es ist wahr, Glück ist für Marianne eine Produktionsleistung, etwas, über das sie von Natur aus, so sagt sie, nicht verfügt. Aber Marianne ist fleißig und lernt schnell. Was das Glück anbelangt, haben sich die Zeiten zu Mariannes Ungunsten geändert. Als Marianne Kind war, erzog man seinen Nachwuchs nicht unter der Prämisse, dieser solle glücklich sein. Von ihr hatte niemand gewollt, was sie später von ihren Söhnen verlangte: Sei glücklich! Klaus musste ganze sechs Jahre alt werden, um zum ersten Mal glücklich zu sein, wegen einer Schultüte voller Smarties. Und Arthur? Kam einfach glücklich zur Welt. Ein Kind seiner Zeit. Wusste, bevor er denken konnte, was man von ihm erwartet.

Genau so hat sie sich das alles vorgestellt. Nur ohne die Streitereien um den Namen. *Mario,* sagt sie mit einer hingehauchten Zärtlichkeit, sie versucht ein Lachen, das ihr nicht mehr so ganz gelingen mag. Marianne erwartet wirklich nicht mehr viel von Ramon, aber dass er ihren Wunsch respektiert, das schon. Immerhin hat sie das Kind zur Welt gebracht. Alles andere regt sie nicht auf, alles andere schiebt sie erst einmal beiseite. Heute wird er ihr mit so etwas nicht kommen. Morgen auch nicht. Sie wird ihm das nicht abnehmen, nichts wird sie aussprechen für ihn. Dabei weiß sie es doch längst: Das steuert auf was zu. Nur Ramon glaubt noch, sie weiß nichts. Wirklich nur er.

An diesem Tag denkt Marianne nicht daran, was werden wird, sie denkt nur: *Mario*. Was für ein zärtlicher Schwung in diesem Namen liegt, eine Liebe, ohne Liebe in der Stimme kann sie diesen Namen gar nicht aussprechen. Und Feuer! Alles scheint er zu erfüllen, während ein *Arthur* ihr gar nichts sagt. Oder schlimmer: Wenn er ihr etwas sagte, dann *Gladiator*, und das möchte sie nun wirklich nicht.

»Mario!«, ruft Ramon mit gespieltem Schock und tut so, als würde Marianne tatsächlich etwas zu sagen haben. »Mario, Maria, ein Mann mit dem Namen seiner Mutter, ein armer Hund!« Er, der Offizier Ramon Galleij, wolle einen S-O-H-N. Er buchstabiert. »Eine Aussage! Hier kommt ... *Tätääm!!!!* Ein Mann muss heißen wie ein Mann. Ein Name muss was sagen, gestern wie heute. Heute heißen sie alle Anton und Franz und ...«

»Klaus ...«

Jetzt schweigt er. Klaus sitzt da und schaut selig von einem zum andern. Marianne streicht ihm, dem einzig Vernünftigen, über den Kopf. Als Baby war er so anspruchsvoll, und jetzt gibt er alles zurück.

Dass Ramon Galleij am Wochenbett seiner Frau steht, dieses duftende Bündel Kind hält und zugleich an den Schoß seiner Affäre denkt. Marianne würde das nicht überraschen. Wenn Ramon gehen will, soll er es sagen. Wer ist sie, dass sie ihm das abnimmt? Sie ist müde und muss schlafen, wenn das Kind schläft. Jetzt schläft es, und er referiert über Namen und Männlichkeit, bis ihr beharrliches Schweigen ihn endlich zum Verstummen bringt.

Typisch sie, denkt Ramon, steht breitbeinig da, schaut aus dem großen Doppelfenster hinaus in den frühmorgendlichen

Park. Er hat ganz vergessen, wie leicht Babys sind und wie klein. Er muss aufpassen, dass er nicht zu fest drückt. Kalt lässt ihn das alles nicht. Er denkt: Um eine Entscheidung geht es ja längst nicht mehr. Familie, ja oder nein. Dieser Zug ist längst abgefahren. Und wann ist schon jemals der richtige Zeitpunkt? Einen richtigen Zeitpunkt gibt es nicht, zwei Kinder hin oder her.

Wie schön dieser Junge ist. Marianne schläft jetzt, mit geöffnetem Mund schnarcht sie im Sitzen. Klaus ist ganz still, wendet den Blick nicht ab vom Gesicht des kleinen Bruders. Lächelt selig. Ist doch alles gut, denkt Ramon. Und dass sie eine starke Mutter haben. Selbst jetzt, während sie daliegt, verwundet und den Schrecken der Geburt noch im Gesicht, aber trotzdem mit aufgekrempelten Ärmeln, sodass man ihre kräftigen Arme sieht.

Die Besuchszeit geht bis Mittag, dann wird er Klaus bei Mariannes Mutter absetzen und zu Jean fahren. Sie ist ohnehin so eifersüchtig wegen dieser ganzen Sache mit der Geburt. Aber er wird sie schon milde stimmen, Jean wird es so machen, wie er sagt, sie macht es immer so, wie er es sagt, und wenn er sie anschreit, macht sie es nur noch hektischer. Das ließe Marianne sich nicht bieten, niemals. Aber Marianne so zu sehen, so blass und mit einem Gesicht von zwei Tagen ohne Schlaf, irritiert ihn. Er möchte sie eigentlich nicht länger anschauen.

Es ist halb zwölf. Jetzt schreit der Kleine wieder, und die Geburtsurkunde ist immer noch nicht ausgestellt, die Zeile mit dem Namen immer noch leer.

»Ein richtiger Racker!«, sagt Ramon und gibt ihn Marianne. Was in aller Welt heult sie jetzt wieder? Sie hat doch schon zweimal ein Schmerzmittel bekommen.

»Die Müdigkeit«, sagt Marianne und wiegt den Buben.

»Gib her!«, sagt Ramon in einem Ton, als hielte sie ihn stets von allem ab, was ihm zusteht, und nimmt das Klemmbrett mit dem Geburtsblatt vom Nachttisch. Dass Marianne Ramon tatsächlich einfach schreiben lässt, kann sie sich später gar nicht mehr vorstellen. Schon nach wenigen Wochen weiß sie nicht mehr, wie es gewesen ist, so müde zu sein. Aber sie ist müder als der Tod, und die Nähte bluten. Ramon schreibt: *Arthur Galleij* und macht einen Punkt danach. Wegen dieses Punktes werden sie später noch eine Änderungserklärung unterschreiben müssen, eine Schererei mehr, die ihnen seine Bestimmtheit eingebrockt hat. Auch dabei schluckt Marianne ihren Wunsch hinunter, denn da heißt der Bub ja schon seit drei Wochen Arthur, und wer ist sie, dass sie ihrem Kind seinen Namen nimmt. Für manches ist es einfach zu spät, denkt sie und unterschreibt mit zusammengepressten Lippen, dass der Punkt wegkommen soll. Aber eines bleibt: Noch lange, wenn Marianne *Arthur* sagt, denkt sie *Mario*. Und wenn sie *Mario* denkt, sagt sie *Arthur*. Irgendwann verschmelzen der wirkliche und der geheime, niemals vergessene Name in ihrem Kopf zu einem gemeinsamen. Ein Name, der beide Namen bedeutet, hart klingt und weich, zärtlich und kalt. Und solange sie den Namen ihres Sohnes noch ausspricht, hört Marianne immer diesen doppelten Klang, und als sie später verweigert, seinen Namen zu sagen, hat sie vergessen, dass es einmal eine zweite Möglichkeit gegeben hat.

Ramon denkt: Ein Mann lässt vieles mit sich machen, aber irgendwann ist der Ofen aus. Dann ist zusammengeräumt, dann hält der stärkste Kerl das nicht mehr aus. Zum Beispiel diesen schweigenden Rücken in der Küche. Sie hat null Humor, absolut N-U-L-L. Worüber lacht diese Frau? Nichts nimmt sie leicht. Die Verweigerung in Person. Es ginge noch länger so weiter, aber viel denkt er sich gar nicht mehr dazu. Das muss er auch nicht, Verweigerung reicht ja selbst der Kirche schon als Grund. Das eine Mal: ein beidseitig besoffener Zwischenfall nach der Abschiedsfeier mit dem Team von *Camping Grubinger*. Überhaupt, dieser unsägliche Campingplatz! Fünf erfolglose Jahre sind das gewesen, Schufterei ohne Ertrag. Und er: ein Platzwart? Er war immerhin bei der Armee! Sieht er vielleicht aus wie ein Hausmeister? Und sie: eine lausige Köchin. Nebenbei frigide. Deshalb ist es später auch mit der Pizzeria nichts geworden. So lange er nachdenkt, er kann sich an kein einziges Mal erinnern, seit sie die Pizzeria hatten. Nach der Arbeit ins Bett fallen, daneben den Buben. Arbeit und Mehl und Hitze und Fritteusenfett. Wieder umsonst. Schließlich das zweite Mal: Sie schläft, er ist besoffen und nimmt sich, was ihm zusteht. Er ist schließlich ein Mann, der keine Einverständniserklärung braucht. Sie ist aufgewacht, und seither wirft sie ihm das vor. Dem eigenen Mann! Und jetzt hat er den Salat und sie eine Rechtfertigung, weshalb sie sowieso nicht mehr will. SO-WIE-SO NICHT, so nicht und anders nicht, *Punktaus*, wie sie zu sagen pflegt. Er denkt, das hat sie von ihm, aber sicher ist er sich nicht, weil er das schon lange nicht mehr sagt, weil *sie* es sagt.

Marianne schafft das schon. Jede könnte das nicht. Jean könnte das nicht, aber das muss sie auch nicht. Jean muss auf der Tankstelle scannen und kassieren. Jean ist devot, sie macht alles. Alles. Er muss es nur sagen. Hat er ihr gar nicht angesehen. Gut, Jean kennt kaum einen Politiker mit Namen und schaut keine Nachrichten. Jean weiß nicht, was ein Plusquamperfekt ist, aber wer weiß das schon! Und wen interessieren Politiker! Eines Tages wird sie sich die Zähne richten lassen, und vielleicht legt Ramon was drauf.

Ramon bleibt dann noch ein Weilchen, aber auch das hätte er sich sparen können. Arthur wird sich nie an ihn erinnern, und Marianne wird ihm nichts Wesentliches über Ramon erzählen. Als Buben fragen Arthur und Klaus noch nach, dann zeigt Marianne das Logbuch vor. Armeetauchen, Freizeittauchen, Abenteuertauchen. Mexiko, Attersee, Mallorca. So stellt Arthur sich später den Vater vor: ein Strohhut im Wind eines Schnellboots, der Held im Mittelpunkt einer gefährlichen Rettungsaktion, Kinder, Hunde, alles und jeder wird sicher nach Hause gebracht. Dazwischen erholt er sich an einem Ort, der *La Caribic* heißt.

Arthur kann nicht wissen, dass er später einmal herausfinden wird, dass genau diese Koordinaten, Breitengrad 36°47' 12.41" N / Längengrad 6°25'55.68" W, ganz in der Nähe seines Wohnorts sind. Als Kind in Bischofshofen kann er nicht wissen, dass man an diesem Ort alles Mögliche machen kann, aber zwölf Meter tief tauchen ganz bestimmt nicht, und er kann nicht wissen, dass er genau das später in Andalusien einmal herausfinden wird. Die am häufigsten verzeichnete Stelle in Ramons Aufzeichnungen ist nichts als phantasierte Tiefe. Die ganze *Stelle* ist erfunden, das heißt: Die Stelle gibt es, aber man kann dort nicht tauchen, beim besten Willen ist sie nicht tief genug. Auch später noch braucht Arthur eine Weile, bis er begreift: Ramon hat diesen Ort phantasiert und diese Koordinaten eingetragen, weil er eben *nicht* dort war. Tag für Tag, Mal für Mal und Saison für Saison.

Zur Erinnerung an den Vater schenkt Marianne Arthur einen Taucher als Spielfigur. Und so kommt es, dass Ramons falscher Glanz für viele Jahre sogar noch in Ecken von Räumen strahlt, die er niemals betreten hat.

(00:00:15) *Jetzt werden Sie sagen: Klassiker, vaterloser Jugendlicher wird kriminell. Und gleich irgendwelche Kausalitäten einziehen, wo die gar nicht hingehören. Wofür die Väter alles herhalten sollen! Also ehrlich: Mein Vater ist gleich abgehauen, dem jetzt die Schuld in die Schuhe zu schieben für das, was bei mir später gelaufen ist, wär irgendwie ganz schön absurd. Zumal ich über ihn kaum was weiß. Nur dass es eine andere Frau gab, aber das war auch wohl eher eine Vermutung von Marianne. Einmal hat sie die andere gesehen. Oder hab ich sie gesehen, das weiß ich nicht mehr. Viel hat er nicht zurückgelassen, kaum Spuren. Außer dieses Buch, in dem seine Tauchgänge verzeichnet waren, aber das hat mich erst später interessiert. Und ein paar ausgetretene Schuhe, die er wohl vergessen oder mit Absicht zurückgelassen hat. Das waren ganz eigenartige Schuhe, so ein Hybrid aus Lederschuh und Turnschuh. Ich fand die immer komisch, voll hässlich auch, und ab und zu haben wir die hervorgeholt aus dem Keller, wenn wer was gesucht hat, Klaus oder ich, und sind dann reingestiegen. In diese glattgelatschte Ledersohle zu steigen, dieses letzte Rutschen am Schluss, bis die Zehen vorne anstehen, das war immer wie so eine Mutprobe. Weil es uns dann doch irgendwie gruselte, ihm so nah zu sein. Aber gesagt wurde das natürlich so nicht. Keine Ahnung, warum diese Latschen nie jemand weggeschmissen hat. Hat ja kein Mensch gebraucht.*

(...)

(00:01:26) *Vermisst haben wir den nicht, aber gefehlt hat er uns schon. Mir so in den Jahren, als das alles Thema wurde mit Wer-wirst-du-später-mal und Was-bist-du. All die Jahre eigentlich (lacht). Ich zum Beispiel wollte Taucher werden, wie er, oder Astronaut. Keine Ahnung, wie ich ausgerechnet darauf gekommen bin. Will wahrscheinlich jeder so in dem Alter. Ich wollte, glaub ich, immer entweder genau so werden wie er oder … die Figuren auf der*

Fensterbank im Kinderzimmer in Bischofshofen … Astronaut oder Taucher … wie er, also er ohne den Arschlochfaktor, eben das Gegenteil. Und Astronaut war irgendwie so dieses Gegenteil … keine Ahnung. Ich glaube, Marianne hat sich oft grundlos Sorgen um mich gemacht. Eine Zeitlang glaubte sie, ich sei irgendwie Autist oder so, weil ich nicht so viel geredet hab und Dinge in die Luft gehen ließ. Jungskram, aber halt so auf Nerd. Klaus hat immer um alles geschrien, war so der Macker von uns beiden. Und ich hab eben nichts gesagt und die Dinge mit mir selbst ausgemacht.

Ein bisschen still ist er, sagen die Leute über den Jungen an Mariannes Hand. Ist er stumm?

»Er denkt nur nach.« Marianne lächelt, mal tapfer und mal angesäuert, meistens beides zugleich. Manchmal sagt sie auch: »Er spricht nicht mit jedem, aber er spricht gut und viel. Zeigen Sie mir ein anderes Kind, das *Nach Ihnen* sagt. Er sagt es einfach so, wir müssen ihn nicht zwingen.«

Die Leute fragen hinter Mariannes Rücken: Kriegt er nicht, was er braucht?

»Er braucht wirklich nicht viel.«

Die Leute sagen oft: Arthur ist ein Kind, das man gar nicht spürt. Marianne lernt, das als Kompliment zu betrachten, und Arthur lernt es auch. Er braucht nicht viel, man spürt ihn nicht, und mit der Zeit trifft sich das ganz gut, denn Marianne hat meistens mehrere Jobs. Sie kocht alle drei Tage für die Buben. Sie müssen es sich einteilen, das Essen und alles andere auch. Arthur und Klaus können früh die Milch zurück in den Kühlschrank stellen. Wenn sie sauer wird, gibt es länger keine frische. Das alles macht aber nicht viel. Es ist oft irgendeine Annette oder Marie oder Veronika zur Beaufsichtigung da und schaut in ein *Skriptum*. Dieses Wort kennt Arthur, lange bevor er es versteht. Der Vierjährige glaubt, dass ein Skriptum auf dem Schoß und ein wippender Pferdeschwanz zusammengehören wie Schaufel und Sandkübel.

Arthur lächelt im Schlaf, wenn Marianne spätnachts aus der Schicht kommt und das Licht im Flur abdreht, sich vor sein Bett auf den Teppich kniet und ihm durchs Haar streicht, ihn leise und sanft küsst, noch einmal küsst, und noch einmal. Längst ist er wach, aber er möchte sie nicht stören.

»Kuss, liebes Kind, Kuss.«

Klaus hat alles abgestellt, so ist es brav. Fernseher, Küchenlampe, den Schlüssel zweimal umgedreht. Sie riecht nach Schweiß und an der Nachtluft kühl gewordenem Fett. »Auf euch ist Verlass«, flüstert sie, aber da ist Arthur schon eingeschlafen.

Arthur glaubt, er ist ungefähr sieben, als Marianne mit im Schoß gefalteten Händen und Stolz in der Stimme verkündet: »Er heißt Georg.« Georg lädt alle zu Burgern mit Pommes ein, und Arthur und Klaus sollen die Burger loben, aufessen und einander nicht boxen.

Marianne sucht in den Gesichtern der Söhne nicht nach Sympathien für Georg, aber sie sitzt da mit einem Herzen, das sich welche erhofft. Die Kinder sollen gnädig sein, und Arthur fängt damit an, indem er den ganzen Burger verschlingt und alle Pommes. Klaus rührt seinen nicht an, bis Arthur ihm einen Tritt versetzt, den über dem Tisch wirklich niemand bemerkt. Marianne lächelt Klaus an, als er endlich isst. Nur die braunen, harten Pommes lässt er liegen, und als Arthur sich auch die in den Mund steckt, um sie aufzuweichen und schließlich zu kauen und zu schlucken, lächelt Georg und sagt: »Zwei zufriedene Burschen.«

Von jetzt an gibt es eine Art Überschrift für alle kürzeren und längeren Vorträge, die Marianne ihren Söhnen über allgemeine und persönliche Zukunftsperspektiven und Jobchancen hält, und diese Überschrift lautet: *Georg sagt*. Georg sagt zum Beispiel, dass Marianne es einmal weit bringen wird. Von nun an ist alles, was Georg findet und sagt, wichtig und in seiner Richtigkeit absolut nicht zu kritisieren. Wenn Arthur Marianne eine Freude machen will, erwähnt er Georgs Namen und gibt zu erkennen, dass er sich an etwas, das Georg gesagt hat, erinnert und es gleich auch noch praktisch anwendet. Zum Beispiel sagt Arthur: »Hat Georg nicht gesagt, die Schuhspanner sind auch für Fußballschuhe gut? Das hab ich gleich mal ausprobiert.« Selten hat er Marianne so dankbar und friedfertig gesehen, wie nach so einem *Georg-sagt*-Zugeständnis.

Georg findet Klaus: sportlich, freundlich, aufgeschlossen. Georg findet auch, dass ihm das vielleicht einmal etwas ermöglicht.

»Was?«

»Eine Karriere als Sportler vielleicht.«

»Vielleicht«, sagt Marianne.

»Und Arthur?«

»Ja! Ja … Arthur auch.«

Seine Bedenken äußert Georg erst nach ein paar Monaten. Da kommt er abends einmal um das Sofa herum, mit einem Glas Wein, das er Marianne reicht.

»Ich weiß es ja wirklich nicht, aber … er ist so still, das ist doch nicht normal.«

»Er ist brav.«

»Er spricht nachts mit Spielfiguren auf dem Fensterbrett.«

»Er spielt …«

»Ich weiß nicht … Das sieht so sonderbar aus. Das ist kein Spiel.«

»Vielleicht träumt er«, sagt Marianne. »Jeder Mensch träumt doch.«

Georg nippt an ihrem Glas, schaut mit gerunzelter Stirn in den Teppichboden.

»Du träumst auch.«

(00:03:11) *Ich weiß nicht, ob Georg mich mochte. Jedenfalls hatte er ein komisches Gefühl bei mir. Ich glaube, dass Georg sich später dann endlich bestätigt gefühlt hat in diesem Gefühl, dass es mit mir noch einmal Probleme geben würde. Ich glaube, der hat Marianne die Hand auf die Schulter gelegt, so nach dem Motto: Du hast ja mich. So hab ich mir vorgestellt, wie sie davon erfahren hat. Ich weiß bis heute nicht, wer ihr gesagt hat, dass ich im Knast bin. Oder wann sie davon erfahren hat. Ich glaube, es war ziemlich spät.*

So wächst Arthur, das Kind mit dem blassen Gesicht und den kantigen Schultern, heran. Ein eckiger Mensch, nicht klein, nicht groß, sagen wir, ein kleiner Garderobenschrank, ein Schränkchen mit geschlossenen Türen. Ein Mensch, der Schweizerkracher in rohe Eier steckt und ungläubig die Küchenwände nach Rückständen absucht, der fasziniert ist von null Komma nichts: Bei entsprechend geglückter Detonation bleibt von dem Ei kein einziges Fetzchen übrig. »Ist das nicht toll?«

Georg findet das seltsam. Der Junge sollte ein bisschen normaler werden. Mehr zeigen von sich. Er werde sonst noch ein stummer Bombenbauer.

Arthur wird aber ein Kind, das Räume leise betritt und trotzdem alle Aufmerksamkeit auf sich zieht. Als ginge eine stumme Spannung von ihm aus, die es niemandem mehr erlaubt, sich zurückzulehnen. Ins Gespräch kommen die wenigsten mit ihm. Immer ist er vielen voraus. Denkt schneller und schweigt dann, bis sie so weit sind. Aber die Ungeduld sieht man ihm an den Fingerknöcheln an.

»Vielleicht wächst sich das irgendwann aus«, sagt Georg. Marianne schaut ihn fragend an. »Dass er sich einem nie anschließen kann.«

»Er ist schnell.«

»Er ist unhöflich.«

»Das lernt er schon noch. Er muss gefordert werden.«

»Er fordert dich zu sehr.«

Marianne schweigt eine Weile, betrachtet Georgs Gesicht. »Davon merke ich nichts«, sagt sie und wendet sich ihren Unterlagen zu.

(00:05:02) *Dass es ihm, also Georg, irgendwie Angst gemacht hat vielleicht, wenn ich zu nah an ihn rankam oder er an mich. Dass er das eigentlich gar nicht wirklich wollte. Also, er hing zwar immer bei uns ab und lebte auch mit uns, aber so wirklich bei uns sein wollte der eigentlich nicht. Die Pflichtsachen, das ja, und später dann Klaus mit dem Auto fahren lassen und mir mal beim Kicken zuschauen, das ja. Aber wenn man allein war mit dem, konnte der einen gar nicht richtig anschauen und wollte nicht mit einem reden. Nicht, dass der sich jetzt verstellt hätte, wenn Marianne dabei war, aber wenn man mit ihm allein war, fiel es halt mehr auf. Ich glaube, den beiden ging es wirklich gut miteinander, ich hab mich auch für sie gefreut, dass sie ihn gernhat. Und sie hatten eben diese gemeinsame Idee, was Marianne ja sehr entgegenkam. Weil danach hat sie ja immer gesucht eigentlich, dass jemand mit ihr was aufbaut. Dass sie es schafft, das war so das Motto all ihrer Arbeit immer. Dass wir es einmal schaffen sollten, es zu etwas bringen. Da war dann Georg endlich der Richtige für sie.*

3

Meidling, Juli 2010

Das graue Festnetztelefon in Grabners Büro brummt so leise, dass Arthur jedes Mal an Börds Klingelton denken muss, der so ungefähr das genaue Gegenteil ist. Überhaupt scheinen das zwei sehr verschiedene Menschen zu sein, die auch auf zwei sehr verschiedenen Wegen zum Ziel kommen, wenn sie es denn überhaupt einmal mit jemandem erreichen. Aber nach einer Erfolgsquote fragt Arthur lieber nicht. Grabner wirkt überlegt, in allem, was er tut, hört zuerst einmal zu, schaut sich die Dinge an wie einer, der oft genug erfahren hat, dass das Leben doch anders spielt, wie er glaubt.

Arthur schaut sich um. Er bemerkt, dass er gerne in Grabners Büro sitzt. Überhaupt ist es leicht, sich in dieser Wohngemeinschaft einzuleben. Das Einleben wird den wenigsten hier schwerfallen, denn in der *Weitermachen e. V.* wird nur genommen, wer zum ersten Mal eine Haftstrafe verbüßt hat. Haftentlassenenelite, denkt Arthur, so etwas gibt es auch.

Während er Grabner gegenübersitzt, denkt Arthur über den ersten Eindruck nach, den er auf ihn gemacht hat. *Väterlich.* Ohne dass er sich ein Bild davon gemacht hätte, was er damit meint. Grabner trägt grobe Cordhosen und Poloshirts, die nicht mehr ganz neu sind. Hin und wieder hat er auch ein kariertes Hemd an. Grabner raucht nicht im Büro und tippt nicht auf seinem Handy herum. Grabner hat überhaupt kein Handy, oder doch, aber das benutzt er nur privat. Einmal hat Arthur Grabner zu jemandem, der eine Fernsehdokumentation über die Wohngemeinschaft gedreht hat, sagen hören: »Ja, was glauben Sie denn, was da auf meiner Mobilbox drauf wär, wenn ich so ein Ding hätte. Da könnten Sie eine eigene Doku machen drüber, nur über die Box.« Hin und wieder lacht Grabner geräuschlos, nicht unbedingt während der Feedback-Runden oder vor Klienten, aber doch so, dass es mitzukriegen ist für die, die es sehen wollen. Jedes Mal, wenn Arthur Grabner lachen sieht, denkt er: Dieser Mann lacht, wie jemand lacht, der neben dem Ganzen hier noch etwas anderes hat, ein wirkliches, das *richtige* Leben. Und Arthur ertappt sich dabei, sich vorzustellen, wie dieses wirkliche Leben von Grabner ist, und was er in diesem hier drin alles erlebt hat, mit den Haftentlassenen. Elite ja, aber Arthur weiß auch, was das heißt. Warum Grabner immer noch lacht wie einer, der nicht seinen Glauben an alles und jeden verloren hat, aber doch alles für möglich hält.

Es ist einfach, sich in Grabners Büro wohlzufühlen. Auch weil der Stuhl für Besucher gepolstert ist wie der des Chefs.

Es gibt Dinge, die halten Menschen, die in der Bewährungshilfe tätig sind, länger und besser aus als andere: aggressive Schreianfälle, zerbrochenes Glas, Schweigen. Arthur, der das Schweigen ebenfalls besser aushält als die meisten, wundert sich darüber, dass Annette, Karl, Richard, Gerd und Grabner, das gesamte Team, dass sie noch beharrlicher schweigen können als er. Als gäbe es irgendwo ein geheimes Schweigetrainingslager, wo dann alle einander anglotzen und schweigen, anstatt zu diskutieren. Schweige dein Problem tot, zerschweige deinen Konflikt, schweige, bis die Stille dermaßen dröhnt, dass jeder froh ist über ein einziges Wort, auch wenn es das falsche ist, so kommt Arthur das vor. Das kann Minuten dauern.

Manchmal denkt Arthur, dass es sich einfach um eine besondere Form handelt, Zeit zu verschenken. Zeit, die er, Arthur, andernorts nicht mehr bekommt. Als wollten Annette und Grabner etwas gutmachen mit dieser Zeit. Zeit, die draußen, in der wirklichen Welt, für ihn längst abgelaufen ist.

Das ist jetzt wieder so ein freundliches Schweigen. Wer sonst kann das schon? So etwas macht Arthur nicht nervös, nicht einmal unruhig wird er. So sicher, warm und sauber wie hier hat er es länger nicht gehabt. Er schließt die Augen nicht, aber er ruht sich aus. Und denkt an eine alte Frau von ganz früher in Bischofshofen, die er gekannt hat, bevor seine Familie das Land verlassen hat. Frau Beckmann und ihre wandhohen Regale, der erste Mensch in Arthurs Leben, der auch so schweigen konnte wie später seine Bewährungshelfer.

»Seien Sie nicht zu streng zu ihm«, holt Grabner Arthur aus seinen Gedanken.

»Wen meinen Sie?« Wen wird er meinen! »Börd?«, fragt Arthur. Das Erstaunen will ihm nicht so ganz gelingen.

Grabner schaut geradewegs zum Fenster hinaus und atmet tief ein. »Es ist nicht leicht für ihn im Moment.«

Was das jetzt wieder heißt. Arthur ist sich bewusst, dass ihn Grabner aus dem Augenwinkel beobachtet. Dann nickt er zaghaft. Aber was soll er sagen? Ich bemerke Alkoholfahnen generell nicht?

»Was ist das mit seinem Mantel?«, fragt Arthur. Und: »Stimmt es, dass er in einer Autowerkstatt wohnt?«

Grabner dreht sich zu ihm um. »Von einer Werkstatt weiß ich nichts. Er ist zu Hause ausgezogen, das ist lange her.«

»Und der Mantel?«

»Das hat er sich irgendwann angefangen. Ich glaube, so fällt es ihm leichter zu akzeptieren, dass er nicht mehr der ist, der er mal war.«

»Wer war er?«

Jetzt schaut Grabner erstaunt. »Das haben Sie nicht nachgelesen?«

Viel zu lesen gibt es nicht. Dass Börd auf gutem Weg war, eine wissenschaftliche Karriere zu machen, aber Arthur kennt sich mit diesen Dingen nicht aus. Kann eine Promotion nicht von einer Habilitation unterscheiden, ist damit sonst nie in Berührung gekommen.

Grabner scheint versunken. »Von einer Autowerkstatt weiß ich nichts«, sagt er noch einmal und nickt Arthur so zu, dass der weiß, der Termin ist vorbei, obwohl er noch gar nicht angefangen hat.

4

Donaustadt, Juli 2010

Diese Buslinie hat Arthur nicht gekannt, wie er so vieles hier gar nicht kennt. Mit der Zeit wird er sich in Wien heimisch machen, aber jetzt noch nicht. Wenn es so weit ist, dann wird er einmal mit jeder U-Bahn und Straßenbahn-Linie bis zur Endstation und zurück fahren.

Gerne sehen sie das in der Wohngemeinschaft nicht, wenn man am Wochenende länger weg ist. Ab 22 Uhr ist sowieso Ausgangssperre, aber Halbtagesausflüge sind okay. So weit draußen wie heute war er jedenfalls noch nie, er weiß nicht einmal genau, wo er ist. Weiter hinten ragen große Türme in den Himmel, hässliche Hochhäuser. Hier soll also irgendwo diese stillgelegte Sportanlage sein, zu der ihn Börd für die zweite Sitzung bestellt hat. Die Umgebung erinnert Arthur ein wenig an die andalusische Steppe. Er geht über angedeutete Pfade in der trockenen Erde, die ein zu kurzes Frühjahr nicht ausreichend bewachsen hat. In mehrere Richtungen führen Trampelpfade feldeinwärts, die bald darauf abrupt wieder enden. Ein umgeknickter, vom Wind zerfetzter Busch zeigt mit spitzen, schwarzbraunen Ästen dünn und schwach in alle Himmelsrichtungen. Das ist Hinterland, alles ignoriert farblos und tot den Sommer.

So wird es ihm auch gehen, denkt Arthur, während er der Sprechstimme aus dem Navigationssystem seines Handys ins Feld hinein folgt. So wird es ihm auch gehen, wenn er später einmal, nach Ablauf seines Jahres, *ganz draußen* ist. Wenn ihm nach diesem Jahr der Platz in der Wohngemeinschaft und die Therapie wegfällt, steht er da wie dieser trockene Busch. Die Morgenkreise und Arbeitsbesprechungen, die Reflexionen und das tägliche Feedback, alles, was es jetzt gibt für ihn, wird wegbrechen mit einem Mal. Er wird mit sich alleine sein und dafür vierundzwanzig Stunden am Tag Zeit haben. Einen Teil dieser Zeit, so die Auflage, wird er mit Arbeit füllen, und sehr wahrscheinlich wird es unbezahlte Arbeit sein. Dann könnte er von Glück reden. Wenn er kein Glück hat, hat er kein Praktikum und das Jahr geht trotzdem vorbei. Dann muss so ein Tag, an dem er nirgendwo hinfahren und von nirgendwo zurückkommen kann, trotzdem irgendwie vorübergehen. Wie so etwas geht, wollen sie einem hier beibringen, *Struktur* nennen sie das. Toasts schmieren und Kaffee aufstellen. Vormittagsdienst. Küchendienst. Hofdienst. Nasszellendienst. Elektrodienst. Einkaufsdienst. Es herrscht der reinste Dienstwahnsinn. Und Essen. Frühstück, Mittagessen, Kaffeepause, Abendessen. Zum Drüberstreuen Sport, Therapien und *Gruppe*, die Gruppentherapie, für Arthur kaum zu unterscheiden vom Feedback, nur lockerer gehandhabt, was das Fehlen betrifft. Wer wirklich nicht kann, darf bei der *Gruppe* auch mal im Zimmer bleiben. Irgendwann wird es jedenfalls immer 16 Uhr 30, irgendwann ist es immer Zeit, zum Feedback zu gehen. Ab 16 Uhr ist jeder ein bisschen nervös, dass er vielleicht zu spät kommen und rausfliegen könnte. So vergeht auch eine halbe Stunde vom Tag.

Nach Ablauf dieses Jahres wird draußen ein eisiger Wind wehen für die, die nichts vorzuweisen haben auf dem großen freien Markt. Der Arbeitsmarkt, der Partnermarkt, der Wohnungsmarkt. Egal, welchen Markt Arthur nimmt, er hat auf keinem dieser Märkte gute Karten. Oder, um es mit Börds Worten zu sagen: »Die Zahlen sehen nicht gut aus.«

Niemand wird ihn dann fragen, wie es ihm geht, wenn es 16 Uhr 30 ist. Wenn Grazetta nicht mehr lebt und Ramon Galleij endgültig kapiert hat, dass er sich von seinem Sohn wirklich kein Geld zu erwarten hat, wird nicht nur niemand mehr anrufen bei ihm, es wird ihm auch niemand schreiben. Niemand, den er jetzt bereits kennt, wird sich an ihn wenden. Er wird neue Bekanntschaften brauchen, sich etwas überlegen müssen, wenn er nicht vor Langeweile in Begegnungszonen von Kaufhäusern oder Bahnhöfen abhängen möchte, weil er sich Wärme, vor allem aber Umgebungsgeräusche wünscht.

Arthur geht der Sprechstimme nach, querfeldein, dann dreißig Meter zurück, sodass er schon fast wieder an der Bushaltestelle steht. Er sieht, wie sinnlos das ist, aber er tut es und schließt nicht aus, dass er es wegen der Freundlichkeit in dieser Stimme tut. Obwohl er natürlich weiß, wie bescheuert das ist, erst recht weil er bemerkt, weshalb er es tut: Er tut es trotzdem, und sie sagt vor jeder Anweisung *bitte*.

Es trifft ihn immer wie ein Blitz, wenn er an Milla denkt. Zack! Boden unter den Füßen weg. Mensch allein mit sich im Universum. Weit und breit ganz lange nichts. Schwarze Leere, endloses All. So allein ist er mit seinen Gefühlen, seinem Gewissen.

Nichts hier draußen erinnert ihn an Milla. Jetzt eben hat Arthur überhaupt nur an diese Sprechstimme und seine eigene Dämlichkeit gedacht, und auf einmal: SIEISTTOTUNDDU … Wie viel Zeit für Erklärungen wird einmal bleiben vor dem Letzten Gericht?

Ertrunken ist sie, einfach ertrunken, bei bester Gesundheit, sagen viele, es gibt keine Erklärung. Das stimmt so nicht. Es gibt ein Sudden Drowning Syndrome, das ist wahr, aber es gibt auch das Gras in ihrem Blut, das nie jemand gefunden hat.

Wie auch, genau so weit wollte er schon gar nicht mehr denken, nie wieder wollte er eigentlich so weit denken, und jetzt ist er schon wieder bei diesem toten Körper, der so unvorstellbar ist, wenn er plötzlich so wahr wird.

Das ist jetzt über zwei Jahre her. Arthur lebt immer noch, und das mit dem Grasrauchen haben sie nie jemandem erzählt. Auch nicht einander. Und um nicht daran denken zu müssen, haben Arthur und Princeton einander seit der Beisetzung nicht wiedergesehen. Einmal hat Arthur sich in der Gruppe *Unglück* statt *Unfall* sagen hören. Manchmal ist ihm, als erzählte der Mensch sich die eigene Geschichte deshalb wieder und wieder, damit er sich auch die unglaublichsten Dinge begreiflich macht. Und variiert die Geschichte von Erzählung zu Erzählung, immer ein Stück näher ans Erträgliche, bis er sie irgendwann als Teil seiner selbst versteht.

»Sie haben Ihr Ziel erreicht«, sagt die Frau aus dem Mobiltelefon in Arthurs Hand. Er konzentriert sich, nicht zu straucheln, steigt über Steine, hebt das Bein, kommt weiter drüben auf den Weg. »Sie haben Ihr Ziel erreicht«, sagt sie noch einmal. Sie weiß viel, sie weiß mehr als er, sie scheint bereits zu sehen, was er nicht erkennen kann: die Halle, die nun wirklich da steht, die fast verschwindet in ihrer Umgebung, in der Luft und im Himmel hinter ihr, in dieser den Sommer negierenden Müdigkeit.

Er geht auf die Fassade aus blinden, schmalen Fenstern zu, geripptes Plexiglas, teilweise kaputt. Arthur denkt: eingeschlagen. Andere Scheiben sind unbeschadet, manche lichtdurchlässig. Er klettert, wie Börd es ihm gesagt hat, neben dem Eingang durch eines der leicht zu öffnenden Kellergitter, lässt sich hinuntergleiten, drückt die Luke nach innen. Da ist es wieder, das alte Problem: *Push* oder *pull*, er hat es noch nie auseinanderhalten können, es bleibt lebenslang eine 50:50-Chance, ob er nun drückt oder zieht. Jetzt zieht er – und die Luke geht auf. Auch über einen kleinen Erfolg darf man sich freuen. Immerhin hat er nun schon einmal hergefunden und ist noch nicht einmal zu spät. Hier ist es dunkel. Er schaut sich um und geht durch Kellerräume, tastet blind die Wand entlang, stößt da an staubiges Leder und dort an einen Schrank, schließlich spürt er die Klinke in seiner Hand. Tür aufreißen und nach oben, einfach die Treppe hinauf, schnell! Da kommt eindeutig Licht aus einer Richtung. Immer weiter nach oben, jetzt ist er da, und das Herz kann sich wieder beruhigen. Zweimal tief durchatmen: Das war nur die Dunkelheit.

Hier ist einmal geturnt worden. Balken und Barren stehen noch herum, lederne Ringe hängen an langen staubigen Seilen von der hohen Decke, graue Medizinbälle, die einmal blau gewesen sind. Arthur ist froh, dass er die Turnhose nicht gleich angezogen hat. Er käme sich jetzt blöd vor, er ist ja kein Schüler, der einen Turnlehrer erwartet. Vielleicht erlaubt Börd sich nur einen Witz. Arthur lacht nicht, er tut nur, was man ihm sagt. Vielleicht lebt er deswegen noch. Umgebracht hätten sie ihn nicht in der Viererzelle, nicht körperlich, so weit wären sie nicht gegangen. Glaubt er.

Börd ist ein Mann, der sich selbst herzaubern kann. Hier ist er, Arthur hat gar nicht gesehen, von wo er kam. Nimmt einen selbstbewussten Zug von seiner Zigarette und bläst den Rauch weit hinauf in die Luft, so spaziert er jetzt auf Arthur zu.

Immer, wenn Arthur Börd sieht, kommt es ihm so vor, als habe dieser Mensch schon einmal bessere Zeiten gesehen. Ein besseres Haus, stellt er sich vor, einen feinen Anzug, ein Auto, das nach dem alljährlichen Winterkomplettservice blankpoliert in der Auffahrt zu einem Reihenhaus steht.

Nun hat Börd den blauen Arbeitsmantel unter seiner Winterjacke aufgemacht, und Arthur kann sehen, dass er darunter eine blaue Latzhose trägt. In Arthur macht sich ein angenehmes Gefühl breit, eine Vergnügtheit, die er lange nicht mehr gespürt hat. Sogar ein wenig lächeln muss er, jetzt wo er Börd endlich die Hand zum Gruß entgegenstreckt. Und bitte, der Therapeut lächelt auch, drückt ihm, die Zigarette zwischen den Lippen, mit beiden Händen die Hand, und Arthur schüttelt tapfer zurück.

»Das haben Sie gut gemacht, das Tonband war wirklich nicht schlecht. Wusste ich's ja, da kann man was machen damit. Und glauben Sie mir: Das mit diesem Schwarzsprechen hilft. Das hilft uns beiden. So sind die Treffen nicht immer belastet mit dem alten Kram, sondern frisch und frei!« Er klopft Arthur auf die Schulter, dass ihm der Sportsack um 2,99 Euro, den Börd mit erhobenem Daumen zur Kenntnis nimmt, fast von der Schulter rutscht.

Börd packt Arthur an den Schultern und platziert ihn sich gegenüber. Langsam beginnt er, tief durchzuatmen und die Arme zu schwingen. Dabei geht er in die Knie, wirft die Arme nach oben, schwingt fest. »Hoch und nieder!« Er weist ihn an mitzumachen. Arthur bemüht sich, nicht zu lachen. Was hat er denn gedacht, dass er mit Sportsack in dieser Turnhalle sonst tun soll?

Mit Betty gemeinsam, so viel weiß Arthur, erarbeitet Börd ein Rahmenprogramm. Wahrscheinlich hat Betty zur Vorbereitung auf Aktendurchsicht plädiert, aber Börd ist kein guter Leser. In seinem Ohr pfeift es die Tonleiter auf und ab, und er ist leicht abgelenkt. Die Turnstunde, ist Arthur sich sicher, war Börds Idee. Während er dasteht und versucht mitzuschwingen, stellt er sich vor, was Betty und Börd geredet haben.

Betty: »Arthur Galleij, 29. Mai 1988. Geboren in Hallein, aufgewachsen in Bischofshofen. Wohnhaft in Bischofshofen von 1988 bis 1997. Übersiedlung nach El Rocio, Wohnadresse entsprechend jener der Firma von Marianne Galleij und Georg Grubinger, La Puerta, Zentrum für Palliativpflege.«

»Wo ist das?«

»Vierzig Kilometer außerhalb von Jerez de la Frontera, im Süden von Andalusien«, sagt Betty.

»Heilige Scheiße, das ist am Arsch der Welt. Waren Sie jemals in dieser Gegend?«

»Nein. Was hätte ich dort tun sollen?«

»Was hat der Junge dort getan?«

»Er hat eine deutsche Schule besucht. Er war der Sohn der Geschäftsführerin, sie hat das Hospiz geleitet. Zusammen mit ihrem Lebensgefährten.«

»Benutzt man dieses Wort heute noch?«

»Sie können Lebensabschnittspartner sagen.«

»Ich meinte das andere.«

»Hospiz sagt man eigentlich nicht mehr. Zentrum für Palliativpflege.«

»Wie kommt man auf so eine Idee?«, fragt Börd. Er hört, wie sie etwas in eine Tastatur tippt. Was diese Frau alles aufschreibt!

»Es muss für alles einen Ort geben«, sagt Betty schließlich. »Die Reichen wollen nicht im Spital sterben.«

»Niemand will im Spital sterben.«

»Woher wissen Sie das?«

»Ich weiß es nicht. Es scheint mir einleuchtend. Wo wollen Sie sterben?«

»Ich bin erst sechsunddreißig.«

»Das Leben beweist: Es kann jeden Moment so weit sein.«

»Wollen Sie aus der Akte noch etwas wissen?«

»Was der Junge erlebt hat.«

»Er wurde vom Kind aus der Eisenbahnersiedlung zum Privatschüler und Geschäftsführersohn.«

»Ist er mutig?«

»Das steht hier nicht.«

»Ist er traumatisiert?«

Sie blättert nach hinten, zu den Unterlagen der JVA Gerlitz.

»Einmal gab es einen stationären Aufenthalt, während der Haft.«

»Wie lange?«

»Vierundzwanzig Stunden.«

»Ist ein Zellenwechsel verzeichnet?«

»Ja.«

»Was ist mit Ihnen«, sagt Börd, als er merkt, dass Arthur das Schwingen keine Freude macht. »Verlässt Sie der Mut?«

Arthur lächelt. Der Mut. »Ich glaube nicht, dass ich jemals viel Mut gehabt habe.«

»Sie glauben, Sie hätten keinen Mut gehabt? Da sagt Ihre Akte was anderes: Vater verlässt die Familie, Familie verlässt das Land. Als Neunjähriger sind Sie ausgewandert, mussten auf eine neue Schule, eine neue Sprache lernen. Sagen Sie doch mal was auf Spanisch.«

»Nunca necesitaba coraje«, er lacht.

»Bäm! Sie machen das verdammt gut!« Börd klatscht lautstark in die Hände. »Keine Angst«, fährt er händeschwingend fort, »was wir hier machen, ist gar nicht so schwer. Einzige Voraussetzung: Schalten Sie das Hirn ab! Sie werden denken: Bescheuert, diese Übung, brauch ich nicht! Aber ich sage Ihnen: Unterschätzen Sie NIE die Macht des nie Gemachten. Sie waren jetzt eine ganze Weile im Gefängnis, Sie haben eine ganze Menge Dinge sehr lange nicht mehr getan. Ich weiß das, und dazu gibt es nicht sehr viel zu sagen. Außer vielleicht: Das ist schwer. Aber eines steht fest«, er schwingt unablässig, »Sie haben diese Zeit hinter sich. Dass Sie heute hier stehen, ist allein Ihr Verdienst. Keine soziale Intervention in diesem Land kostet so viel und bringt so wenig wie der Strafvollzug. Ich spreche jetzt von Tätern Ihres Kalibers: Kurzstrafen. Bei den anderen steht ja der Schutz der Bevölkerung im Vordergrund, all dieses Pipapo, das ist ein anderes Gebiet. Unser Fach ist das Kleinvieh, nicht böse sein. Das nur zu unserer Philosophie, weil Sie hier so stehen und alles hängen lassen. Das brauchen Sie nicht! Seien Sie glücklich, wir kriegen das Rad schon rund. Den Mist haben Sie ja schon gebaut, freigelassen sind Sie auch. Von jetzt an werden Wissen, Können und ein klein wenig Disposition darüber entscheiden, ob Sie es schaffen oder nicht. Ein bisschen Grips ist jedenfalls hilfreich, und den haben Sie. Aber was noch? Mut zum Ungewohnten. Und nun werden Sie wahrscheinlich schon wissen, worauf das Ganze hinausläuft. Halten Sie mal!«

Börd reicht Arthur feierlich seinen Mantel, dann macht er sich an den ersten Purzelbaum.

Für Arthur sieht das eher aus wie ein platschender Sturz. Als wäre hier sonst noch jemand, schaut er sich um, aber die Halle ist leer. Das Nachmittagslicht fällt durch die zerbrochenen Scheiben, oben in einem offenen Rahmen sitzt ein Rabe und öffnet den Schnabel zu einem lautlosen Krähen, der ungläubige Kommentar eines unfreiwilligen Zuschauers. Der Therapeut liegt vor ihm auf dem Linoleumboden am Rücken und rührt sich nicht mehr. Erst als Arthur auf ihn zukommt und langsam in seinem Gesichtsfeld erscheint, fängt Börd an zu lachen. »Haben Sie das gesehen?« Arthur schüttelt den Kopf, er muss grinsen, er kann gar nicht anders. »So geht das!« Börd tastet lachend nach seiner Zigarettenpackung. Er lacht immer noch, als er sich, auf einen Ellbogen gestützt, eine anzündet. Zieht und lacht noch, als Arthur ihm aufhilft. Börds Lachen wird zu einem Husten, auf einmal stehen ihm Tränen in den Augen, die er immer noch hustend verreibt: »Jetzt Sie.«

Also gut, er wird jetzt nicht davonlaufen. Arthur stellt sich in Position und schaut Börd mit einer Mischung aus Übermut und plötzlichem Zutrauen in die Augen. Schüttelt erst einmal die Arme durch und räuspert sich. Von einem Bein auf das andere steigen ist auch eine Möglichkeit, wenn du nicht mehr weißt, wie du stehen sollst. Jetzt brauchst du endlich nicht mehr zu warten, denn jetzt bist du dran. Links, rechts, gleich wird er einen Satz nach vorne machen. Jetzt streckt er wirklich die Arme aus, aber da merkt er, dass er noch nicht einmal die Turnhose angezogen hat. Egal jetzt, denkt Arthur. Und dass das vielleicht ganz gut ist, einen Purzelbaum in der falschen Hose zu machen. Dass das der erste richtige Schritt in Richtung Hauptfigur ist, einfach mal was in der falschen Hose zu tun. Ganz bewusst etwas in der absolut falschen Hose zu tun. Er, der brave Arthur Galleij, der sogar extra einen Beutel kauft für die richtige Hose, bleibt dann einfach in der falschen. Wenn das nicht ein kleiner Anfang ist!

Während er das denkt, verstreicht der Moment, und Arthur

versäumt, sich nach vorne zu stürzen. Im nächsten Augenblick hätte er bereits gesprungen sein sollen, aber er hat es nicht getan. Wahrscheinlich hat er zu viel an die Hose gedacht oder daran, wie er gern dabei aussähe, wenn er einen Purzelbaum macht. Und die Aufregung darüber, so etwas zu tun, etwas Peinliches, das eigentlich enorm cool ist, lähmt ihn jetzt in der Sekunde nach dem verstrichenen Moment, in dem er ihn eigentlich hätte machen sollen. Also steht er immer noch da. So schnell geht das, und du hast zu viel nachgedacht!

»Ich falle auf den Kopf, ich muss das zuerst irgendwie trocken üben ...«, stammelt er.

»Sie fallen nicht auf den Kopf! Das *ist* trocken! Kopf einziehen und springen! Sie schaffen das schon!«

Jetzt wird er aber bitte nicht auch noch rot! Meine Güte, es ist nur ein Purzelbaum! Denk einfach mal für einen einzigen Moment in deinem ganzen verdammten Leben nur an das, was du jetzt gerade tust. Arme hoch = Arme hoch. Kopf einziehen = Kopf einziehen. Springen = (verdammt noch mal) springen. Und so macht er es.

Was er gleich spürt: Der erste gelingt ihm gar nicht so schlecht. Irgendwie wurstelt er sich auch wieder hoch, steht schließlich sogar aufrecht da, mit dem Gesicht eines Siegers. Das hat Börd an ihm noch nie gesehen. Er strahlt wie ein Kind!

»Pah!«, schreit Börd. »Der war aber!« Er klatscht mehrmals laut und anerkennend in die Hände, sodass die Asche seiner Zigarette auf Bauch und Hallenboden fällt. »Jetzt wieder ich!« Mit feierlichem Schwung reicht er Arthur die halb gerauchte Zigarette. »Darfst auch mal ziehen.« Börd lacht, und Arthur zieht wirklich. Zeig mir einen Zweiten, der ins Gefängnis kommt und zu rauchen aufhört! Arthur zieht gleich noch einmal, und diesmal muss er Börd nicht aufhelfen, diesmal rappelt er sich von allein hoch, bevor er sich den Staub von der Hose klopft. Arthur gibt ihm die Zigarette zurück und bringt sich wieder in Position, ohne aufgefordert werden zu müssen. Der nächste Purzelbaum ist schwungvoll, fast athletisch kommt er ihm vor. Er steht auf und macht gleich noch einen, und weil es gerade so läuft, einen weiteren hintendran. Arthur ist schwindlig, von der Zigarette vielleicht, von den ersten drei Purzelbäumen, die er jemals in seinem Leben hintereinander gemacht hat. Aber er setzt sich nicht hin, um zu pausieren, sondern macht gleich noch einen und noch einen, nutzt den Platz hier und steht auf und macht noch einen. In einem kurzen Moment sieht er, wie zufrieden Börd dem zuschaut, was hier gerade passiert. Arthur lacht auf eine Weise, die ihm selbst fremd ist. Ein Lachen von tief unten, ein Lachen, das dem ähnlich ist, wie er sich vorstellt, dass ein Kind lacht. Und über dieses Lachen lacht Arthur, und das hört der Therapeut und sieht es, und schaut ihn ganz kurz an und hält inne dabei.

Wie ein ausgelassenes Kind und wie ein richtiger Mann fühlt Arthur sich jetzt, kleiner und größer zugleich. Arthur schaut hinauf, wo vorhin noch der Rabe war, und wird geblendet von einem Strahl Licht, der ein langgezogenes Dreieck auf den staubigen Boden wirft. Dann: Blossom, sehr laut, aus Börds Manteltasche.

»Vogl«, sagt er lautstark in sein Telefon. Nicken. Neue Zigarette. Nicken und nicken. »Selbstverständlich habe ich das! Gleich gestern, also heute hab ich das ... Ist jedenfalls alles gemacht.« Nicken. »Die wollen was? Ich habe das akustisch nicht verstanden. Was wollen die?« Kopfschütteln. Kein Blick zu Arthur. »Natürlich! Ja, habe ich, also ... gedanklich habe ich es, übertragen ist es so direkt noch nicht zu hundert Prozent. Gut. Gut, ich mache das. Kein Problem. Null problemo, Bettynska. Alles klar? Können Sie gut schlafen? Wenn Sie nicht schlafen können, kommen Sie zu mir. Das war nur ein Witz ... Bitte? Ein Witz. Ich bitte um Entschuldigung. Es tut mir leid. Betty! Ich trage das nach, keine Sorge. Jetzt hören Sie doch auf zu ... Sorgen Sie sich bitte nicht ...«

Er legt auf und verstaut das Handy umständlich in seiner Manteltasche. Zu Arthur sagt er entschuldigend: »Weiber!« Arthur lächelt nicht, da sagt Börd: »Jetzt kommen Sie. Legen Sie mir das jetzt nicht auf die Tour aus. Ich bin eine andere Generation.«

»Ich lege überhaupt nichts aus. Ich hoffe nur, dass alles in Ordnung ist.«

»Alles ist in bester Ordnung!« Börd sieht ihm in die Augen, bietet ihm noch eine an. »Wirklich, alles in Ordnung.« Arthur lehnt ab. »Wissen Sie«, erklärt Börd, »ich kann diese Aufschreiberitis der Jungen nicht einfach so mitmachen. Ich kann, sagen wir einmal, aus *seelischen* Gründen nicht die ganze Zeit alles in irgendeine Liste eintragen. Ich sehe diese Tabellen und diese Kreuzchen und diese Nummern, und ich sehe diese Zeilen, aber alles verschwimmt. Früher hätte ich mich zumindest theoretisch zurechtgefunden, aber heute ... Bei mir geht das nicht mehr. Erstens mein Ohr, zweitens meine Seele, drittens meine Hände.«

»Sind Sie krank?«

Börd hustet den Rauch aus.

»Bin ich Arzt? Ich muss nicht jeden Zustand auf die Goldwaage legen.«

»Klar Mann, kein Problem.«

»Hören Sie auf damit.«

»Womit?«

»Mit dieser Slangsprache, das passt nicht zu Ihnen.«

»Das stimmt. Aber … sind Sie jetzt einer?«

»Arzt?«

»Ja.«

»Ich bin doch kein Arzt.«

»Sind Sie Therapeut? Ich meine, ein richtiger?«

»Das sehen Sie doch, oder was ist das hier? Im Prinzip bin ich Therapeut. Im Prinzip bin ich in Wirklichkeit vielleicht sogar Arzt, nur gesetzlich ist das kompliziert.«

Arthur lacht etwas hilflos. »Was sind Sie denn nun?«

»Das ist schwer.« Börd schaut zum Fenster hinauf. »Ich bin jemand, der sich um Ihre Geschichte kümmert. Ein Schutzvogel vielleicht. Nichts ist vor meinem Schutz sicher! Ich rette Menschen, und Dinge rette ich auch. Aber glauben Sie mir eins, die Dinge sind dankbarer. Nur ist das ein anderes Thema.«

»Ist es?«

»Oh ja.« Eine Weile raucht Börd still in die Luft.

»Wie haben Sie sie überredet?«, fragt Arthur, der immer noch ein bisschen aufgekratzt von den Purzelbäumen ist.

»Wen?«

»Betty. Sie ins Programm zu holen.«

»Das war nicht schwer, sie hat bei mir studiert. Sie wusste, dass das Starring-Prinzip auf meinem Mist gewachsen ist.«

»Und sind Sie froh?«

Börd schaut ihn von der Seite an.

»Froh?«

»Dass Sie wieder drin sind.«

Börd hustet.

»Drin«, wiederholt er und schaut dann länger dem Vogel zu.

(00:09:26) *Band zwei, check, check. Arthur Galleij für Doktor Vogl. Aufwachsen und Großwerden und all das. Also erst mal: Zu Hause in Bischofshofen war es nicht so schlecht, wie mein Stiefvater Georg zum Beispiel immer behauptet hat. Der war so der Meinung, dass alles immer schlechter würde, und meinte eigentlich hauptsächlich die Ausländer damit. Es gab auch bessere Gegenden bei uns, man hätte da, wo wir waren, schon auch ganz ordentlich wohnen können. Aber entweder konnten sie sich das nicht leisten, oder es war, weil sie weggehen wollten, so genau weiß ich das nicht. Das bei uns war eher die Spackensiedlung, wie das genannt wurde. Eigentlich nur Ausländer und ansonsten alte Leute. Und dann noch einige wenige, die aber irgendwas hatten. Die aus irgendwelchen Gründen gar nicht so viel rausgingen. Aber Genaueres weiß ich nicht.*

5

Bischofshofen, 1997

Sechsstöckige Häuser in einer Vierkantanordnung, in Bischofshofen sagt man *Eisenbahnersiedlung.* Dazwischen Abstandsgrün, Eisenstangen ohne Wäsche, quadratischer Waschbeton, vier mal vier Meter, *theoretisch* für Tisch und Bänke. Aber das ist immer nur eine Möglichkeit geblieben, denn schließlich braucht jede Bank doch auch jemanden, der darauf sitzt, und wer soll dort sitzen, wo doch immer alle nur in der Arbeit sind und die, die nicht in der Arbeit sind, den anderen von ihren Balkonen aus zeigen, dass es auch in der Pension mit der Arbeit nicht vorbei ist, im Gegenteil. So sind in dieser Siedlung eben nicht nur die Allgemeingartenmöbel auf dem Waschbetonquadrat immer Theorie geblieben, sondern auch vieles andere. Rückblickend kommt es Arthur so vor, als hielten viele Bischofshofener das Leben in Bischofshofen nur aus, weil es theoretisch immer noch Möglichkeiten gäbe. Welche? Die Möglichkeit, eine anständige Tageszeitung zu abonnieren und nicht immer nur die Gratis-*Krone* zu lesen. Die Gratis-*Krone* kostet in Wirklichkeit ja auch was, aber die Bischofshofener sind Meister darin, eine theoretische Münze aus einer hohlen Faust in den Schlitz der Sammelbüchse an der wasserfesten Zeitungstasche wandern zu lassen. Das spricht Arthur nicht auf Band, aber er denkt daran, wenn es darum geht, wo er eigentlich herkommt. So leicht ist das gar nicht zu beantworten. Zuerst einmal denkt er an Waschbeton und Gras.

Die Eisenbahnersiedlungen sind in der Nachkriegszeit erbaut und seither nicht renoviert worden. Arthur kann sich an niemanden in Bischofshofen erinnern, der war wie Ruth Beckmann. Er kennt sie vom Flohmarkt, sie lädt ihn ein, sie zu Hause zu besuchen. Das Haus an der alten Bundesstraße, das sie allein bewohnt, muss einmal ein schönes Haus gewesen sein. Dicke Teppiche, dampfende Germknödel mit Butter und Mohn und ein ganzes Zimmer voller Bücher, die riechen wie sie. In Bischofshofen nennt man sie *etwas Besseres.* Arthur versteht nicht, wieso es ausgerechnet Marianne nicht passt, dass er die Beckmann besucht, wo doch Marianne selbst ihr ganzes Leben mit unterschiedlichen Partnern in unterschiedlichen Berufen versucht hat, *es zu etwas zu bringen.* Aber Arthur ist acht, und es ist 1997 in Bischofshofen, und er kennt den Unterschied nicht zwischen dem *Besser* der Ruth Beckmann und dem, wozu es seine Mutter bringen will. Fürs Erste merkt Arthur sich also nur, dass besser nicht gut ist.

Mit den Jahren ziehen dort *immer mehr Türken* ein. Beim Fußballspielen erfährt Arthur, dass sie alle nicht aus der Türkei stammen. Auf Nachfrage erklärt Georg nur, dass ein Türke ein Türke sei. Im Haus gegenüber wohnen drei »Türkenfamilien«, die aus Tirana, Skopje und Mostar stammen. »Die arbeiten bestimmt nicht bei der Bahn. Die dürften hier gar nicht wohnen«, sagt Georg zu seinem *Harvard Business Manager*, den er seit kurzem abonniert hat.

»Hier geht alles den Bach runter«, sagt Georg oft, wenn er aus dem Fenster schaut, und Arthur weiß nie, ob er den leeren Hof meint oder das leere Waschbetonquadrat, oder doch den abplatzenden Putz auf der gegenüberliegenden Hausmauer. »Früher sind die Leute um halb sieben aus der Arbeit gekommen, haben gegessen und dann den Fernseher eingeschaltet. Heute verstehen einen die meisten gar nicht mehr, wenn man sie grüßt. Alles ist anders geworden, und was es noch zu holen gibt, das holen die.«

Arthur weiß nicht, was es nicht mehr zu holen gibt. Aber in den Wochen und Monaten, die folgen, sitzen Georg und Marianne so lange bei geschlossener Tür in der Küche, dass Arthur manchmal spätnachts noch auf die Uhr schaut, wenn er im Türspalt Licht sieht und die beiden in einem Ton miteinander sprechen, den er gar nicht kennt. Kein Plauderton, keine Unterhaltungen sind das. Auf Nachfrage sagen sie: Sie rechnen sich was durch. Wenn es Zeit ist, wird Arthur davon erfahren. Als es so weit ist, sagen sie: »Es geht sich aus.«

Irgendwann ist die Wohnung in Bischofshofen leergeräumt: Hier verlässt eine Familie, zwei Buben, eine Frau, ein Mann, die Stadt, das Land. Die Türen, unten und oben, stehen weit offen. Der pubertierende Klaus und Georg sitzen schon im Taxi, Marianne steht in der Wohnungstür. Arthur hat nur den Astronauten und den Taucher noch stehen lassen. In dem Zimmer mit der Holzvertäfelung an der Decke, von der es immer hieß, später könne man sie einmal herausreißen. Dazu ist es also doch nie gekommen, denkt Arthur und freut sich, dass es in seinem neuen Zimmer sehr wahrscheinlich keine Holzvertäfelung geben wird.

Der Taucher und der Astronaut hinterlassen staubfreie Fußabdrücke auf dem Fensterbrett. Arthur steht in diesem leeren Zimmer in einer leeren Wohnung und Marianne draußen in der Tür. Er: ein Kind in einem ausgeräumten Leben. Sie: eine Frau, die extra noch beim Friseur war und deren Parfümwolke er jetzt gleich nachlaufen wird.

Eine Frau in neuen Kleidern, mit Schuhen, die perfekt passen. Arthur weiß noch, wie Marianne sich hinten oft zusammengefaltete Taschentücher zwischen Ferse und Schuh geschoben hat, wenn sie ihr zu groß waren. Aber seit Marianne und Georg diesen Plan mit dem Zentrum haben, ist alles anders.

Für einen Moment ist es so still, dass Arthur seiner Mutter beim Denken zuhören kann. Sie klimpert mit den schon nackten Schlüsseln, die sie gleich unten in den Postkasten fallen lassen wird. Arthur misstraut ihrem Lächeln, und dennoch: Wann hat seine Mutter jemals so viel gelächelt. Er freut sich für sie. Und auch ein wenig für sich.

»Arthur, wirst du glücklich sein in Andalusien?«

»*Du* wirst glücklich sein.«

»Ich bin nur glücklich, wenn du es bist.«

Das ist doch gar nicht wahr.

Aber Arthur nickt, genau wie jetzt in seinem Zimmer, nickt bereits niemandem mehr zu, nickt wie um sich selbst zu ermutigen, die beiden Figuren mitzunehmen. Ein Blick auf die kleinen Fußabdrücke, dann geht er aus dem Zimmer.

Marianne verlässt vor ihm die Wohnung. Kurz spürt Arthur den Impuls, auf sie zu zuzulaufen, die Arme auszustrecken und an ihr hochzuspringen, wie er es als kleiner Junge getan hat. Aber er ist schon zu groß dafür, und sie hat eine so weiße Bluse an. Jetzt gehen sie hintereinander die Treppe hinab, lassen einander unten umständlich den Vortritt, bis Marianne den entscheidenden Satz nach draußen macht und die beiden Stufen auf einmal nimmt. Auf dem Weg schüttelt sie sich noch derart in ihren Mantel hinein, als würde sie im Gehen davonfliegen wollen. Die Autotür dieses bürokühlen Mercedestaxis fällt so samtig zu, dass Arthur sogar ein leichtes Gefühl der Erhabenheit überkommt. Was er gerade erlebt, erleben nicht alle irgendwann: auswandern. Er denkt daran, wie Klaus beim Luftgitarrespielen vor einer imaginären Menschenmenge immer wieder einmal beide Mittelfinger emporreckt: So fühlt er sich jetzt.

Marianne sagt: »Auf Nimmerwiedersehen.«

»Na ja, so schlecht war es nicht. Aber jetzt geht es auf zu neuen Ufern!« Das ist Georg. Meistens seufzt Georg nach ein paar Sätzen und sieht Marianne an, aber Marianne schaut immer weg.

Arthur dreht sich wirklich noch einmal um, sieht den akkurat gemähten Rasen zwischen den Häusern, das Grasgrün, das Waschbetongrau. Sieht, dass eine alte Frau im fünften Stock einen bunten Teppich auf dem Balkongeländer ausklopft.

Klaus weint. Was heißt: Die Hände fest vorm Gesicht, zucken die Schultern wie wild. Und er schluchzt! Der Taxifahrer ist irritiert und schaut ein wenig *hab-dich-doch-nicht-so*-mäßig in den Rückspiegel. Beim Hinausfahren auf die Kreuzung wirft er einen unmissverständlichen Seitenblick auf Georg in seinem gestärkten Hemdkragen am Beifahrersitz.

Arthur liest mit, was der Taxifahrer denkt, als seine Augen im Spiegel hin und her wandern. Er tut, als würde er sich auf den Verkehr konzentrieren. Marianne legt den Arm um Klaus und streichelt ihm durchs Haar. Klaus weicht ihr aus. Als sich der Blick des Taxifahrers mit dem von Arthur trifft, schaut er schnell in den Seitenspiegel, obwohl es keinen Grund dazu gibt. Jetzt aber gäbe es einen: hinausblinken, beschleunigen, es geht los!

Klaus, der sich schnäuzt, rinnen die Tränen über seine von Akne vernarbten Wangen. Sie heißt Alicia oder Alice oder Alis, zuerst wusste er es selbst nicht genau und hat den falschen Namen angeschmachtet. Worauf Arthur sich nie mehr merken konnte, welcher nun der richtige ist. Irgendwann wollte er nicht mehr fragen, weil Klaus jedes Mal ausgezuckt ist, wenn

Arthur den falschen Namen gesagt hat. Jetzt schluchzt Klaus, stammelt was von Onlinebeziehung und Zwangsverschleppung, dann wird es schon wieder unverständlich. *Scheißkaff*, versteht Arthur noch, und sehr leise, bevor er ganz verstummt, ein *Ficktseuchalle*.

In Ruth Beckmanns Haus an der alten Bundesstraße brennt Licht. Arthur stellt sich vor, wie sie liest oder dass sie dampfende Töpfe am Herd stehen hat. Er möchte winken, aber lässt es dann doch. Das ist sonderbar, denkt Arthur, der Taucher und Astronaut in der Hosentasche zurechtrückt, was man alles im selben Moment fühlen kann. Zum Beispiel Leichtes und Schweres. Es zieht und hält ihn zugleich. Aber er weiß, jeder Meter ist richtig. Und dass die Würfel um seinen Platz noch nicht gefallen sind.

(00:11:13) *Im Großen und Ganzen fand ich das Auswandern okay. Es war schon auch dieses Fortkommen aus dem Kaff dort, das mich glauben ließ, ich sei vielleicht zu was anderem berufen oder so. Wie man halt so denkt. Hätte echt nicht gewusst, was ich dort in Bischofshofen machen soll. Gingen ja alle irgendwie zum Heer oder zu Vereinen, das hätte ich mir nicht vorstellen können, da wär ich nicht beigetreten. Und dann gab es nur noch die Spacken, die krass drauf waren und an der Bushaltestelle gegenüber rumsaßen. Als Kind bin ich denen ausgewichen, aber irgendwann hätte ich wohl zu ihnen gehört. Sonst gab es niemanden.*

6

La Puerta, Sommer 1997

Vierzig Kilometer von *einem* Jerez de la Frontera, zwei Kilometer von *einem* El Rocio. Nicht einmal die Namen dieser Orte kann er normal aussprechen, alles ist so fremd, dass ihm selbst der eigene Name bewusst wird. Fremd heißen, daran muss er sich erst gewöhnen. Dass die Andalusier drei Versuche benötigen, seinen Namen auszusprechen, und wie er sich dann fühlt. Immer sagt er schon »okay«, wenn sie noch »Atu« sagen, »okay, okay, okay«. Dabei hat Arthur Galleij ja auch in Österreich immer fremd geheißen, aber das war eben doch noch einmal etwas anderes, weil in Österreich andere noch viel fremder waren als er. Und weil sein Fremdsein wenigstens nach Schweiz klang und somit ein gutes Fremdsein war. Arthur weiß, dass es bei weitem nicht allen Fremden so gut erging wie ihm. Nur hier in Andalusien kann er die Art seines Fremdseins nicht einschätzen.

Arthur schaut von der Wohnung im dritten Stock hinunter in die große Baunarbe, aus der langsam wächst, was am Ende hier stehen soll: ein Zentrum für Palliativpflege im Luxussegment. Über vierzig Personen, *Gäste*, wie Marianne und Georg sagen, sollen hier ihre letzten Tage und Wochen verbringen können. In angenehmer Atmosphäre, unter ärztlicher Begleitung und Betreuung durch Pflegerinnen und Pfleger. Grünanlagen soll es geben, wo jetzt Sandflächen sind, eine Cafeteria. Draußen an der Grundstücksgrenze steht das große automatisch öffnende Tor mit der Aufschrift *La Puerta*. Das ist jetzt Arthurs Zuhause. Und was ist draußen? Sand, Hitze, zerfledderte Plastiksäcke, die irgendwo hängen bleiben und im Wind flattern. Das eine oder andere Häuschen, eine Ansammlung von sandbraun gewordenen Hütten, die Siedlung. Orangen, Pfirsiche. Viel ist es nicht, was da ist. Umso größer wirkt das *Zentrum*, wie Marianne und Georg es nennen, und das die beiden jetzt mit einem Aufwand umbauen, der für Arthur und Klaus gewöhnungsbedürftig ist. Dabei wird Arthur das Gefühl nicht los, das alles hier hätte Steppe bleiben wollen, eine sandige Ebene, vorne nur durch das Meer begrenzt, im Hinterland nichts als Sand, nichts als Sand und die Straße, weiter hinten der Tankstellenshop. Zwischen El Rocio und dem nächsten Dorf dann wieder Hitze und Staub und ein paar Bäume mit Plastikfäden in Hellblau und Blassrot in den dürren Zweigen. Wenn Arthur die Augen schließt, weiß er nie, ob er diese Fäden im Wind rascheln hört oder den Verkehr oder das Meer.

Lange, heiße Tage sind das, ohne dass der Schulbeginn in greifbarer Nähe wäre. Klaus hat sich in seinem Zimmer eingesperrt. Es ist nicht wie im Familienurlaub, dass alle zusammen losstürmen ans Meer. Arthur streift sich die Schuhe über und geht einfach in die Richtung, in der er es vermutet. Immer dem Licht nach, zweihundert Meter vielleicht, da: der tiefblaue Streifen wie aus dem Nichts, die dornige Steppe wird zum Strand. Jetzt zieht er die Schuhe wieder aus, das macht man doch so, und geht drauf zu. Zum Laufen ist er schon zu cool, aber er geht noch mit dem Schwung eines Kindes. Das könnte gerade sehr schön sein, einer dieser guten Momente, eine Ankunft. Schon ist er da. Er sieht und hört das Meer und ist allein. Ist doch alles gar nicht so schlimm. Riecht es eben nach nichts! Warum muss denn so etwas traurig sein? Heult er jetzt wirklich? Es ist nur das Meer.

Als sie kommen, tauchen sie auf wie in einem Videospiel. Bauarbeiter in Zivil, Bauarbeiter mit Helmen, Kipplaster, Laster, die auf Ladeflächen kleine Bagger transportieren. Maurer, Hilfsarbeiter, Baggerfahrer. Maler und schließlich Putzfrauen. Putzfrauen und noch mehr Putzfrauen. Putzfrauen in weißen Strumpfhosen und gestärkten, mintfarbenen Knieröcken. Jungsträume, die Mütter der Jungsträume, die Großmütter der Jungsträume. Die Männer tragen Blitzblau. Mit der Zeit kommen auch Angehörige. Angehörige mit und ohne Patienten, Schnuppertagsbesucher, Fragensteller, Begutachter. Ratlos oder zuversichtlich nickend. Die, die sich nach dem Besuch alles noch einmal ganz genau anschauen. Marianne hetzt mit einem strahlenden Lächeln von einem zum nächsten. Alle dürfen kommen, jetzt am Anfang ist jeder Tag ein Tag der offenen Tür. Georg hat das im Führungskräftekolleg so gelernt, sein Lieblingswort ist *partizipativ*. Arthur hört ihn dieses Wort bei den seltenen gemeinsamen Frühstücken oft zu Marianne sagen. Überhaupt spricht Georg eine Sprache, die er aus den Wirtschaftszeitschriften hat. Den Rest der Zeit wischt er auf seinem Organizer herum. Als er einmal aufblickt und zufällig in Klaus' Gesicht schaut, stellt er ganz erschrocken fest: »Du bist so dünn. Isst du nichts?«

»Doch«, sagt Klaus und zeigt auf seinen Teller, neben dem eine halbe, ausgequetschte Zitrone von Mariannes Tee liegt.

»Du musst was essen«, sagt Georg zu seinem Mailaccount, »Marianne, der Junge muss mal was essen.«

»Marianne ist gar nicht da«, sagt Klaus.

»Das sieht ihr wieder ähnlich«, sagt Georg, während er kaut.

Unten nimmt alles mehr und mehr Gestalt an. Marianne (laute Absätze, hochgekrempelte Ärmel, nasse Achseln und hervorstehende Adern an den Unterarmen) sagt zwischen Tür und Angel, dass das neue Leben für Arthur wie ein Landschullager sein wird, nur mit älteren Leuten. »Und wenn du Landschullager mögen würdest«, fügt sie hinzu.

Sie lachen. Arthur sieht, dass sie glücklich ist, wenn sie so über die Baustelle stolziert. »Lass das, Mama«, winkt er ab, »du brauchst mich nicht aufzumuntern, es geht mir gut.« Aber sie ist schon ein paar Meter weiter und zeigt dem Polier einen bereits gemeldeten Baumangel an der Innenwand des Aufenthaltsraums, zur Erinnerung. Der Polier macht eine Salutierbewegung.

Als Marianne auf dem Weg zurück ins Büro ist, sitzt Arthur immer noch auf der Mauer und wirft Steine in ein Loch zwischen Schubkarren und Schaufeln. Sie steckt ihm einen Geldschein zu und sagt, dass der Kiosk bald aufsperren wird. Sie riecht nach einem Parfüm, das Arthur nicht kennt. Zufrieden steckt er den Schein ein. Wie viel er davon kaufen kann, weiß er noch nicht, aber wahrscheinlich mehr, als er denkt. Er hat sich vorgenommen, sich hier so gut wie möglich allein zu unterhalten, und möchte jetzt schon einmal für seine erste Packung Zigaretten sparen. Wer weiß, vielleicht macht ihm das Rauchen ja Spaß. Und wenn ihm das Rauchen schon keinen Spaß macht, dann vielleicht das Sich-Verstecken, um zu rauchen. Er könnte Klaus überreden mitzumachen. Dann hätte Klaus auch ein Hobby, und Arthur wüsste, was sein Bruder all die Tage hinter seiner geschlossenen Tür macht, vor die Marianne ihm täglich eine Dose 7 Up und die abgepackten Sandwiches von der Tankstelle legt.

Georg ist trotz seines BWL-Studiums lange Anwaltsgehilfe

gewesen und hat dann eine Managerausbildung gemacht. Das Kolleg hieß etwas mit *Directing*, weswegen Arthur sehr lange glaubte, Georg werde einmal Filmregisseur. Arthur weiß nicht, was ein Manager tut, sieht aber, dass Georg viel plant, rechnet und beobachtet. Er liest im *Harvard Business Manager*, und Marianne lässt sich die Nagelfrau ins Büro kommen, damit sie nebenbei mit Lautsprecher telefonieren kann.

An diesem Vormittag begutachtet Georg den türkisblauen Anstrich der Mauer rund um das Gelände. Der Anstrich bildet einen grüneren, satteren Kontrast zum Himmel und wirkt vor dem dunklen Streifen Meer wie eine Behauptung, findet Arthur. Aber Georg nickt den Malern erfreut zu. Er schaut nicht in den Himmel, und er schaut auch nicht aufs Meer hinaus, Georg sieht einzig die Mauer. »Wie gefällt dir die Farbe?«, fragt Georg ihn im Vorbeigehen, und Arthur nickt nur und sagt nichts, hat aber das Gefühl, dass man so etwas wirklich nicht tun sollte, den Himmel in den Schatten stellen. Weil Georg jetzt stehenbleibt und eine Antwort erwartet, sagt Arthur schließlich: »Auch eine Art Blau.«

Das Hauptgebäude mit dem großzügigen Eingangsbereich und der Kaffeehausterrasse und das Nebengebäude, in dem die Einzelzimmer untergebracht sind, bekommen einen blütenweißen Anstrich, der um die Mittagszeit herum in den Augen sticht und an ein Ferienhotel mit Meerblick denken lässt. Plötzlich ist alles sauber und herausgeputzt. Links und rechts säumen Zypressen die Einfahrt in den Hof, und auf den Rasenflächen ersetzen blühende Sträucher die Löcher mit den aufgeschütteten Erdhaufen. Die Bewässerungsanlage springt mit der ersten Hitze am Vormittag an und macht dieses leise, kühlende Spritzgeräusch, das auf Arthur eine einschläfernde Wirkung hat. Ihm fällt ein, dass Marianne Klaus und ihm in Bischofshofen immer nur eine gemeinsame Sonntagsbadewanne erlaubt hat. Beim Wasser spart man sich am meisten, hat sie immer gesagt. Jetzt ist offenbar alles anders, denkt er, und vielleicht hat das auch damit zu tun, dass Marianne gar nicht daran gedacht hat, dass sie eine Bewässerungsanlage braucht, wenn sie einen Rollrasen will.

Noch nie hat er ein so schönes Zuhause gehabt. Und auf einmal fällt es ihm auch gar nicht mehr schwer, es auszusprechen. Jetzt ist er also hier, wohnt in einem Haus, zu dem es Werbematerial gibt und in das ständig neue Menschen einziehen. Es könnte wirklich alles viel schlimmer sein, denkt Arthur und schaut nur manchmal noch für einen kurzen Moment auf Klaus' geschlossene Tür. Wahrscheinlich raucht der längst. Was sonst soll er denn in diesem Zimmer tun, außer rauchen und masturbieren und irgendwelche Stephen Kings schauen.

Angehörige, die wie Patienten aussehen, Patienten, die wie Putzfrauen aussehen, und solche, die nicht zuzuordnen sind. Es geht alles so schnell, und mit Anfang Juli kommen die Schwestern. Krankenschwestern, Gehilfinnen, Pflegehelferinnen, Hausdamen, die, so lernt Arthur, eine Mischung aus Reinigungskraft und Pflegehelferin sind. Alle sind immer Frauen, mit Ausnahme ganz weniger Pfleger. Alle Männer sind so alt, als hätten sie irgendwo anders ein Leben abgebrochen und hier ein neues begonnen. Arthur schaut sich jeden ganz genau an. Er sitzt auf einem wackligen, blassroten Plastikstuhl hinter der kleinen Hütte, die später der Kiosk werden soll. Die Gesichter sind sehr verschieden, sie reichen von einem *Mich geht das alles nichts an* bis zu *Jetzt habe ich es endlich geschafft* oder *Wo verdammt muss ich hin, damit man mir sagt, wo ich hinmuss.* Die Rollkoffer holpern, bis der geflieste Zugang vorne an der Cafeteria erreicht ist. Einige nicken Arthur, dem Jungen auf dem

Mauervorsprung, zu, andere ignorieren ihn. Ein Kind in einem solchen Haus! Denn auch wenn nichts daran erinnert und jetzt endlich alles so aussieht wie um ein nobles Strandhotel herum, so weiß doch jeder, weshalb er hier ist. Die meisten Gäste erkennt Arthur an ihrer Gebrechlichkeit, an ihren Harnbeuteln und anderen Verkabelungen, obwohl er damals noch nicht weiß, dass das Schmerzpumpen sind. Es gibt auch welche, die aussehen wie Urlaubsgäste, aus Taxis steigen und die Sonnenbrille abnehmen und sich durchs Haar fahren. Aber die Mehrheit fährt sich nicht mehr durchs Haar. Die Mehrheit schaut sich auch nicht mehr um. Über die meisten wird später einmal jemand sagen, dass es sehr schnell gegangen ist.

(00:11:04) *Ich hatte mich mit dem Sterben zuvor nicht auseinandergesetzt. Bei uns war niemand gestorben, bei uns war höchstens jemand weg. Und auch nicht direkt, weil man ja wusste, dass der Vater zum Beispiel irgendwo war. Einmal erfuhr ich von der verschwundenen Tankstellenshop-Mitarbeiterin, aber ich hätte das nie mit Ramon in Verbindung gebracht. In meiner Vorstellung war man alleine verschwunden, dass man zu zweit weg sein konnte, kam mir nicht in den Sinn. Aber vielleicht ist das so ein Effekt, den dieser Übergang von der Kindheit auf später hat: dass man erst nach und nach mitkriegt, was eigentlich Sache ist. Und so war das mit den Todkranken eben auch. Sie wurden uns nie vorgestellt, immer nur gezeigt. Nie erfuhren wir ganze Namen, und in den seltensten Fällen schüttelten wir eine Hand oder schauten in ein Gesicht, abgesehen von denen, die man im Kiosk traf und grüßte. Klaus und ich grüßten immer auf Spanisch, obwohl wir wussten, dass die Gäste mehrheitlich deutschsprachig waren. Außer der Palliativmedizinerin, Mathilda Arnon, war eigentlich kaum jemand bereit, mit uns über die Sterbenden oder die Toten zu sprechen.*

Wenn sie tot waren, kam das lange Auto, und ihr richtiger Name wurde auf eine Schleife gedruckt. Die Schleife kam unten im Keller in den Mehrzweckraum, da gab es auch einen kleinen Altar oder einen festlich hergerichteten Tisch, auf dem immer eine Kerze brannte und vorne ein gerahmtes Foto stand. So oft war ich gar nicht im Keller, aber wenn, erkannte ich die Gesichter von den Fotos nicht wieder. Tatsächlich konnte ich keinen einzigen Menschen auf diesen Fotos mit den Gästen in Zusammenhang bringen, die ich tagtäglich sah. Und die meisten, das wusste ich ja, sah ich nicht, weil sie ihre Zimmer nicht mehr verließen. Ich begann also schnell, mich von den Gästen fernzuhalten, da so eine Grenze einzuziehen, was gar nicht so leicht war, weil wir ja irgendwie unter einem Dach lebten. Trotzdem wurde alles ganz schnell normal. Die Fremden wurden normal und ihre Besucher. Dass das lange Auto vorfuhr und manche, nicht wenige, nie besucht wurden. Mathilda Arnon wurde normal, die breit und laut lachte und pastellfarbene Poloshirts mit diesem starken Weichspülergeruch trug. So einen strammen, sicheren Gang hatte sie und eine wehende Strickjacke. Dass sie die einzige wirkliche Ärztin war und ganz und gar nicht wie eine aussah, alles das wurde für mich normal. Ich glaube, ich begann zu denken, dass ich ziemlich abgeklärt und erfahren war, was das Sterben betrifft. Dabei sah ich eigentlich genau nichts. Ich sah nie eine Tote. Bis ich Grazetta kennenlernte.

7

Favoriten, Juli 2010

»Vogl?« Die Frau mit den graubraunen Wellen im Haar starrt Börd an, als habe er mit seinem bloßen Erscheinen ein Verbrechen begangen. Arthur weicht wie automatisch einen halben Schritt zurück. Zuerst gilt es einmal, nichts falsch zu machen.

»Schau sich das einer an«, sagt die Frau, auf deren Türschild *Fr. Mag. Gerhild Rothenburger* steht, schmallippig. Erkennbar braucht sie einen Moment, um sich zu fangen, und sortiert ihre Kugelschreiber auf der gänzlich unbeschrifteten Schreibunterlage, als sie sagt: »Bringst du wieder irgendwelche Jungs in den Knast? Ich dachte, du bist längst raus?«

Sie bedeutet Arthur, er möge sich auf den einzigen Stuhl setzen, was er gern befolgt. Oft genug ist er nun schon auf dieser Seite der Tische herumgesessen, auf der Seite, die sich erst mal erklären muss. Auch wieder so ein Grund, weshalb es angenehm ist, mit Börd unterwegs zu sein. Immer fällt Börd unangenehmer auf als er selbst.

»Du dachtest, ich bin raus«, wiederholt Börd, »bin ich auch.«

Er holt sich einen der stapelbaren Stühle von hinter der Tür, er muss schon einmal hier gewesen sein. Und dieser *Gesundheitscheck* wird ja nicht erst seit gestern Teil der Starring-Therapie sein. Höher, schneller, weiter, schöner, besser – das heißt eben auch: *gesünder*. Börd wird mit seinen Klienten hier Stammgast sein. Von wegen individueller Therapieansatz! Aber vielleicht sollen alle einen Begriff vom gesunden Leben kriegen, denkt Arthur.

Dass diese Frau, Mag. Gerhild Rothenburger, und Börd einander deutlich über den Kontext dieses Sprechzimmers hinaus kennen, ist aber klar. Außerdem hätte er sie wohl kaum im Rahmen seiner Arbeit derart beleidigt haben können, denkt Arthur. Wobei er sich bei seinem Therapeuten – das ist es, was er bisher gelernt hat – wirklich niemals sicher sein kann. Ihm scheint, was Börds Verhalten betrifft, sei alles möglich. Alles, was Arthur sich bisher unter Sozialarbeit vorgestellt hat, macht Börd andersherum.

»Da täuschst du dich auch nicht, Gerhild«, sagt Börd in so einem eigenartigen *Mann-zu-Frau*-Ton, den Arthur bei ihm noch nie gehört hat. »Ich *bin* raus, arbeite jetzt für eine Studentin von mir.«

Sie schaut ihn ohne Erbarmen an. Keine Regung im Gesicht, keine Öffnung in ihrem Blick, Weichheit oder Freundlichkeit, nichts. Je länger Arthur dieses Gesicht betrachtet, desto klarer wird ihm, dass das blanker Hass sein könnte. Aber schwer zu sagen ist, ob es sich um tiefen, inneren, zersetzenden Hass handelt, oder ob das anlassbezogener, befeuernder Hass ist, der eventuell noch umschlagen könnte in vielleicht sogar eine Zusage zum Date. Arthur mustert die Frau, aber nichts regt sich, und das mit dem Date verwirft er schnell wieder. Wo hat er das Wort überhaupt her? Als sei er jemals bei einem Date gewesen. Das ist hier nicht wie im Film. Sie hasst ihn einfach wirklich, wie sehr Arthur ihm vielleicht auch etwas anderes gönnt.

»Klingt kläglich«, sagt Gerhild Rothenburger dann.

»Du weißt nicht, wie es vorher war«, sagt Börd.

»Oh doch.« Sie weitet die Augen, seufzt und schaut auf ihre Hände, wie nur Menschen auf ihre Hände schauen, die sich ihrer Sache sehr sicher sind und nichts mehr hören wollen.

»Nun gut«, fängt sie sich, »der Junge kann ja nichts dafür, wir werden das nicht auf dem Rücken des Jungen austragen.«

Junge, denkt Arthur.

»Nein«, sagt Börd entschieden, »am besten tragen wir gar nichts aus.«

»Dafür ist es zu spät«, sagt Gerhild, und ihr Mund ist ein rissiger Spalt.

»Es ist nie zu spät.«

»Du hättest Schlagersänger werden sollen. Das hätte besser zu deinen Hobbys gepasst. Du weißt, was ich meine«, sagt sie.

»Ich habe keine Hobbys mehr«, sagt Börd, und da ist ein Flehen in seinem Ton.

Arthur räuspert sich, und Gerhild Rothenburger lockert tatsächlich die Lippen.

»Und Sie sind hier also zum Gesundheitscheck?«, sagt sie mit aufgehellter, geschäftsmäßiger Miene.

Arthur schaut Börd an. »Denke ja?«

Börd nickt unmerklich.

»Nun gut.« Gerhild Rothenburger streicht über ihren weißen Kittel.

»Bevor wir gemeinsam den Anamnesebogen ausfüllen«, sagt sie dann, »sollten wir uns über Ihre Gesundheitsziele im Klaren sein.«

Arthur schluckt. Purzelbäume schlagen, sich mal was trauen, was Neues wagen, gut. Ein Besserer werden, gut. Aber muss das mit so viel Gedöns einhergehen? Er ist nicht der Typ für großen Radau, und abgesehen davon weiß er nicht, was ein Gesundheitsziel ist.

»Ich weiß nicht, was ein Gesundheitsziel ist.«

Sie hebt die Augenbrauen. »Das ist überhaupt nicht schlimm,

das wissen viele nicht. Deswegen sind Sie ja hier. Ihr Betreuer kann es Ihnen erklären.«

Betreuer, denkt Börd.

»Erklären? Ja. Natürlich kann ich das erklären. Ein Gesundheitsziel ist sowas wie: Nie wieder Zigaretten. Null Komma null, äh, zum Beispiel Alkohol. Keine Zigaretten und kein Alkohol. Drogen! Drogen natürlich sowieso nicht. ... Was noch? Gemüse. Ausdauernd Brokkoli. Alles, was grün ist. Tonnenweise Brokkoli und reinstes, klares Wasser, natürlich. Gebirgsbachwasser. Tautropfenfrisch. Sowas in der Art. Nicht wahr?«

Sie mustert ihn entsetzt. »So soll dich jemand ernst nehmen? So bringst du ihnen also das gute Leben bei? Und findest das auch noch lustig?«

»So bringe ich ihnen bei, was Leute wie du von ihnen hören wollen. Und ich habe nicht gelacht.«

»Dafür, dass das zum Weinen ist, siehst du fröhlich aus.«

»Wie gut, dass du genau weißt, wie es mir geht.«

»Es interessiert mich vielleicht einfach nicht, wie es ...«

»Ich denke, ich habe verstanden«, sagt Arthur mit fester Stimme. »Was ich erreichen möchte, muss sich nicht unbedingt mit allgemeinen ... Standards decken, sondern soll vielleicht erst mal so eine Art persönliches Ziel sein, ja?«

Jetzt ist sie entzückt.

»So ist es! Rauchen Sie?«

»Ab und zu«, sagt Arthur.

»Ständig«, sagt Börd hinter vorgehaltener Hand.

»Stört es Sie, dass Sie Raucher sind?«

»Ich bin nicht wirklich Raucher, ich leihe mir nur ab und zu Zigaretten.« Er sagt nicht: von ihm. »Oder ich kaufe sie, aber hauptsächlich, um nicht auf andere angewiesen zu sein.«

»Aha«, sagt Gerhild Rothenburger und notiert etwas. »Ihre

sozialen Beziehungen sind also abhängig vom Vorhandensein Ihrer Suchtmittel.«

»So würde ich das nicht ausdrücken. Mir ist es wirklich ganz egal, ob jemand raucht oder nicht, aber im Gefängnis war es immer besser, selbst alles zu haben, was man braucht, und darüber hinaus. Tauschen und verleihen können ist besser, als selbst ausleihen zu müssen.«

»Drogen?«, fragt sie.

»Wie meinen Sie das genau?« Arthur ist schon mitten im Satz klar, was er jetzt wieder für ein Missverständnis anrichtet.

»Ob Sie ein Problem mit Drogen haben?«

Das ist schwer. So wie sie denkt, nein. Sein Problem ist ein anderes, aber dafür reicht die Zeit zwischen zwei Fragen im Anamnesebogen nicht. Und sie kennen einander nicht gut genug, dass er sagen könnte: So direkt nicht, aber da gibt es etwas, meine Lebenslast, wenn Sie so wollen, die größte Schuld, die ich trage, der innere Zweifel. *Zweifel* ist ein sehr milder Ausdruck, im besten Fall handelt es sich um Zweifel, im wahrscheinlichsten Fall aber um Schuld.

All das sagt Arthur nicht. Er sagt:

»Ich habe von Drogen so gut wie immer die Finger gelassen. Und wenn nicht, haben sie mir arge Probleme bereitet. Probleme der schlimmsten Art. Bis heute habe ich deswegen Albträume. Der größte Horror in meiner eigenen Untiefe hat etwas damit zu tun.«

Gerhild Rothenburger schaut etwas ratlos in den Anamnesebogen, als würde dort eine Erklärung zum *Horror der eigenen Untiefe* stehen, vergeblich. »Und wie sieht es mit Ihrem Blutdruck aus?«

Arthur wirft einen Blick auf Börd, der mit geschlossenen Augen das Kinn in die Hand stützt.

»Ich habe keine Ahnung.«

»Wahrscheinlich gut«, sagt sie. »Sie sind jung, und Ihr BMI befindet sich vermutlich an der unteren Grenze zum Normalgewicht.«

Bei seiner Erstuntersuchung in der JVA Gerlitz war Arthurs Blutdruck sehr hoch, aber das war eine Ausnahmesituation. Der BMI ist weniger spannungsanfällig.

»Untere Grenze ... ist das schlimm?«, fragt er.

»Das ist, was die meisten wollen.«

»Und ist es schlimm?«

»Nein«, sagt sie jetzt sehr bestimmt, »es ist gut. Wie steht es um Ihre Ernährung?«

Ihre Augen leuchten jetzt, das ist also ihr Thema. Börd gibt ein ganz leises Grunzen von sich, das sie mit großer Verachtung im Blick kommentiert. Arthur bläst Luft durch die Nasenflügel.

»Ernährung«, sagt er dann langsam, »das kann ich so genau gar nicht sagen. Also, das Essen im Gefängnis, das werden Sie ja schon öfter gehört haben, ist ungenießbar. Ich bin nicht empfindlich, ich will mich nicht beklagen, aber man konnte das schlichtweg nicht essen. Zumal an den Wochenenden, da bekommt man alles am Morgen, auf einem Tablett, Frühstück, Mittagessen, Abendessen. Alles ist labbrig und ohne Geschmack. In meiner Zweierzelle hatte ich dann einen Toaster, da ging es dann etwas besser. Wir haben einfach jede Mahlzeit mit viel Ketchup zwischen getoastete Brotscheiben geschmiert.«

»Das ist ja ekelhaft«, entfährt es ihr.

Arthur nickt.

»Und Sport und Bewegung?«

Arthur hebt die Brauen, nickt eine Weile langsam, aber wie

er es dreht und wendet, es kommt nichts anderes dabei heraus: »Ich mache eigentlich keine … besondere Bewegung, also welche, die sich jetzt direkt in die sportliche Richtung einordnen ließe.«

Sie nickt tapfer.

»Spaziergänge?«

Er legt den Kopf schief, das war ein Angebot zur Kooperation. Von seinem Zimmer im zweiten Stock bis hinunter zum Feedbackraum im Erdgeschoss sind es immerhin zwei Minuten, das läuft er täglich, sagen wir, vier-, fünfmal. Und dann noch zum Essen. »Ein wenig«, sagt er, und sie schreibt dankbar etwas auf.

»Belassen wir es dabei«, sagt sie bei der Verabschiedung, als wäre sie glücklich darüber, gleich endlich allein zu sein. »Dreimal wöchentlich eine halbe Stunde Sport, und meinetwegen gehen Sie die Treppe auf und ab. Das Rauchen reduzieren Sie, am besten hören Sie ganz auf. Und wir sehen uns in einem halben Jahr wieder.«

Was Menschen alles für eine Arbeit haben, denkt Arthur, nicht ohne Neid.

Als er vorne bereits den Lift holt, tauschen sie und Börd noch Schlussbemerkungen aus, die wie ein Gerangel um das letzte Wort klingen. »Studentin« versteht Arthur nur, und ob er die vielleicht auch …

»Nein«, grunzt Börd darauf entschieden, »dazu ist sie überhaupt nicht der Typ.«

8

La Puerta, Frühjahr 2003

Bei Domingo im Kiosk sind die Regale voll. Zigaretten und Dosenpfirsich, Speck in Plastikfolie, Orangen und Zitronen, Makrelen in Tomatensauce. Alkohol: Bier, Wein, Spirituosen, *Blue Curaçao*. Cocktailschirmchen im Hunderterpack. Eingelegte Kirschen, auf denen *Maraschino* steht. Kugelschreiber, Bleistifte, Notizblöcke. Bounty, Twix, Mars. Orbit Strawberry und White. Haarspangen, Haarnadeln, Haarteile, die aus Hüten ragen. Zwei Ausgaben der *Frankfurter Allgemeinen Zeitung*, der *Berliner Tagesspiegel*, die *Kronen Zeitung*. Alle Zigarettenmarken, die Arthur kennt, und mehr. Alles da, bedeutet Domingo dem langbeinig gewordenen Sohn der Geschäftsführerin, der auf einmal unübersehbar kein Kind mehr ist. Domingo soll's recht sein, ein Jugendlicher ist ihm als Kunde weitaus willkommener als ein Kind.

Arthur nickt wie immer anerkennend, wenn er den Laden betritt, weil das von Domingo so erwartet wird. Nur nie fragen, wer diesen ganzen Mist kaufen soll, vielleicht braucht das wirklich jemand, was weiß Arthur. Er weiß immerhin, dass es dank dieses Kiosks auch den Platz hinter dem Kiosk gibt, ein stiller Ort, wo die meiste Zeit des Tages zwar die Sonne hinknallt, trotzdem ist man dort herrlich geschützt vor Blicken aus allen Richtungen: Cafeteria, Zimmer, Büro, Wohnung. Der Platz an der Wand hinter dem Kiosk ist eine kleine Insel im Alltag dieses Zentrums, ein toter Winkel, der Arthurs zweites Zuhause geworden ist.

Arthur hat noch gesehen, wie ein Lieferant mehrere große Kühlgeräte dort ablädt, dann betritt er den Laden in seinen ausgelatschten Leinenschuhen, die draußen im Staub des trockenen Frühjahrs auch nicht unbedingt schöner geworden sind. Domingo reißt sich zusammen und schaut nicht, wie sonst, an dem Jungen herunter. Er selbst trägt seine Schuhe immer poliert. Mittlerweile rennt er bei Regen auch nicht gleich mit dem Wischmopp hinter Arthur her. Es sind kleine Signale einer sich langsam entwickelnden Geschäftsbeziehung, denn der Junge ist auf dem Weg, einer seiner besten Kunden zu werden.

Der Ventilator auf der Kundenseite der Theke ächzt unter der Last seiner Umdrehungen. Es ist fraglich, ob er den andalusischen Sommer überlebt, aber Domingo, der das Ächzen nicht hört, merkt vielleicht gar nicht, wie es um seinen Ventilator steht. Arthur nimmt zwei Packungen Orbit, einmal Strawberry, einmal White, und ein Feuerzeug, legt alles auf die Theke und lässt sich von dem untersetzten Domingo, der zufrieden grinst, den Preis auf der Kasse zeigen: *sieben Euro achtzig*!

Arthur schaut übertrieben erstaunt und macht erst einmal keine Anstalten, sein Portemonnaie hervorzukramen. Was kann so teuer sein? Der Kaugummi? Das Plastikfeuerzeug? Domingo hat den Gesamtpreis, wie immer, einfach eingetippt und sich dann anderen Dingen zugewandt. Er schaut Arthur erst wieder an, als dieser ihm schließlich mit zusammengebissenen Zähnen einen Zehner hinüberschiebt. Domingo nimmt den Schein zwischen Daumen und Zeigefinger und legt ihn in die Kasse, die sich geräuschvoll schließt.

Arthur glotzt ihn fassungslos an. Domingo schiebt die Tageszeitungen so untereinander, dass sie schön parallel liegen. Arthur tut, was er nicht gewohnt ist, er meldet sich zu Wort. Wütend sogar.

»Ich krieg noch zwei zwanzig!«, sagt er mit einem Zittern in der Stimme. Aber nein, Domingo hört nichts. *Er hört ja nichts!*

Arthur klopft mit den Fingerknöcheln auf die Theke, die hilflose Geste eines Anfängers. Er kann noch so laut klopfen, dieser Mensch rührt sich nicht. Dann eben mit der flachen Hand. Langsam wird es Zeit, dass ihn, Arthur, niemand mehr abspeist. Aber er, Domingo, mit der Seelenruhe eines Zen-Meisters: NZZ unter die *Kronen Zeitung*. Arthur haut jetzt mit der Faust auf die Theke: kein Zucken in diesem lebensprallen Gesicht, nichts, stattdessen wendet sich Domingo den Konserven zu. »He!!!«, schreit Arthur. Er stampft mit dem Fuß auf und schämt sich augenblicklich dafür. Kirsche zu Rumtopf, der hat vielleicht Nerven! Arthur merkt, wie sein Herz rast vor Wut. Hier ist alles so wackelig, selbstverständlich spürt Domingo das Klopfen und das Hauen und das Stampfen. Auch ohne dieses Klopfen und Hauen und Stampfen würde er das spüren, weil man eine große Wut in einem kleinen Raum einfach *spürt*. Ganz gleich wie behindert man ist. Domingo aber zeigt ihm nur seinen breiten Rücken mit dem gelben T-Shirt, das sich an den Seiten schweißnass in seine Speckfalten frisst.

Wutentbrannt stürmt Arthur nach draußen und merkt erst jetzt, dass er auch noch das Wichtigste vergessen hat: die Zigaretten, die er bei Domingo zum Schweigegeldaufpreis kriegt. Noch einmal reingehen kann er nicht, dann tut er diesem Kerl noch was an. Also steht er belämmert vor dem Kiosk, in dem ihn gerade einer abgezockt hat. Einer, von dem Marianne und Georg immer sagen: lieb sein, das sind wehrlose, benachteiligte Menschen. Lieb sein, sagt Marianne wirklich zu Arthur, auch heute noch, wenn sie ihn mit dem Auto zu Princeton bringt. Sie meint Princetons Mutter, zu ihr soll er lieb sein, die arme Frau hat es nicht leicht und so weiter. Viel zu lieb war Arthur immer, und das hat er jetzt davon. Geht unverrichteter Dinge und schenkt Domingo auch noch das Restgeld. Eine peinliche Aktion, zum Glück hat das niemand gesehen.

Arthur reißt erst mal den Orbit Strawberry auf. Der Kaugummi schmeckt süß. Kau und beruhig dich, was willst du sonst tun? Kurz verspürt Arthur den Reflex, zu Mariannes Büro hinaufzulaufen, an ihre Tür zu klopfen und sich hineinzusetzen zu ihr. Neben ihren Tisch, auf den Besucherstuhl, und ihr alles zu erzählen über das Liebsein, und was er jetzt davon hat. Vielleicht könnte er sich ein wenig Entrüstung abholen, eine kleine, aber echte Empörung über die Ungerechtigkeit der Welt. Vielleicht könnten sie reden, und sie würden merken, dass dieser Satz noch ein Überbleibsel aus der Kindheit ist, der Zeit, als Arthur und Klaus kleine Jungs waren, und dass Marianne jetzt aufhören kann, diesen Satz zu sagen, wo Arthur und Klaus fast erwachsen sind.

Doch wahrscheinlich würde Marianne telefonieren und ihm bedeuten zu warten, und dann wäre Arthur so langweilig, dass er vor Ende des Telefonats wieder gehen würde. Abends würde Marianne vergessen haben, dass Arthur überhaupt da gewesen war. Sie würde nicht fragen, was er wollte, und Arthur wäre darüber beleidigt.

Arthur erinnert sich gut an den Kioskbetrugtag. Er weiß, dass es ein Freitag war, weil am Samstag sein Bruder gegangen ist. Geht, ist einfach weg. Das war ein Samstag, und weil das ein Samstag war, war es ein Sonntag, an dem Arthur Grazetta kennengelernt hat. Später denkt er: Der eine geht, die andere kommt. Aber so kann man nicht rechnen. So rechnet man nicht einmal, wenn es wirklich stimmt.

Nachdem alles vorbei und das Taxi mit Klaus weg ist,

schluckt Arthur zweimal ganz fest, kauft sich *American Spirit* mit exakt abgezähltem Münzgeld zu einem Aufpreis von zwei Euro vierzig und bekommt diesmal sogar Zündhölzer gratis dazu. Wahrscheinlich, denkt Arthur, hat Domingo Klaus fahren sehen, und jetzt kriegt Arthur Einzelkindmitleidsrabatt. Weil so eine Szene, wie sie sich an diesem Samstag in der Wohnung oben zugetragen hat, hundertpro auch Gehörlose mitbekommen.

»Ich halt's nicht mehr aus«, hat Klaus ja schon öfter gesagt. Und Marianne immer: »Mit gerade einmal siebzehn Jahren *so* eine Schule zu schmeißen«, und immer wieder: »*So* eine Schule!« Er solle doch wenigstens nach Madrid gehen, etwas *Ordentliches* arbeiten, es sei ja nicht so, dass es hier in Spanien überhaupt gar nichts gebe, und immerhin habe man ihm beste Bedingungen ...

Aber Klaus schreit.

Er schreit beim Frühstück, dass es SO WEIT vielleicht auch noch komme, dass er ihretwegen nach MADRIDT gehe, und das Wort MADRIDT brüllt er derart über den viel zu langen Esstisch, dass er sogar spuckt dabei. Arthur merkt erst, dass ihm der Mund offen steht, als er schlucken muss. Er sitzt mit seinem Brot im offenen Mund fassungslos da und denkt: Da hat er Klaus' Stimme so lange überhaupt nicht mehr gehört und dann gleich so.

Zwei Wochen ging das zwischen Marianne und Klaus hin und her. Sie legte ihm Stellenanzeigen auf den Tisch, er schmiss die Zettel entweder im Ganzen zurück oder zerfetzte sie gleich vor ihren Augen. Ob sie glaube, er tauge nur zu einem »Scheißbauarbeiter vielleicht«. Da schaute sie ihn kurz sehr erschrocken an und begann zu stammeln, ob er eigentlich wisse, was *sie* alles gearbeitet habe. So ging das Tag für Tag, und irgendwann muss es den Moment gegeben haben, als Marianne aufgab, oder Klaus reichte es, oder beides zusammen. Irgendwann waren jedenfalls beide so erschöpft, dass man diese Erschöpfung auch mit Frieden hätte verwechseln können. Arthur weiß nicht mehr, wann er kapierte, dass die Stille auf dem Flur zwischen den Zimmern ihrer Wohnung eine Entscheidung war. Er begriff es erst ganz kurz, bevor Klaus ging, und er unternahm nichts.

Es folgte eine schulterklopfende Umarmung für den Bruder, den sogenannten *Kleinen*, ein *Altermachsgut.* Was für ein nichtssagender Mist, dachte Arthur.

Wer soll was schon wie machen! Erfahren würden sie es ohnehin nicht mehr, zumindest nicht direkt. Arthur hat noch nie in seinem Leben mit Klaus telefoniert. Undenkbar, dass Klaus ihn einmal anrufen oder ihm schreiben würde. Arthur wüsste nicht, was Klaus schreiben sollte, und wie wäre das erst umgekehrt!

In Klaus' Verständnis waren Brüder ohnehin nicht dazu da, einander etwas Bestimmtes zu sagen oder zu schreiben. Sie waren dazu da, nebeneinander zu existieren, dabei größer zu werden und, ja, Brüder zu sein. Und irgendwann, so sei nun einmal das Leben, existierten sie eben nicht mehr nebeneinander, sondern der eine da und der andere dort, und man müsse das nicht dramatisch sehen.

Wirklichkopfhochalter.

Ein ratloses einander auf die Schulter klopfen.

Machsgut.

Machsbesservielleicht.

Einfach seine Ruhe haben und nachdenken, dazu geht Arthur am nächsten Tag hinunter. Nachdenken darüber, dass Klaus wirklich zur Großmutter nach Wien abgehauen ist, die er überhaupt nicht mehr kennt. Nachdenken will Arthur und auch ein bisschen allein sein, nicht mitanhören, was Marianne sagt, noch weniger, was Klaus zu Marianne sagt. »Du kannst ihn nicht aufhalten.« Aber ihn zum Bleiben überreden, ihm sagen, wie gern sie ihn hier bei sich hat? Marianne jedoch tut nichts und sagt auch nichts. Redet von Anschlusszügen und Tickets und Überweisungsscheinen. Marianne tut das, wie sie immer tut, wenn andere weinen oder schreien: Sie organisiert. Alles, was zu machen ist, macht sie. Marianne ist eine Frau für die äußeren Umstände.

Es ist Sonntag, und Arthur hat fast alle *American Spirit* beim Nachdenken aufgeraucht. Sobald er sich sicher ist, dass er von niemandem gesehen wird, hat er das Bedürfnis, sich eine anzuzünden. Er ist gerade im Begriff, sich über den Lieferanten zu wundern, der gestern tatsächlich mehrere riesige Kühlgeräte angeliefert und ausgerechnet übers Wochenende hier abgestellt hat. Wer die jemals bewegen soll und wie, ist unklar, aber das alles würde ihn nicht dazu bewegen, auch nur einmal genauer hinzuschauen, wenn da nicht jemand auf einem dieser Kartons läge: unübersehbar, eine kleine, dünne Frau, ein glanzloser Vogel, gegen die Scheibe geprallt und hier zum Liegen gekommen. Tot, ist das Erste, was Arthur durch den Kopf geht. Die ist tot, und er findet sie jetzt. Die Schuhe hat sie noch ausziehen und neben den Kühlschrank in den Sand stellen können, dann hat sie sich hingelegt und einen letzten Atemzug getan.

Er steht auf und geht auf sie zu. Es ist nicht zu erkennen, ob die Brust sich hebt und senkt. Wenn nicht, ist das seine erste

Tote. Das Glitzeroberteil, das weit bessere Tage gesehen hat, die an den Knien dünngewetzte Strumpfhose. Die Hände gefaltet auf der nach innen gefallenen Bauchhöhle, Rippenbögen unter schwarzgoldenem Glitzer, ein feiner Kunstpelzkragen an einem Jäckchen, knallblau und schwarz getigert. Schon seltsam, denkt Arthur, siehst so einen Kragen und bist gleich weniger auf Alarm. Wer so einen knallblauen Pelzkragen trägt, ist nicht tot. Seltsam, woher man sein Wissen hat.

Arthur steckt die lose Zigarette, die er immer noch in der Hand hält, zurück in die Hosentasche. Macht den Hals lang und versucht, ihr Gesicht aus der Nähe zu betrachten. Er muss näher ran, aber er will kein Geräusch machen, sonst erschreckt er sie und muss sich dann verhalten. Er beginnt zu schwitzen. Arthur sieht den Schritt der Strumpfhose unter dem kurzen Kleid und schaut gleich wieder weg. Die Füße sind unter der Strumpfhose schmutzig. Sofern Arthur das beurteilen kann, stammen die Schuhe aus einer Zeit, als er bestimmt noch nicht gelebt hat. Arthur hat solche Schuhe noch nie in echt gesehen, erinnert sich aber an eine Jugendfreundin seiner Mutter, Brigitte, die er von Fotos mit Marianne und vielen Gläsern und Flaschen auf Tischen kennt. Es gibt ein Foto, auf dem Brigitte schwanger ist und solche Schuhe trägt. Das Foto ist schwarzweiß, diese Schuhe sind samtrot.

Die Nase der Frau sieht aus der Nähe aus, als wäre sie einmal gebrochen gewesen, insgesamt ein wenig schief und falsch im Gesicht. Auf dem Nasenbein orangefarbenes Puder, auf der Stirn Schweiß und Glitzer. Die Eventualität einer nicht ganz frischen Alkoholfahne, schwarze Balken auf den oberen Augenlidern. Kleopatra, denkt Arthur, Nofretete.

»Hast du jetzt dann genug geglotzt?«, sagt sie.

Er macht einen Satz nach hinten. Die Stimme ist zu stark für einen so zarten Körper. Viel zu stark für so ein dünnes Weiblein im Operndivenkostüm. Bis auf ein offenes Auge, blitzblau, liegt sie immer noch regungslos da.

»Hast wohl geglaubt, es ist vorbei mit mir, was?«

Sie kichert in ihren Körper hinein. »Tja, würde mal sagen, ein kleines Weilchen müsst ihr euch noch gedulden. Aber ich bin immerhin schon so weit, dass ich mich hinlege und nie weiß, stehe ich noch einmal auf, ja oder nein. ALS, schon mal davon gehört? Nacheinander machen die Nerven schlapp. Glaubst gar nicht, wozu du die alles brauchst. Sogar zum Scheißen brauchst du die.«

Linkes Auge zu, rechtes auf ihn gerichtet, wieder das Blau. »Es ist eine Mühsal. Legst dich hin und kommst nicht mehr hoch.«

»Aber warum legen Sie sich dann hin?«

Sie atmet hörbar aus. »Ja, warum lege ich mich eigentlich noch irgendwo hin? Warum nicht gleich für immer aufbleiben. Wie die Kinder, aufbleiben für immer. Eigentlich seid ihr gar nicht so doof. Wobei … bist du überhaupt noch ein Kind?« Das mit ihren Augen ist irritierend. Kann sie nicht einfach aus beiden Augen schauen? »Ich bin so alt«, sagt sie und schließt das Auge wieder, »dass ich das Maß verloren habe. Stell dir das einmal vor, ich weiß nicht mehr, wie alt die Leute sind. Könntest mir alles erzählen, von vier bis vierzig glaub ich dir alles.«

Sie grinst schief, rutscht auf ihrem Rücken ein Stück nach vor.

»Soll ich Ihnen … aufhelfen?«

»Hör auf, mich zu siezen! Bin ich so alt, dass du mich siezen musst?«

Es klingt wie gespielt, sodass Arthur sich ein Grinsen erlaubt.

»Ich sag dir das eine: Ich bin jünger, als ich aussehe. Und du? Bist du der, der hier ist, um alte Weiber zu beleidigen?«

»Ich wollte Ihnen nur helfen, für den Fall, dass Sie von alleine nicht hochkommen.«

»Ich bin immer alleine hochgekommen, mein Guter. Immer. Ich war ganz oben. Es gibt eine Welt, in der bin ich unvergessen.«

»Ja?«, sagt Arthur.

»Aber weißt du was? Mich interessiert das alles gar nicht mehr. Stell dir das einmal vor! Ob sie mir etwas nachrufen, wenn ich sterbe? Es ist mir egal. Ich verrate es dir nur, damit du weißt, mit wem du es zu tun hast: *La famosa Grazetta*, so haben sie mich genannt. Ich bin Schauspielerin. Theater. Weißt nichts vom Theater, was? Keine Ahnung von nichts, was dir Google nicht sagt. Keine Macht für niemanden, so seid ihr Jungen doch. Wollt keine Helden mehr, könnt zu niemandem mehr aufschauen. Nur immer ihr selbst sein. Euch selbst wollt ihr sehen, im Privatfernsehen. Schaust du auch Privatfernsehen? Sei ehrlich mit einer Frau, die bald stirbt.«

Arthur schüttelt den Kopf. »Wir haben keinen Fernseher.«

»Woher bist du denn, dass du keinen Fernseher hast? Und wo sind überhaupt deine Eltern?« Sie ächzt.

»Soll ich Ihnen nicht doch helfen?«

»Lenk nicht ab!«

»Ich mein ja nur, es wird langsam richtig heiß, und Ihre Haut ...«

»Ich nehme Fünfzig doppelplus. Oder glaubst du, die Haut bleibt von alleine so? Das ist harte Arbeit.« Sie nickt mit dem Kinn in Richtung der Zigarette, die aus Arthurs Hosentasche schaut. »Klaust wohl bei Behinderten, was? Keine Angst, ich bin auch gegen dieses ewige Bemitleiden. Ich hab es beileibe nicht verdient, beim Einkaufen verarscht zu werden. Ich hab geschuftet mein Leben lang. Jahre ohne Heizung, da hilft nur noch Olivenöl. Als ich nichts zu essen hatte, hab ich mir das Öl immer noch lieber ins Gesicht geschmiert. Immer schlank bleiben, auch in den fetten Jahren, und die hatte ich, Himmelherrgott. Bei mir hat es Schnee und Blumen geregnet, wenn du verstehst, was ich meine. Fünfundzwanzig Jahre ohne ein Stück Schokolade. Keine Torte! Nicht ein einziges Gummibärchen, nichts.«

Sie hält sich endlich die Hand über die Stirn, sodass wenigstens über den Augen Schatten liegt.

»Möchtest du einen Kaugummi?«, fragt Arthur.

»Was hast du?«

»Erdbeer und White.«

»Strawberry.«

Arthur drückt einen in die Mulde ihrer Hand. Sie nimmt ihn mit zärtlichen Fingern und steckt ihn schnell in den Mund.

»Noch einen«, schmatzt sie.

Er tut, was sie sagt. Sie kaut.

»Jetzt hilf mir doch mal!«

Er stellt sich breitbeinig hin, als hätte sie nicht vierzig, sondern siebzig Kilo. Trotzdem ist sie viel schwerer als erwartet. Und jetzt, wo er sie hochhebt, noch kleiner. Sie riecht vor allem nach Alkohol, Zigaretten und Orient, und jetzt auch nach Orbit Strawberry. Er denkt: Pfau. Sie grinst.

»Domingo will meinen Rollator festschrauben. Sei so gut und schau doch mal, ob er fertig ist, und hilf einer alten Frau bei ihrem einzigen Tagesvorhaben, bevor es zu spät ist. Ich will heute noch runter ans Meer.«

Arthur stellt sich lieber nicht vor, wie sie die zweihundert Meter ans Meer schaffen will. Er hält sie an den Händen und spürt, dass sie fällt, wenn er loslässt. Sie schiebt ein Bein vor das andere, jeweils ein paar Zentimeter.

»Das ist nicht jeden Tag so.«

»Vielleicht solltest du nicht so viel sonnen.«

»Sonnen? Ich war tot! Hast du selbst gesehen.«

»Zum Glück nicht.«

»Schluss damit! Ein Kind soll nicht vom Sterben reden. Überhaupt niemand soll vom Sterben reden.«

Sie stehen in der Tür, und Grazetta macht eine Handbewegung, als würde sie einen Rollstuhl schieben. Domingo nickt und verlässt den Laden durch die Hintertür, um den Rollator zu holen. Er schiebt ihn mit einer Hand von der Seite, als er außen herum zurückkommt, und stellt ihn so hinter Grazetta, dass sie sich nur noch umdrehen muss und gleich festhalten kann.

»Danke«, sagt sie leise und verbeugt sich mit einem angedeuteten Knicks.

(00:21:05) *Als ich Grazetta kennenlernte, wusste ich nichts über die. Überhaupt von Schauspielern: nichts. Und Theater sagte mir eigentlich auch nichts. Oder dass es jemanden gibt, der jahrzehntelang am Theater arbeitet. Dass das überhaupt eine Arbeit ist. Dass eine alte Frau so lebt, das war für mich ganz neu. Ja, irgendwie mochte ich sie von Anfang an, das war klar. Die war so ungewöhnlich, auch gruslig am Anfang, mit diesem dicken Make-up und dieser Attitüde, dass man nicht wusste, lebt die jetzt noch. Und ehrlich: So still hab ich sie danach auch selten wieder erlebt (lacht). Am gleichen Abend hab ich ALS gegoogelt, die Krankheit, die sie hat, und gelesen, dass sie übel dran ist. Aber auch, dass manche sehr lang damit leben. Jahrzehnte. Aber dass sie sterben würde, auf die Idee kam sie nicht nur, weil es ihr dreckig ging, sondern* auch, weil das auf dem Arztbrief stand, den sie bei sich hatte. Schwarz auf weiß, wie sie gesagt hat, haben sie ihr das Ende bescheinigt, da wusste sie noch gar nicht, was palliativ heißt. Das hat sie mir später mal erzählt. Dass sie erst nach und nach begriff, was das heißt. Weitere Maßnahmen: medikamentöse Begleitung wie gehabt, Erhöhung der Dosis nach Bedarf. Therapievorschläge: keine. Betreuung: pm. Palliativmedizinisch. Sie mochte jedenfalls das sanfte Wort, so nennt sie es, weil es alles andere ersetzt: Wir können nichts mehr für Sie tun. Die Medizin, die Wissenschaft, die Technik kann nichts mehr für Sie tun. Alle Welt kann nichts mehr für Sie tun. Die Welt kann Ihnen nichts mehr tun, hat sie das umformuliert. Aber sie habe noch ein Ziel, einen bescheidenen Wunsch: keine Wohnungsleich werden, wie man in Wien sagt, den eigenen Abgang in Würde planen, und wenn es geht, im Leben noch etwas Sinnvolles tun. Ein Ende anderswo, nicht da, wo sie gearbeitet und immer wieder gelebt hat, in Wien nämlich, wo sie am Ende vielleicht beim Sterben sogar noch hoffen muss, dass jemand etwas über sie schreibt. Sie ist so froh, dass sie sich darum nicht mehr kümmern muss, um die Augen, durch die sie jemand sieht. Das sind nur ein paar kleine Wünsche. Einmal noch Sinn spüren, hat sie gesagt, gleich gefunden werden und Augen, die ihr wohlwollend hinterherschauen. Mehr nicht.

9

Margareten, Juli 2010

Die dritte Sitzung findet in dem kleinen Büro am Margaretengürtel statt, das Arthur in Gedanken immer das Raucherzimmer nennt, seit er Bettina Bergner und Börd dort kennengelernt hat. Auch diesmal ist Betty dabei und schaut Börd mahnend an, als er sich einen zweiten Kaugummi hinterherschiebt. Sie mustert Arthur, als fragte sie sich, ob er was merkt. Er merkt was, lässt sich aber nichts anmerken. Börd hat getrunken, man riecht es in dem Augenblick, wenn man das Zimmer betritt. Und man sieht es in seinem Gesicht. Die Augen und die Wangen sind rot, die Adern treten hervor. Das kann angeboren sein, denkt Arthur. Ist es aber nicht, denkt er auch.

Wie immer, wenn Börd hinter einem Schreibtisch sitzt, wirkt er wie verpflanzt. Arthur weiß wirklich nicht, wie Börd es schafft, dass er ihn immer noch mag. Oder gerade jetzt. Fast ist es, als stiege er mit jeder Sitzung, also jeder Stufe, die Arthur erreicht, seinerseits eine hinab Richtung Untergang.

»Sie sehen ganz schön scheiße aus. Haben Sie denn immer noch kein Bad?«, fragt Börd.

Arthur lacht. Er kann nicht anders, er lacht einfach. Man müsste davonlaufen. Warum läuft er nicht? Weil er nicht weiß, wohin.

»Sie sehen auch nicht gerade nach Wellness aus, wenn ich mir das erlauben darf.«

»Dürfen Sie«, grunzt Börd und schenkt sich Wasser nach. »War eine verdammt harte Woche bis jetzt. Das Ohr, wissen

Sie. Das Ohr spielt vollkommen verrückt. Wenn Sie es mal mit dem Innenohr haben, können Sie es eigentlich vergessen. Spielt das Innenohr verrückt, kurbelt es Sie von innen nach außen. Wirklich kein schönes Gefühl, dieses schrille Geräusch, und dauernd ist einem schlecht. Aber lassen wir das«, winkt der Therapeut schließlich ab, »reden wir lieber über Sie. Sie haben das Zimmer endlich bezogen?«

Das Zimmer, es hat Arthur und große Teile des Personals der Wohngemeinschaft während der gesamten letzten Woche ziemlich beschäftigt. Genauer gesagt: die *Mehrfachbelegung*, die sich daraus ergibt, dass dort für Arthur genau genommen gar kein Platz mehr gewesen wäre. Das hat er von Anfang an gewusst, das wurde ihm auch gleich so gesagt, zu zweit würden sie sein in diesem Zimmer, das sei nun einmal so. Nach seiner Ankunft hat Arthur etliche Nächte auf der Nachtdienstcouch im Dienstzimmer verbracht, obwohl Lennox von seiner Fortbildung noch nicht einmal zurückgekehrt war. Es müssten, so Grabner knapp, erst bestimmte gesetzlich vorgeschriebene Vorrichtungen im Zimmer angebracht werden, weil man die Mehrfachbelegung, wie sie das Doppelzimmer beharrlich nennen, heutzutage ja so nicht mehr mache. Schließlich stellte sich heraus, dass es sich dabei um einen Notfallknopf handelte. Da es in dem alten Gebäude aber die notwendige technische Ausstattung für die Verkabelung einer solchen Vorrichtung nicht gab, hatte man sich für das Provisorium aus dem *pflegerischen Bereich* entschieden.

»Denken Sie sich die Krankenschwester weg«, schnaufte Grabner, als er am Boden kniend vor Arthur an dem Schwesternknopf herumschraubte. Aber der rot-weiße Frauentorso (mit Kappe und Brustansatz, wahrscheinlich aus den Siebzigern) war Arthurs geringste Sorge.

Im Nachhinein kann Arthur nicht mehr sagen, ob es daran lag, dass der Knopf einfach nicht funktionieren wollte, obwohl Grabner wieder und wieder die Anschlüsse und das andere Ende der Schaltung im Dienstzimmer prüfte, nur um festzustellen: nichts.

Im Nachhinein kann Arthur nicht mehr sagen, ob es das Wort *Mehrfachbelegung* war oder das Warten, oder ob es die Sporttasche mit seinen gepackten Sachen war, deren Träger ihm wieder und wieder über die Schulter rutschte, sodass die Tasche mit vollem Gewicht auf den Boden fiel.

Er weiß nur noch, dass ihm auffiel, wie Grabner es zweimal ignorierte, und er weiß noch, dass er versuchte, sich zu bücken und nach der Schlaufe zu greifen. Aber da ging schon nichts mehr, da fing es schon an.

So ein Flashback ist wie ein Schwall Erbrechen, man spürt es kommen, kann es aber unmöglich aufhalten. Arthur erinnert sich, dass Grabner redete und er so zu tun versuchte, als wäre nichts, versuchte, anzuwenden, was er im Gefängnis über die Flashbacks gelernt hatte. Er versuchte auch, an die Purzelbäume zu denken, sich einzureden, nur der Moment, nur diese Sekunde zählt. Wenn du *jetzt* überstehst, ist eine Sekunde vorangerückt, etwas vorangeschritten, und du bist nicht gestorben, du lebst. Das ist nur ein Mensch und ein halbes Zimmer und ein Torso zur Rettung in der Not, denkt er, aber das ist genau das Falsche. Not, da ist es eigentlich schon zu spät, da rollt die Panik schon über ihn, und alle Gedanken sind fort: Das Rot und Weiß und Hier und Jetzt sind fort, und er ist allein mit der Panik.

Arthur könnte augenblicklich vor Grabners Füße kotzen. Was er jetzt erlebt, fühlt sich an wie ein neongelber Schweißausbruch. Dass Grabner freundlich spricht, registriert er gerade noch, vielleicht merkt er was. Aber Arthur versteht nicht mehr, was Grabner sagt, nur wie. Dieser Ton, den Grabner draufhat, wäre im Normalfall gut: *Mir kannst du es zumuten.*

Dastehen und aushalten, das kann Arthur. Und das muss er jetzt auch. Für die Sporttasche reicht es nicht mehr und auch sonst für nichts. Da würgt ein tiefer Kern in ihm, und es ist, als stünde er ganz allein unten an einem steilen Berghang und die Schneelawine, die er eben noch losrollen gesehen hat, ist bereits über, ist *in* ihm, drückt sich in Ohren, Nase und Mund, er kann nicht denken, sprechen, nichts tun. Entsetzlicher Lärm und vollkommene Stille zugleich, ein lautloser Himmel. Alles ist weiß, ganz klar. Das Gelächter, das wie eine Ladung in der Luft liegt, ist so stumm wie sonst nur die Natur. Arthur hat immer schon ein Gehör dafür gehabt: den tosenden Lärm eines zugefrorenen Sees.

Was soll Arthur auf die Frage, wie sein Einzug war, antworten? *Der Bub wird einmal einen dicken Mantel brauchen*, hat Marianne immer gesagt, daran denkt Arthur jetzt, als er Börds Mantel vor sich sieht, seine große, warme Hand plötzlich auf seinem Unterarm. Der Mann greift über den vollgeräumten Tisch und klatscht ihm die Pranke auf die nackte Haut, da treffen sich ihre Blicke, da ist Arthur wieder da. Und hört erst jetzt, was Börd sagt oder vor einer Sekunde oder mehreren gesagt hat.

»He! So schlimm?«

Arthur starrt ihn an, riecht seine Alkoholfahne, wahrscheinlich sieht er selbst aus wie ein Gespenst. Er schüttelt den Kopf. »Gut. Gut war's, ich bin jetzt drin in dem Zimmer.« Wieso lügt er? Er hat überhaupt keine Kraft dazu.

Börd schaut ihn an, immer noch über den Tisch gebeugt, die Hand immer noch auf seinem Arm.

»Das war gerade ein Flashback vom Flashback«, sagt Arthur, und Börd nickt. Als er von Börd zu Betty schaut, bemerkt er erst ihren Blick. Sie stellt ihm ein Glas Wasser hin. Er trinkt es in einem Zug leer.

Mehrfachbelegung, das hieß während Arthurs Überstellung von der Untersuchungshaft in den Strafvollzug: vierfach. Vierfachbelegungen sind in der JVA Gerlitz ganz normal, und die JVA Gerlitz ist da keine Ausnahme. Börd weiß das eine und das andere, und es ist angenehm für Arthur, dass er es weiß. Es ist angenehm, weil es bedeutet, dass er auch alles andere weiß. Er weiß, wie es Arthur ergangen ist, ohne ihn danach zu fragen. Weil es jedem so ergeht. Bis auf einige wenige Glückspilze vielleicht, wobei auch bei diesen immer unklar bleibt, wer nur nicht darüber spricht oder es so gut versteckt, dass es wirklich niemand erfährt. Diese Insassen gibt es, und es gibt die, die gar nicht sprechen. Manche sprechen nie mehr darüber, und andere hängen sich auf. Andere hängen sich auf, obwohl sie darüber gesprochen haben. Vor nicht einmal vier Jahren, auch das weiß Börd, gab es in Siegburg den letzten Foltermord in einer Vierfachzelle. Wie so etwas passieren kann, weiß Arthur jetzt auch.

Es ist ein ungeschriebenes Gesetz in der JVA Gerlitz, dass der Neue immer den Zellendienst macht. Den Zellendienst gibt es nicht. Der Zellendienst ist eine Erfindung der Insassen. Es fängt immer mit dem Zellendienst an.

Der Neue, nicht einmal der Kleinste, Jüngste, Schmächtigste, ist diesmal eben Arthur. Still, vielleicht ist er ein bisschen doof, er sagt ja nichts. Was aber auf den ersten Blick klar ist: Gefährlich ist er nicht. Körperlich unterlegen. Psychisch relativ berechenbar. Auch unvorhergesehene Ausbrüche von Aggression sind ihm nicht zuzutrauen. Arthur weiß an seinem ersten Tag in der Viererzelle noch nicht, dass das die einzige Karte ist, die er ausspielen kann, weil er weder kräftig noch gefährlich ist und niemanden auf seiner Seite hat. Bereits nach wenigen Stunden ist eigentlich klar, dieser Typ ist vollkommen harmlos. Arthur hat den größten Fehler gleich am Anfang gemacht: Er hat sich so gezeigt, wie er ist. Er hat allen die Hand gegeben, die ihn angeschaut haben. Er hat sich mit seinem Namen vorgestellt und gefragt, welches Bett seines ist. Da haben sie ihn angeschaut wie einen Alien. Da haben sie gewusst, der Kerl ist leichte Beute. Und dann ging es auch schon los.

Börd hat ein Gesicht wie einer, dem man alles sagen kann. Man muss keine Angst haben, den zu erschrecken. Und was Arthur erlebt hat, ist in den Feedback-Runden alles schon erzählt worden. Und noch viel Heftigeres. Deswegen heißt Hans mit der Pädophilie ja auch *Scheiße-Hans*, weil seine Geschichten dermaßen schlimm sind, dass meistens nichts anderes zu sagen bleibt als: *Scheiße, Hans*. Arthur weiß also, es hätte alles viel schlimmer sein können. Es ging ja vielen so, das ist nichts Besonderes. Trotzdem schämt man sich voreinander. Man schämt sich aber nicht nur, weil man die Betroffenheit schwer erträgt, sondern auch, weil man nie weiß, wer selber aktiv an solchen Aktionen beteiligt war. Und natürlich steht das im Raum. Jedenfalls kann Arthur Börd die Geschichte erzählen, weil Börd was zuzumuten ist.

Börds elender Kater hilft Arthur beim Erzählen. Ein Elender erzählt dem anderen Elenden, was sein Elend ist. Also redet Arthur frei heraus, und Börd hört zu.

Der Zellendienst ist: immer das gesamte Geschirr spülen und zweimal am Tag fegen. Zuerst nur ein paar Brösel hier und dort, dann mit Absicht ausgestreute Doppeldeutsche, die natürlich sortiert werden müssen. Der Rotz in der Kaffeetasse ist eingetrocknet und muss, die Gabeln sind zum Essen da, mit den Fingern herausgekratzt werden, gibt ja nicht einmal einen Schwamm. Die Bedingung ist, er muss alles sauber machen, natürlich auch für diesen widerlichen fetten Dejan, der nicht einmal weiß, dass er sein T-Shirt verkehrt herum trägt. Und vielleicht hat Dejan das ja auch machen müssen, ganz am Anfang, für die anderen. So kommt Arthur sich dann auch irgendwie weniger blöd vor und kratzt den Rotz mit dem Ende seiner Gabel heraus, so geht es auch. Niemand muss sich aufregen, und niemand lacht übertrieben gestört, es fühlt sich fast normal an.

Klar schläft Arthur immer als Letzter ein. Wartet, bis er die drei schlafen hört. Erst dann legt er sich, Rücken nach außen, zur Wand und atmet flach ein und aus, bis er in einen leichten Schlaf fällt. Arthur weiß so wenig, dass er nicht einmal weiß, dass er jemanden braucht. Er weiß nicht, dass er die zweite Chance verpasst: Er geht keine Allianz in dieser Zimmergemeinschaft ein, mit niemandem. Eine Weile geht das so, er wäscht und spült und fegt und macht alle Betten. Drei gegen einen, das ist mittlerweile ganz klar.

Ständig fällt ihnen was Neues ein, und die Ideen werden immer abgründiger. Auch wenn sie alle so tun, als sei das ganz normal, Arthur dämmert es langsam, dass das nicht normal ist, dass das immer schlimmer wird. Morgens macht er die Betten, das gehört noch zu den angenehmsten Dingen. Am dritten Tag will Arthur gerade die Bettdecke in Dejans Bett glattstreichen, da fährt er mit der Hand ins Nasse. Arthur schreckt zurück, zieht die Hand weg, spürt die Blicke der anderen im Rücken. Eine Sekunde, zwei Sekunden, in denen Arthur überlegt, bis er sich dann entschließt, einfach weiterzumachen am nächsten Bett, nichts zu sagen, nichts zu tun. Er wittert eine seltene Möglichkeit, die Möglichkeit zur Verbrüderung. Vielleicht ist Dejan im Stillen ja dankbar, dass Arthur ihn deckt. Vielleicht aber macht es ihn erst recht aggressiv. Arthur sagt jedenfalls nichts. Er streicht das Laken glatt, macht weiter, als wäre nichts.

Da hört er sie schon loslachen hinter sich: »Wäschst dir nicht mal die Pisse ab, was? Gefällt dir, in meiner Pisse herumzufuchteln, was? Soll ich dir sonst noch wo hinpissen?« Großes Gelächter, Schenkelklopfer, heiseres Lachen. »Ekelhafte Schwuchtel, wusst ich's gleich, du bist schwul. Ein Arschficker bist du, ein Warmer!«

Arthur geht wortlos in die Waschecke, dreht den Hahn auf, will gerade die Hand unter das Wasser strecken, da kriegt er auch schon den Fuß ins Kreuz, fliegt mit dem Gesicht nach vorne gegen den Aluspiegel und kracht gleich mit der Stirn noch gegen das Becken. Rutscht zu Boden und probiert gar nicht erst aufzustehen. Die lachen immer noch. Als Arthur ein Auge öffnet, sieht er Ivan am Bett liegen und grölend Wichsbewegungen machen. Wenig später gehen alle zum Dienst, auch Arthur, dem noch kein Arbeitsplatz zugewiesen ist, der aber heute in der Bruder-Abteilung probearbeiten darf. Ein Glücksfall, die Bruder-Abteilung schraubt Kinderbagger zusammen, eine der beliebtesten Stellen hier. Er ist froh, dass man nichts sieht, nicht in dem matten Spiegel hier. Nur im Mund schmeckt er Blut und spürt, dass es mehr wird, aber er spuckt es erst aus, als er wirklich allein ist, bevor er als Letzter aus der Zelle geht. »Wir sehen uns am Abend, *Baby*«, sagt Ivan noch, und da denkt

Arthur tatsächlich, dass er das alles schon irgendwie durchsteht. Aber im Lauf des Tages bildet sich dann dieser feste Knoten in seinem Magen, dieses elende Wissen, dass es wahrscheinlich gerade erst losgeht. Da wird Arthur auch bewusst, dass er nie vorher geschlagen worden ist. Dass er auch deswegen hier so falsch ist, weil er ja diese Wut zurückzuschlagen gar nicht aufbringt. Denn woher soll er sie auch nehmen? Er hat nichts in sich, woraus er das schöpfen könnte, was er jetzt braucht. Das einzige Mal, als er aufgestanden ist, hat ihn hierhergebracht. Das einzige Mal, dass er sich etwas in seinem Leben nicht mehr gefallen lassen wollte.

»In der Justizvollzugsanstalt Gerlitz gibt es in jedem Zimmer einen Notfallknopf«, sagt Arthur, und Börd schaut ihn mit einem Blick an, der verrät, dass er weiß, ein Notfallknopf wird in einer Viererzelle ungefähr so häufig benutzt wie ein Weihwasserbecken in einem Schlachthof. Niemand drückt jemals einen Notfallknopf in einer Zelle mit Mehrfachbelegung. Weil eine Zelle mit Mehrfachbelegung immer drei gegen einen heißt, alles andere ergibt gruppendynamisch überhaupt keinen Sinn. Mittlerweile hat Arthur einige Geschichten aus dem Inneren einer Zelle gehört, ein Notfallknopf kam nie darin vor, auch wenn jede einzelne einen hat.

Es ist Freitagnachmittag, und es muss Arthurs erster Freitag im regulären Strafvollzug sein, denn er weiß noch nicht, was *Wochenendbesetzung* in der JVA Gerlitz bedeutet. Dass das bedeuten kann, dass achtundvierzig Stunden überhaupt niemand kommt. Es gibt keinen frühen Aufschluss und keine Lebendkontrolle wie unter der Woche, also Sichtkontakt mit jedem in der Zelle, bevor das Frühstückstablett reingeschoben wird. Der Wochenenddienst klopft bloß mit einem harten Gegenstand gegen die Türen und schaltet um 6 Uhr 30 das Licht ein. Samstags und sonntags, weiß Arthur jetzt, sterben die meisten Häftlinge weltweit. Und samstags und sonntags passieren die meisten Vergewaltigungen und Gewalttaten. Dem wollte man Abhilfe schaffen, deshalb der Notfallknopf.

Der Wochenenddienst ist so etwas wie eine Notbereitschaft. Wenn der Hut brennt, ist jemand da. So war das ursprünglich gedacht. Aber daran denkt Arthur nicht, als ihm dieses erste Wochenende bevorsteht. Er weiß im Grunde, dass er von den Justizwachebeamten auch dann keine Hilfe zu erwarten hätte, wenn es sie gäbe. Wenn es sie gäbe, wäre er immer noch die restlichen dreiundzwanzigeinhalb Stunden des Tages allein mit den dreien, die es sich zum Zeitvertreib gemacht haben, ihn zu quälen, und langsam die Dosis steigern. Es ist also ausgerechnet dieser Freitagnachmittag, als Arthur beschließt, sich zu wehren, weil er merkt, dass er das Ganze bald nicht mehr aufhalten kann.

So sagt er zu Ivan: »Kehr den Scheiß doch selbst auf.«

Ivan steht langsam vom Bett auf. Arthur ist auf einen Schlag mit der Faust gefasst und bekommt einen Tritt in die Eier, sackt zusammen, da sind die anderen schon da. Tritte gegen seinen Schädel, diesmal sind das feste Tritte. Arthur spürt, dass das gefährlich ist, was gerade passiert. Dejan und Ivan, den Dritten bemerkt er nicht. Arthur macht sich ganz leer. Lässt es über sich ergehen. Ins Gesicht. In die Leber. Das tut sehr weh, ansonsten spürt Arthur nichts. Wieder und wieder treten sie auf seinen Schädel ein. Arthur bemerkt mit überraschender Klarheit, dass irgendwann etwas geschieht, dass etwas nicht mehr hält. Dann hört er, dass es in seinem Schädelinneren knackst.

Dass sie seine Sachen durchsuchen, kriegt Arthur zuerst gar nicht mit. Er kommt zu sich, als sie ein Foto anzünden, das einzige Foto, das Arthur mitgenommen hat. Milla, Princeton und er. Ein Foto, das sie selbst von sich gemacht haben, mit abgeschnittenen Stirnen. Das einzige Foto, das es analog von ihnen gibt.

»Das ist doch ein Kerl da drauf, wusste ja, hab es dir angesehen. Ist wohl dein Freund das. Oder die Alte?«

»Das bringt der doch nicht, sieh ihn dir an!«

»Nein, der bringt's nicht.«

Arthur hört es und hört es nicht, er merkt und merkt nicht, dass Dejan über ihm seine Hose aufmacht und zu wichsen beginnt. Er denkt, das kann nicht sein, aber es ist so. Er schmeckt das Blut, das ihm aus dem Mundwinkel rinnt, er kann nicht atmen, als er den Mund öffnen will, um etwas zu sagen. Es läuft unter sein Kinn aufs Linoleum, und als er begreift, worauf das Ganze hinausläuft, dreht er sein Gesicht noch weiter ins Blut hinein. Dejan geht auch noch in die Knie, will ihn ins Gesicht treffen, trifft aber gerade noch auf Stirn und Haare.

»Willst es ja nicht anders, du elende Schwuchtel.«

Arthur dreht sich tief in sein Blut hinein, trotzdem rinnt ihm Dejans Sperma ins Genick. Arthur bleibt liegen, zwei steigen über ihn hinweg, beide in sein Kreuz. Vom Dritten, Alexeij, hört Arthur nichts.

Am Samstagvormittag ist von 10 bis 11 Uhr 30 Freigang. Bis dahin schafft Arthur es zum Waschbecken. Etwas stimmt nicht mit seinem Kopf. Alexeij hat sich oben in seinem Bett versteckt.

»Mein Ohr blutet«, sagt Arthur, »du musst jemanden holen. Wenn du jetzt nicht wen holst, bist du schuld.«

Der Dritte rührt sich nicht. Sagt keinen Ton. Vielleicht ist er auch gegangen, und Arthur hat es gar nicht gemerkt.

Während Arthur spricht, wischt Börd sich wieder und wieder mit der flachen Hand die Haare aus dem Gesicht. Der Schweiß steht ihm auf der Stirn. Draußen ist Juli, Hochsommer, und drinnen sitzen drei und reden. Das kleine Büro ist zu klein für so ein Gespräch. Es ist schon ganz voll mit Rauch und Gerüchen. Als könnte Bettina Bergner Arthurs Gedanken lesen, öffnet sie ein Fenster. Heiße Luft strömt herein, aber trotzdem, es tut gut. Börd dreht sich in seinem Sessel, wendet das Gesicht dem Fenster zu. Er legt den Kopf in den Nacken und bleibt eine Weile einfach so sitzen.

»Jetzt heißt es nach vorne schauen«, sagt er dann und merkt nicht, wie fassungslos Betty ihn anschaut.

10

Meidling, Juli 2010

Was sich im Sesselkreis der täglichen Feedback-Runden abspielt, ist wie Theater. Oft ist es nichts als eine Show, und Arthur hat das Gefühl, dass alles, was gesprochen wird, nur dazu dient, jemandem eine Bühne zu geben. Manche Kandidaten sind die reinsten Hauptfiguren von sich selbst, ohne überhaupt an einer Starring-Therapie teilzunehmen. Dabei fällt Arthur auch ein, dass er mit seiner eigenen *Hauptfigur* eher schleppend vorankommt. Deren Entwurf geht bislang kaum darüber hinaus, dass er seinen Kaffee jetzt schwarz trinkt und sich ein Bewerbungsoutfit leisten will. Was – und das kann er Börd so auf keinen Fall sagen – vor allem daran liegt, dass das Schwarzsprechen und die Gespräche mit Börd viel mehr dazu beitragen, dass Arthur das Gefühl hat, sich selbst nahezukommen, näher, als er sich bisher war. Weil Arthur sich aber nicht sicher ist, ob das nicht genau an Börds Therapieziel vorbeigeht, sagt er lieber nichts und tut so, als entwerfe er nach und nach so etwas wie einen Super-Arthur, der schon bald alle Geschäftsführer dazu bringen wird, ihm mit offenen Armen einen Praktikumsplatz anzubieten. Für die Punktekarte, die Grabner jedem Bewohner beim Einzug aushändigt: eine Karte, auf der sie einzutragen haben, wie viele Firmen sie wie kontaktieren und mit welchem Erfolg.

Anstatt ernsthaft an seiner Hauptfigur zu arbeiten, beginnt Arthur, beim Feedback seine Rolle zu spielen, und wird so Teil dieser Show. Die meisten haben in Wirklichkeit klägliche Fortschritte vorzuweisen. Meistens muss Arthur das Bedürfnis unterdrücken, die Augen zu schließen, während sie erzählen. In diesen Gesprächen wird Arthur aber auch klar, wie sehr er sich von den anderen unterscheidet.

Er hört hier Dinge, die er niemals hören wollte, von denen er niemals etwas wissen wollte. Er hört, dass Ivo K. nicht weiß, wo er aufgewachsen ist. Er hört, dass Gedan S. mit zwölf zum ersten Mal in Düsseldorf auf der Straße stand, rausgeworfen von der eigenen Mutter und dem neuen Stiefvater. Er hört, dass ihn der Stiefvater mit den Schulbüchern von seinem Bruders prügelt, als Gedan noch zu klein ist für die Schule. Er hört von geklauten Handys und Wettlokalen und falschen Freunden und Freunden von Vätern und Freunden von Freunden. Von Ersatzfamilien, von Banden. Er hört von Frauen, die sich an Kindern vergehen, und von Männern, die das filmen, und umgekehrt. Er hört von den Dingen, die Ivo K. und Gedan S. und all die anderen getan haben für das, was man *ein paar Euro* nennt. Er hört von Geschichten, die mit einer kaputten Familie beginnen und mit einer Methamphetamin-Sucht enden, oder mit Crack und Bahnhofsklos und Schlägereien und Festnahmen, und von etwas, das nach all dem immer noch Beziehung heißt.

Arthur merkt, dass er selber nicht genau weiß, was eine Beziehung ist. Er weiß, dass er über das, was er mit Princeton und Milla gehabt hat, hier nicht reden kann. Das liegt nicht nur daran, dass so etwas hier nicht ins Format passt, weil es um drei Menschen geht. Und dass es wahrscheinlich treffender Freundschaft heißen müsste, auch wenn er trotzdem anders dazu sagt. Er glaubt, dass das, was er mit Princeton und Milla gehabt hat, anders ist als diese Bahnhofsklobeziehungen und Wettlokalhinterzimmerbeziehungen zwischen all diesen vor kaputten Familien Geflüchteten. Arthur weiß aber auch, dass vielleicht jede einzelne dieser Bahnhofsklobeziehungen und Wettlokalhinterzimmerbeziehungen abzuweichen glaubt von allen anderen Bahnhofsklobeziehungen und Wettlokalhinterzimmerbeziehungen. Deswegen schweigt er in diesen Feedback-Runden, so oft er kann, und wundert sich mit der Zeit immer weniger darüber, dass es Grabner und Annette und den anderen im Team so wichtig ist, dass täglich geübt wird, wie man über sein Befinden spricht. Die meisten hier können ja nicht einmal beantworten, wie es ihnen geht.

Ohne reden geht es aber im Feedback nicht. Jeder kommt dran, und jeder muss reden. Erste Regel: Teilhabe. Und vielleicht auch nur deswegen, weil Arthur über das, was er mit Princeton und Milla gehabt hat, nicht reden kann, weil er denkt, dass niemand es verstehen würde, erzählt er von dem Unfall und entscheidet sich für eine einfache Version, die aber nicht falsch ist. Er erzählt, dass Milla seine Freundin war und dass es einen, das hat er nun oft genug so gehört, *tragischen Unfall* gegeben hat.

Damit sind auch alle zufrieden, weil sie wissen, wie man auf so etwas reagiert: mit Schweigen. Für eine Weile ist es ganz still im Sesselkreis. Auch Grabner wartet ab, bevor er sagt, dass er noch einmal in der Runde zum Ausdruck bringen möchte, was er Arthur selbst schon gesagt hat: dass es ihm leidtut. Dann sagt Hans: »Mir tut es auch leid, Arthur.« Und Arthur trifft es unvermittelt. Dass ihm das alles nicht passt. Dass er das nicht annehmen möchte von einem Scheiße-Hans, der eigentlich schon sein Freund ist, aber eben nur eigentlich. Dass er gerade am liebsten einfach davonlaufen würde und es hasst, hier zu sitzen gegen seinen Willen.

Aber Arthur sagt nichts. Er schaut nur zu Boden und dann

zu Hans, der merkt, dass er etwas falsch gemacht hat, aber er weiß nicht, was.

Nun ist Arthur schon fast sechs Wochen in dieser Wohngemeinschaft, kennt die Abläufe und die Bewohner, auch die meisten Betreuer kennt er, und Grabner kommt ihm manchmal fast wie ein Freund vor. Nur seinen Mitbewohner Lennox, den einzigen weiteren Teilnehmer der Starring-Therapie hier, kennt Arthur noch nicht. Dabei würde er sich zu gern mit jemandem austauschen über Betty und Börd. Wissen, wie wer anderer das alles so macht. Das Therapieziel einschätzt, all diese Dinge. Arthur ist neugierig. Er freut sich sogar.

Die letzten Wochen hat Lennox auf dieser Fortbildung in Hannover verbracht, allein und völlig ohne Begleitung eines Justizwachebeamten oder Betreuers. Wieso auch nicht, er ist, genau wie Arthur, entlassen und ein freier Mann. Trotz aller Regeln, die es in der Wohngemeinschaft gibt, und obwohl er sich täglich um 17 Uhr am Telefon im Betreuerbüro melden muss.

Mit seinem selbst zusammengebastelten Gaming-Channel ist Lennox sowas wie eine *kleine Berühmtheit in einer bestimmten Szene* geworden, wie Grabner erzählt. Als er nach dem Gefängnis in der Wohngemeinschaft wieder an seinen Laptop durfte, begann er, Gaming-Tipps auf einschlägigen Websites hochzuladen, die bei einigen *Followern*, wie Grabner sagt, gleich *voll eingeschlagen* sind. Weil er sehr viel Zeit hatte und sich außer mit Computerspielen sonst nur mit Dingen auskannte, die während einer Resozialisierung absolut tabu sind, investierte er viel Zeit und Energie in seinen *Channel*. Lange hat es nicht gedauert, bis es tausend, dann zehntausend waren, die verfolgten, was Lennox empfahl. Bald kamen einige

Werbeanfragen, und Lennox verdiente die ersten Euros mit seiner Idee. Es wurde über ihn geredet, und er bekam Messenger-Nachrichten mit Fotos von nackten Brüsten, aber auch ein fürchterliches Tierversuchsvideo und seltsame Nachrichten eines Krebskranken. Nicht nur in der Gaming-Szene war Lennox sowas wie ein Star, auch in der Starring-Therapie machte er sich angeblich außerordentlich gut. Er schuf eine perfekte Hauptfigur, einen aufstrebenden Unternehmer, von dem alle Welt dachte, er säße zu Hause in seinem Kinderzimmer. Das Fernsehen drehte sogar eine Dokumentation über Lennox, die zeigen sollte, wie vom Weg abgekommene Jugendliche wieder zurückfinden, mit einem *völlig innovativen Ansatz*, einer *Mischung zwischen resozialisierender Einrichtung und neuestem Therapiekonzept*. Sogar im Raucherzimmer haben sie gefilmt, die meiste Zeit war aber Betty im Bild.

Arthur sitzt im Zimmer und weiß, dass sein Mitbewohner heute kommen wird. Vom einzigen Stuhl aus betrachtet er das gerahmte Foto auf der Schreibtischseite von Lennox. Wahrscheinlich sind das auf dem Bild er und seine Freundin oder Ex-Freundin. Stehen da wie zwei Firmlinge, junges Leben mit vielen Pickeln. Er: zu gelbes Blond und falsche Kragenweite, das Hemd wie vom großen Bruder oder der Caritas. Sie: dunkler Haaransatz und helle, ausgefranste Spitzen, zu oranges Make-up, lehnt sich an ihn, als wäre er irgendein Schrank von Kerl. Ihre weißen Buffalo Boots machen endgültig klar, dass die Aufnahme eine Weile her ist, wahrscheinlich aus den Neunzigern. Arthur erinnert sich nicht an solche Klamotten. Sie trägt eine Stretchhose mit weitem Bein in Violett, auf der vorne am Bund ein weißes Emblem aufgenäht ist. So eine Hose hat Arthur noch nie gesehen. Er weiß aber, dass es viele Frauen gibt, die ein solches Emblem hinten am unteren Rücken tätowiert haben. Eines der Dinge, die in Österreich üblich waren, als er in Andalusien war. Dass Arthur die Arschgeweihe verpasst hat, findet er nicht schade. Er hat ganz andere Dinge versäumt. Schlimmer ist, dass er nach seiner Haft erst einmal lernen musste wie der erste Mensch, wie man ein Smartphone wirklich bedient.

Die Aktivierungsgebühr hat die WG für Arthur übernommen, weil das Internet, so Grabner, unter *Erlernen von Kulturtechniken* fällt, obwohl die Mediennutzung in seinem Strafregister eine wesentliche Rolle spielt. »Das hilft nun einmal nichts«, hat Grabner gemeint, er müsse den verantwortungsvollen Umgang mit dem Internet lernen, und das könne er nun einmal nicht, indem man es vor ihm wegsperre. Abgesehen davon habe er ja eine Punktekarte zu befüllen, und das sei ohne schon gar nicht denkbar. Man dürfe halt nichts übersehen, das werde man eben beobachten müssen.

Eines ist bei Arthurs Einzug jedenfalls nicht zu übersehen gewesen: die rot-weißen Pumas draußen vor der Zimmertür, die Lennox nicht nach Hannover mitgenommen hat. Es sind die saubersten Turnschuhe, die Arthur jemals gesehen hat. Dabei sind sie, wie er an den leicht abgelaufenen Sohlen erkennen kann, nicht einmal neu. Er, Arthur, gibt zu, dass er nicht jeden Tag den Boden wischen muss, um sich wohlzufühlen, er hätte aber auch nichts dagegen, wenn es jemand von ihm verlangte. Das Zimmer hat er jedenfalls in der Zwischenzeit gut in Schuss gehalten. Auf den Pritschen liegen gelbe Decken über weißen Laken. Auch die Wand ist gelb gestrichen, so richtig kanarienvogelgelb. Jemand hat es hier wirklich gut gemeint mit den positiven Vibes. Arthur vermutet, Annette, Grabner ist dafür zu sehr Realist. Der hellgraue PVC-Boden wirkt immer noch frisch poliert, es riecht nach scharfem Putzmittel (Meeresbrise). Arthur hat verwendet, was da war. Das Fenster ist gekippt, der leere, ausgewaschene und trockengewischte Aschenbecher steht auf der Nahrungsergänzungsmittelseite des Fensterbretts. Dass Arthur ab und zu eine geraucht hat, kann man nur riechen, wenn man sich wirklich bemüht.

Da geht die Tür auf.

Der Kerl vom Foto ist in Wirklichkeit älter, Mitte zwanzig vielleicht. Blasses Gesicht und immer noch das gelbe Haar, das fettig und mit knapper Not hinter den Ohren hält. Blaugrüne Augen, unreine Haut, da hilft kein Herumreden, das ist richtige Akne. Weiße, knochige Hände, in der einen hält er einen zusammengeknüllten Müllsack, der nahezu ganz in der Faust verschwindet. »Ein Taschentuch«, erklärt er.

Arthur streckt ihm die Hand entgegen, ohne einen Schritt auf ihn zuzumachen. Sein Herz rast, er zittert. Er sagt: »Hi.«

»Klarmann?« Lennox hebt das Kinn.

Arthur nickt und lässt schnell die Hand sinken, bevor es peinlich wird.

»Ich hab's nicht so mit Händeschütteln«, erklärt Lennox entschuldigend, weil Arthur ein wenig zurückgewichen ist.

»Komm doch rein«, sagt Arthur jetzt und will sich im gleichen Moment auf die Lippe beißen. *Komm doch rein!* Idiot. Idiot!

Aber Lennox sagt: »Klarmann«, und setzt sich erst mal auf sein Bett. Die Schuhe hat er draußen ausgezogen, den Müllsack mit dem Taschentuch hat er im Bad in die Ecke gelegt. Und jetzt streift er abwechselnd die Sohle des einen Sockens auf dem Fußrücken des anderen ab, legt dann beide Hände in den Schoß und schaut sich um.

Während der folgenden Tage merkt Arthur, dass Lennox auf

dem Bett ein eher seltener Anblick ist. Am liebsten ist er im Bad, und wenn Arthur es benutzen will, muss er klopfen und ihn herausbitten. Lennox ist ohnehin dünn wie ein Faden, und manchmal ist er so lange in diesem winzigen Zimmer mit Duschkabine, dass Arthur den Eindruck hat, er kommt noch dünner heraus, als er vorher war. Arthur merkt auch bald, dass Lennox abends nicht einfach die Nachttischlampe ausschalten kann. Vorher muss er lange Minuten wieder und wieder über den Kippschalter streichen, ein und aus, ein und aus. Er scheint zu zählen, als dürfe er erst bei einer ganz bestimmten Zahl aufhören damit, und wenn er sie versäumt, dann geht eben alles wieder von vorne los. Meistens schläft Arthur ein, bevor Lennox das Licht ausmacht.

(00:26:06) *Vielleicht ist es Zeit, damit einfach mal auszupacken, die Freundschaft mit Princeton und was der mir eigentlich alles beigebracht hat (lacht). War nicht nur Gutes, aber ich war auch kein Heiliger. Wahrscheinlich stimmt es wirklich, was er immer gesagt hat: Ich war immer so jedermanns Liebling. Lehrer, Eltern, Milla, alle. Princeton war der, an dem ich mich orientiert hab. Princeton war jedermanns Star! Vielleicht wollte ich immer wie er sein, aber das war aus vielen Gründen nicht möglich. Hab ich mir angeeignet, zu reden wie er? So zu tun, als wüsste ich all die Dinge, die er weiß? Bis auch andere glaubten, ich wüsste, wovon nicht einmal er richtig Ahnung hatte? Ja, so war's schon. Aber umgekehrt hat er auch mich imitiert. Vielleicht waren wir füreinander die erste Hauptfigur, wenn Sie verstehen, was ich meine. Er galt schon als eine Art schwules Wunderkind oder so, nicht nur, was sein technisches Wissen anbelangt. Der war manipulativ, aber nicht hinterfotzig. Er brachte die Leute dazu, ihm zu glauben. Oder anders: Er brachte sie dazu, ihm glauben zu wollen. Vielleicht ist es das, was man Charisma nennt. Er hatte sowas, was man nicht lernen kann. Der schaute einen an, und man wollte ihm gefallen. Mädchen, Junge, ganz egal. Und Princeton war … oder ist eben jemand, der das schamlos ausgenutzt hat, der überall seine Tricks gespielt hat. So nannte er das, obwohl das irgendwie harmloser klingt, als es manchmal war, zum Schluss hin. Irgendwann wurde das Tricksen und Täuschen ein bisschen zum Sport. Wir hatten unseren Spaß, wenn Princeton mal wieder eine Kassierin im Supermarkt mit falschem Kassenbon bequatscht hat und Milla und ich vom Parkplatz aus zuschauten. Für den war das ein Sport, der kriegte die rum. Und ging am Ende mit einem originalverpackten Kaffeevollautomaten durch die Tür, den er nie gekauft hat. Das fand er lustig, dabei trank er ja nicht mal Kaffee. Die Freundschaft zwischen Princeton und mir war auch früher schon kompliziert. Überhaupt war es kompliziert, weil immer jemand auf den anderen eifersüchtig oder neidisch war. In der Klasse glaubten alle, wir seien schwul. Aber dann hielten Milla und er auch vor anderen zusammen, da war ich plötzlich außen vor. Und dagegen hab ich mich gewehrt. Irgendwann wollten dann beide mit mir zusammen sein. Oder er wollte es nur, um ihr eins auszuwischen. Das klingt vielleicht kompliziert, aber im Grunde war es einfach, weil jedes dieser komplizierten Gefühle aus dem gleichen Loch gekrochen kam: Wir mochten einander, aber noch mehr wollten wir gemocht werden.*

11

El Rocio, 2006

Arthur kommt sich vor wie die einzige Figur in einem Videospiel, als er durch diese neue Wohnstraße auf das Haus zugeht, in dem Princeton jetzt mit seiner Mum wohnt. Eine Siedlung, wie sie in letzter Zeit hier immer öfter aus dem Boden gestampft werden: Zeilen von pittoresken Häusern mit Vorgärten, die von weißlackierten Holzzäunen eingefasst sind. Der Rasen und die Hortensienhecke sind der Vorgarten gewordene Spießertraum und wie die haushohe Tafel an der Einfahrt weiter vorne in der Straße wissen lässt, bereits ab 390 000 Euro zu haben. Die Hecken müssen nahezu rund um die Uhr bewässert werden, weil Hortensien zwar eine vor allem bei Deutschen beliebte Gartenpflanze sind, für Andalusien aber deutlich zu viel Wasser schlucken. Zwei in Singvogelfarben gestrichene Häuserzeilen, der immergrüne Rasen und der weißlackierte Zaun, zusammen ein Bild maximaler Künstlichkeit.

Wie der einzige Mensch fühlt sich Arthur, als er sich vollkommen allein seinen Weg durch diese Bonbonlandschaft bahnt, lächerlich gemacht von der Nachmittagssonne, die ihn anstrahlt, als wäre es längst altmodisch, aus Fleisch und Blut zu sein. Arthur geht in der Mitte der Straße, dort vorne ist, was einmal ein Dorfladen werden will, mit einer leeren Theke hinter abgeklebten Schaufenstern, aber nicht einmal diese Plane flattert im Wind. Außer den eigenen Schritten hört Arthur nichts. Kein Vogel singt, kein Telefon vibriert. Nirgendwo schließt ein Hausmeister eine Tür. Auf dem Golfplatz, den man hinter der Siedlung kraftgrün in die Steppe gekotzt hat, spielt niemand. Arthur braucht eine ganze Weile, um zu kapieren, dass es so auch gedacht ist. In diesen Cocktailbackyards hinter den Häusern soll niemand sitzen. Die Polstermöbel werden gar nicht ausgepackt. Denn außer Princetons Mum bewohnt niemand eine Geldanlage. Niemand ist verzweifelt genug und wird freiwillig zum Hausgeist einer Geisterstadt. Aber freiwillig war es ja auch nicht.

Arthur betrachtet seinen mitwabernden Schatten auf dem heißen Asphalt, fast kreisförmig, die Ausbuchtung der beiden Bierflaschen in seiner Umhängetasche. Zwischen die Flaschen hat er einen dünnen Pullover gesteckt, aber ab und zu schlagen sie aneinander. An dem feuchten Fleck an seiner Hüfte bemerkt Arthur, dass das Bier langsam warm wird.

Er hustet. Etwas muss er dieser Totenstille entgegenhalten, sonst erschlägt ihn noch das Lebenszeichen, das jetzt gleich diese Tür öffnen wird, hinter der Princeton mit einer Frau lebt, die die Scheidung von ihrem Mann jetzt hauptberuflich macht. Aber nichts rührt sich.

Arthur hat nicht viel nachgedacht über die Häuser der Eltern, aber jetzt denkt er: Wie ist es denn mit unserem? Diese Wohnung ganz oben, im dritten Stock, das leere Zimmer von Klaus. Arthur ist eigentlich der Einzige, der sie tatsächlich bewohnt, der Maria, die Putzkraft, hereinlässt, grüßt, bezahlt, verabschiedet. Arthur lebt zwischen den Stoffblumen in den hüfthohen Glasvasen und der weißen Ledersofalandschaft, er hat sich an Maria gewöhnt, die spanischen Privatfernsehsender, die rumpelnde Waschmaschine. Er ist es, der den Kühlschrank leerisst, den Maria befüllt, und der den Müllsack mit hinunternimmt, wenn zwischen Marias Diensten wieder mal alles oben rausquillt. Der große Esstisch mit der Glasplatte ist auch so eine Geisterrequisite: Welche Gesellschaft soll hier jemals sitzen, wenn nicht einmal Marianne und Georg sich hinsetzen, um ein Brot zu essen und ihren Kaffee hinunterzustürzen? Ihren Espresso trinken sie wie die Geübten den Wodka, Augen zu, zack, runter damit. Die Kaffeemaschine ist das kommunikative Zentrum der Wohnung, immer hat er Aufträge an die Umgebung: Wasser nachfüllen, Bohnen leer, Kalkablagerungen entfernen. Dazwischen kurze Fragen ohne Blickkontakt. Wie läuft es beim Fußball? Arthur geht nicht mehr hin. Milla und Princeton auch nicht, aber Marianne und Georg das zu erklären würde länger dauern als bis zum nächsten Befehl: Mahlwerk entölen. Da haben wir's, die Arbeit geht nie aus. Tschüss, tschüss, Schultertaschen wehen, Sakkos werden übergeworfen, Türen fallen ins Schloss. Parfümfahnen und warmer Duschgeruch wehen ihnen noch aus der Kleidung, bleiben länger als sie selbst. Wohnungstür, Liftsignal, dann ist es so still wie auf der Schwelle, auf der Arthur jetzt auf ein Lebenszeichen wartet.

Das Haus von Millas Eltern. Die Steilküste. Die Zufahrt. Die Angestellten. Der Code für das automatische Tor. Die Zypressen wie eine stumme Armee. Die Makellosigkeit, die sogar der natürlichen Überbelichtung standhält. Dass die Eltern diese Häuser und Wohnungen einkaufen wie zweite Gesichter, denkt Arthur. Und La Puerta ist Mariannes hundertstes Gesicht. Aber niemand darf diesem Gesicht die Mühe ansehen, Marianne will nicht mehr von vorne anfangen. Arthur staunt immer noch, mit was für einer Selbstverständlichkeit sie die Rolle der Geschäftsführerin eingenommen hat. Früher in Bischofshofen wäre Marianne aufgefallen neben Millas Vater und Princetons Mum auf einer Cocktailparty. Heute nicht mehr, denkt Arthur. Marianne hat mir nichts, dir nichts die ganze Familie ein paar

Gesellschaftsschichten nach oben manövriert, als wäre das die leichteste Übung. Und oben haben sie getan, als wäre alles wie immer.

Die meisten anderen Menschen hier leben zu fünft oder sechst auf fünfzig, sechzig Quadratmetern, in bungalowähnlichen, mit viel Improvisation errichteten Häuschen, die ursprünglich meistens als zweistöckiger Bau geplant gewesen sind, aber nie zu Ende gebaut wurden. Die meisten verfügen über ein solides Erdgeschoss und einen gepflegten Garten, sodass alles in allem gut bewohnbar und nach oben hin geschlossen ist. Im ersten Stock ragen nicht selten kahle Betonbalken mit oben hinausstehenden Eisenträgern hervor, wie hoffnungsvoll ausgetreckte Arme, als hätten sich nicht nur die Bewohner, sondern auch das Haus selbst einmal mehr von all dem erhofft.

Das ist kein ganz schlechtes Leben hier, und Arbeit, vor allem schlecht bezahlte, gibt es auch. Aber es ist auch ein Leben, das den Mangel und die Endlichkeit von Möglichkeiten viel besser kennt als das Spackensiedlungsleben in Bischofshofen. Die Menschen hier sehen ja, dass andernorts der Aufschwung stattfindet, und ob man dem Gerede über eine Blase glauben soll, weiß man doch immer erst hinterher, sagen sie. Die Siedlung, in der er jetzt ist, heißt *Spanish Pearl*, und Arthur kann sich vorstellen, dass sie gleich platzt.

Wie lange ein Mensch zur Tür brauchen kann! Und was soll er jetzt sagen? Zu Princeton, der immer wieder einmal nicht gut darauf zu sprechen ist, dass Arthur und Milla sich immer öfter auch alleine treffen. Und andererseits zu Princetons Mum, die er seit der Sache mit ihrem Mann nicht wiedergesehen hat. Soll er die Scheidung ansprechen? Muss er? Und wie? *Tut mir leid wegen Ihrer Scheidung, Frau Lopez. Wie geht es Ihnen jetzt? Kommen Sie allein klar?* Bloß nicht das mit *Klarkommen*, bloß nichts mit *allein*.

Arthur denkt an Princetons gegangenen Vater. Die ganze Welt, denkt er, ist voll von ihnen, als er Princetons Mum endlich mit dem Schlüssel hantieren hört. Alles gegangene Väter. Arthur stellt sich vor, dass niemand jemals nachrückt, was dann wäre. Pflanze für jeden gegangen Vater einen Baum, aber leider: Ein Baum wächst auch nicht überall. Das restliche Sozialgewächs aus Cocktailpartys und flüchtigen und innigen Freunden und Bussen, die zu spät kommen, und Schulabschlüssen der Kinder und Wochenendeinkäufen und Sportereignissen schon. Marianne hat einen ganzen Telefonspeicher voll von Wuchergewächskontakten.

Mit Princeton ist immer alles so wie nach einem echt guten Witz, und der Witz ist natürlich von ihm. Man kann ihm nie böse sein, und von den Dingen, die er so treibt, mag man nicht denken, sie seien illegal. Im Princeton-Spektrum gibt es nichts wirklich Schlechtes, alles ist vielmehr und in erster Linie *interessant*. Princeton verdreht die Dinge nicht, er glaubt tatsächlich selbst, dass seine Onlineflirts mit eritreischen Jungs oder die Substanzen für Experimente aus seiner *Zuckerltasche* in erster Linie spannend sind. Vielleicht, denkt Arthur, ist Princeton deshalb so fasziniert vom Second-Net, weil er auch so ein Second-Mensch ist, Mustersohn und Schönling, aber zugleich eben auch bisexuell und immer schon mehr am Abwegigen interessiert als am Geradeaus. Aber richtig abdriften in die Welt des Darknet kann so einer wie Princeton nicht, dazu braucht er viel zu viel Applaus aus der *real world*. Manchmal schaut Arthur ihm zu, wie er im Darknet Gras bestellt. Es ist wirklich wie auf Amazon, nur ein wenig schmuckloser sieht alles aus, weniger bemüht. Die Leute, die dort kaufen, kaufen sowieso.

Irgendwann möchte Princeton zum Film, deswegen ist er stolz darauf, dass sein Vater ein mehr oder weniger erfolgreicher Cutter ist. »Vielleicht kann er mich wo reinbringen«, meint er, »und dann geh ich nach Los Angeles oder New York.«

»Ja«, sagt Arthur und meint es auch so, »du würdest gut hineinpassen in so eine Welt.«

Trotzdem, Arthur wird es heute ansprechen. Das ist doch nicht normal, dass Princeton so tut, als wäre überhaupt nichts gewesen, Schauspielerei hin oder her. Sein Vater hat die Familie verlassen, Princeton und seine Mum mussten in diese Geistersiedlung umziehen, und alles, worüber Princeton reden will, ist dieses und jenes Gras, das er sich gecheckt hat. Hierher kann er sich jedenfalls alles schicken lassen. Jetzt kriegt Princetons Mum endlich die Tür auf und steht vor ihm.

»Guten Tag, Frau Lopez.«

Princetons Mum steht in einem gelben Kleid vor ihm. Die Haut der Deutschen ist ein wenig zu weiß für das Gelb. In den Ohren trägt Frau Lopez grüne Glassteine, und dafür, dass alles an ihr *Bin ich hübsch?* schreit, macht sie einen erstaunlich kläglichen und durch diese Kläglichkeit fast hässlichen Eindruck. Das geradlinige Gesicht ist dezent geschminkt, er riecht beim Handschlag das Make-up und das Parfüm, Rosen. Eine ganz leichte Alkohol- und / oder Zigarettenfahne riecht er auch. Ihre Haut ist unter dem Make-up so leicht und fast unsichtbar grau, dass man es auch mit Blässe verwechseln könnte. Das Kleid sitzt obenrum nicht richtig, und das merkt sie auch, denn während sie Arthur hereinlässt, zieht sie es zwischen den Brüsten hoch, was ohne erkennbaren Effekt bleibt.

Ihr Lachen ist ein großes Zähnezeigen, und ihre Zähne sind

makellos. Dafür sieht der Mund rundherum und das, was er mit ihrem Gesicht macht, eher wie ein Standbild mit der Überschrift *Ich, wenn ich lache* aus und weniger wie ein richtiges Lächeln.

Arthur versucht, ebenfalls mit dem Mund zu lachen, und sagt leise eine weitere höfliche Begrüßung auf.

Sie ist entzückt und neigt wie zur Probe für den *wirklichen* Gast, den sie zweifellos erwartet, den Kopf leicht zur Seite. Sie muss ein bisschen üben, und Arthur hilft gerne, indem er, ohne rot zu werden, die Farbe des Kleides lobt. Sie fragt ihn, ob er etwas trinken möchte.

»Klar.« Sie schenkt etwas Braunes in bauchige Gläser. Ja, er ist schon achtzehn, aber es ist knapp, und sie kann es nicht wissen.

»Er kommt gleich«, prostet sie ihm zu, ohne zu warten, bis er zu ihr in die Küche gekommen ist, um sein Glas entgegenzunehmen.

Die schmutzigen Pumas hat er an der Tür ausgezogen, und er steht jetzt barfuß auf dem eiskalten Fliesenboden.

Als er die vier Stufen zur offenen Küche hin genommen hat, reicht sie ihm das Glas, und er trinkt, ohne seine Stofftasche abzulegen. Er versucht, das Gesicht nicht zu verziehen und nicht an den Fleck zu denken.

»Wo hast du Milla gelassen?«

»Ihr Vater feiert mit der Firma die Rückkehr seiner rechten Hand.«

»Oh. Wo war sie?«

Er denkt an den Fleck.

»Wer?«

»Die Hand.«

»Auf den Bahamas. Ein Herzinfarkt.«

»Ein Herzinfarkt im Urlaub?«

»Ein Urlaub nach dem Herzinfarkt.«

»Oh. Habt ihr nicht auch bald ein großes Fest? Wir haben eine Einladung bekommen.«

Stimmt, das Fest, Grazetta liegt ihm seit Wochen mit ihrem Video in den Ohren.

Marianne und Georg hatten die Idee, jedem Gast in La Puerta die Möglichkeit zu geben, ein Videoporträt von sich anzufertigen, welches dann in feierlichem Rahmen unter dem Motto *Bunte Bewohner* gezeigt werden soll, zum besseren Kennenlernen. Außerdem feiere man anstelle des nahenden Weihnachtsfests lieber ein Fest der *Zusammenkunft und des Moments*. Etwas anderes zähle schließlich nicht mehr.

Und wer, wenn nicht Grazetta, sollte dies nutzen wollen für einen letzten großen Auftritt. Arthur wird die Kamera halten müssen, so viel steht fest, und Grazetta weiß auch nicht, wie man einen USB-Stick bespielt. Danach soll er außerdem sagen, wie er ihr Video findet, seine Meinung interessiere sie brennend.

Die braune Flüssigkeit brennt, er trinkt gleich noch einen zweiten und einen dritten Schluck nach, damit sie weg ist. Da kommt Princeton endlich die Treppe herunter. Zitronengelbes Poloshirt, helle Jeans, weiße Sneakers. Kurzgeschorene Haare. Buttermilchzitrone. Hindrücken, wegstoßen. Eine Umarmung getarnt als *sportsmove*. Es ist eine Bewegung, die beide machen, aber einer, Princeton, macht sie immer ein bisschen mehr. Arthur ist sich von einem aufs andere Mal nicht sicher, ob er ihn heute wieder umarmen wird, und freut sich jedes Mal, wenn er es tut.

Princetons Mum leert das Glas in einem Zug und stellt es auf der untersten Stufe ab, bevor sie nach oben geht.

»Ich muss noch kurz ins Bad.«

Sie winkt, als Princeton Arthur aus der Tür drängt.

Draußen schlägt ihnen die Hitze des späten Nachmittags entgegen. Ein kurzer, angenehmer Moment, dann gleich wieder Schweiß. Princetons Hand drängt in seinem Rücken.

»Ich fass es nicht, dass sie dir einen Drink anbietet. Es ist nicht einmal drei. Nichts wie raus hier.«

»Der Drink war gar nicht so schlecht.« Arthur grinst.

Sie gehen schneller, aber Arthur kommt nicht umhin, sich umzuschauen. Wenn sie beide jetzt die Anlage verlassen, ist Frau Lopez wirklich der einzige Mensch hier, vollkommen allein.

»Sie bekommt Besuch«, sagt Princeton, als lese er Arthurs Gedanken.

»Der Gärtner?«, grinst Arthur schief, »'ne Ahnung, wer der Typ ist?«

»Bewahre, Mann, bewahre.«

Mit einem plötzlichen Zischen gehen alle Sprenkler gleichzeitig an, beide erschrecken. Princeton lacht aus vollem Hals.

»*Holy Shit*, Alter. So ist das hier. Echt spooky.«

»Kann man das mit dem Wasser nicht erst machen, wenn jemand eingezogen ist?«

»Nein, Mann, dann wär ja alles schon verdorrt. Außerdem: Hier zieht im Normalfall niemand ein. Das muss grün sein hier und nach Pferderennbahn ausschauen. Jederzeit beziehbar, aber nie bezogen, verstehst du? Ist nur wegen der Kohle. Und damit die stimmt, muss alles immer glänzen. Sonst kauft das ja kein Mensch.«

»Und wer kauft das?«

»Anleger. Hier ist alles leer, leer, leer.« Princeton springt über einen der Zäune, um durch ein Küchenfenster nach drinnen zu schauen. Wie zum Beweis klopft er dagegen.

Arthur protestiert leise, zischt irgendwas, schaut nach links und nach rechts und kommt ihm dann doch nach.

»Die Hausbesorger können jederzeit auftauchen.«

»Wir tun doch nichts.« Princeton legt die Hände an die Scheibe. »Alles voll eingerichtet und menschenleer.«

Arthur stellt sich dicht hinter ihn.

»Wenn du reinwillst, weiß ich, wo.«

Princeton geht ums Haus herum, Arthur folgt ihm. Dabei zieht Princeton den Joint aus der Hosentasche und zeigt ihn nach hinten. Arthur grinst. War klar, dass Princeton rauchen will. Vormittags war er beim Sport, und dann will er bei so einer Hitze immer nur kiffen.

Das Garagentor ist händisch zu öffnen, Arthur schlüpft Princeton nach, unten durch. Die Eingangstür ist verschlossen, aber eine weitere führt hinten raus, in den winzigen, sichtgeschützten Garten. Die Hecken sind perfekt gestutzt, als wäre dieser Fleck Wiese besonders schützenswert vor Blicken, die es gar nicht gibt. Die Terrasse, die zu dem Haus gehört, ist die gleiche, wie sie Princetons Mum hat. Weißer Stein, zwei Liegen. Arthur starrt noch auf die Liegen, als Princeton mit einem Ruck einfach die Terrassentür nach innen drückt.

»Siehst du? Die kann man später ganz normal wieder verschließen.«

»Scheiße! Du machst sie kaputt!«

»Ach was. Hab das schon mal gemacht, als ich einbrechen musste, weil mir draußen zu heiß war zum Rauchen. Komm jetzt.«

Die Klimaanlage ist nicht eingeschaltet, aber deutlich kühler ist es trotzdem in dem Haus. Im oberen Stockwerk sind alle

Außenjalousien geschlossen. Princeton zieht Arthur am Shirt hinter sich her. Das leise Lachen ist das von Typen, die nicht mehr kichern wollen, es aber trotzdem tun.

»Ist das Bett gemacht?«, fragt Arthur belustigt.

»Klar doch!«

Princeton lässt sich auf den dicken Plastikbezug der Doppelmatratze fallen.

»Oh Mann, sogar Matratzen sind hier drin.«

»Hier ist alles drin. Auch Zahnputzbecher und Geschirr. Das nennt sich *fully furnished*, Alter. *Spanish Pearl!* Mensch umgeben von Haus. Haus umgeben von Siedlung. Hauptsache, du merkst nicht, wo du eigentlich lebst.«

Princeton springt auf, stellt sich aufs Bett und fummelt fingerfertig am Rauchmelder herum, bis der zweimal kurz und schrill pfeift, nur um dann zu verstummen. Dann klopft er auf die Folie neben sich und zündet den Joint an. Arthur legt sich zu ihm.

»Ist ja schnell gegangen, dass deine Mum einen Neuen ...«

»Oh Mann, mein Vater, erinner mich bloß nicht an den.« Er erzählt, wie er kürzlich auf seinem Handy ein paar peinliche Nachrichten gefunden hat, die offenkundig von Bezahlhotlines stammten.

»Das kannst du doch nicht ernst nehmen, so einen Mist«, sagt Arthur, als er Princetons versteinertes Gesicht sieht. Und weil Princeton darauf wirklich überhaupt nicht reagiert, sagt Arthur gleich noch mal: »Das nimmst du doch nicht ernst, sowas ...«

Princeton zieht zweimal kurz und reicht weiter an Arthur, ohne zu blinzeln. Arthur bläst ihm den Rauch ins Gesicht.

»Wie kann ich sowas nicht ernst nehmen, Alter. Es ist so ... so peinlich, so schwach, so ... Es ekelt mich.«

Arthur versteht das. Wenn er ehrlich ist, ekelt die Tatsache, dass Princetons Vater sich mit Fake-Prostituierten schreibt, sogar ihn. Und nein, er würde auch nicht wollen, dass er seinen Vater …

»Meiner ist bestimmt um nichts besser«, sagt er. »Gib doch mal dein Handy.«

Princeton ist einer von denen, die immer den allerneuesten Scheiß haben, den sonst noch keiner hat. Sein Handy hat bereits ein großes Display und kann Dinge, von denen Arthur keine Ahnung hat. Er tippt den Namen seines Vaters in die Suchleiste und geht auf *Bildersuche*. Das hat er noch nie vorher getan, aber jetzt, für den Freund, fällt es ihm leicht. Zuvor war ihm das Risiko immer zu groß, nicht zu wissen, was er fühlen würde.

Aber jetzt denkt er: Welches Risiko? Ihn sehen und ihn nicht gesehen haben, was macht das schon für einen Unterschied. Arthur weiß doch, dass es ihn gibt, und er weiß, wie er ausgesehen hat, ungefähr zu der Zeit, als Arthur geboren wurde. Von einem gemeinsamen Foto weiß er nichts, aber zwei oder drei Aufnahmen gibt es irgendwo, und früher hat er sie sich ab und zu angeschaut. Was soll da also Neues herauskommen, das ist nur ein Name in einer Suchleiste: *Ramon Galleij*. Vielleicht wird er herausfinden, wo Ramon ist. Wo er wohnt. Ob er wegen des Tauchens ausgewandert oder in Österreich geblieben ist. Arthur glaubt nicht, dass Ramon nach Wien gezogen ist. Eher würde er ihn in irgendeiner dieser deprimierenden Bezirkshauptstädte vermuten, wo man Reihenhäuser in Hanglagen baut.

Als die erste Seite mit Bildern geladen ist, erkennt Arthur ihn sofort. Nicht einmal richtig hinschauen möchte er. Stattdessen schaut er Princeton an und sieht auch an Princetons

Gesicht, dass irgendetwas nicht stimmt. Princeton öffnet das Bild, auf das Arthur zeigt, jetzt ist es groß. Beide starren das Foto an. Arthur schaut seinem Vater ins Gesicht und kann überhaupt nichts erkennen, was ihn an irgendetwas erinnert. In ihm regt sich nichts, kein Schmerz, was gut ist, es wäre jetzt nicht der Moment dafür. Denn Arthur ist mit etwas ganz anderem beschäftigt: dem Kind auf dem Foto. Dem Jungen, um den Ramon Galleij von hinten die Arme schlingt. Ein stolzer Mensch und ein Junge. Der Junge schaut ernst und hat ein spitzes Kinn, und seine Haut schimmert, als hätte er einen olivfarbenen Kern, als sei die weiße Haut ihm nur zur Tarnung übergestreift.

Arthur und Princeton schauen den Jungen an und denken dasselbe. Sie denken das Offensichtliche, und es ist Princeton, der es mit einer tonlosen Flüsterstimme ausspricht: »Bist du das?«

Er ist es. Das auf dem Foto ist Arthur Galleij. Das heißt, er ist es natürlich nicht, denn er kann es nicht sein. Aber der Junge sieht ohne Zweifel haargenau so aus wie Arthur. Obwohl er die Haare anders trägt, andere Kleidung, vollere Lippen und eine spitzere Nase hat. Die Ähnlichkeit sitzt tiefer, sitzt im Gesamteindruck dieses Gesichts und zeigt sich nicht in den Farben der Augen oder dem Schwung der Lippen.

In diesem Moment sieht Arthur sich selbst als Kind, als handle es sich um ihn und als sei das erst ein paar Augenblicke her. Als sähe er einen, dem er gerade erst entwachsen ist, in diesem Moment, oder in einer längst vergangenen Zeit, irgendwann in der gesamten Erinnerung seiner Spezies, vor einer Billion Jahren vielleicht. Zeit spielt keine Rolle: Sein Vater hat ein Kind.

Arthur kann nur den Kopf schütteln. Ein paar dunkle, lange

Gesichtshaare wachsen in unscharf begrenzten Bartbeeten in das Gesicht des Vaters hinein, der Sohn wächst vorne wie eine Trophäe aus ihm heraus. Arthur hört Princeton schlucken und schluckt endlich auch selbst. Seine Kehle ist trocken vom Gras, aber an das Bier, das er auf dem Nachttisch abgestellt hat, denkt er nicht mehr. Er denkt fast gar nichts. Nur irgendwo, sehr weit hinten in seinem Kopf, fragt er sich, wie es möglich sein kann, dass ein zweiter Mensch auf dieser Welt herumläuft, der aussieht wie er.

Princeton und Arthur liegen nebeneinander auf der Plastikplane des Boxspringbetts und rauchen den Joint zu Ende. Erst dann hebt Arthur den Kopf. Princeton nimmt seine Hand, aber Arthur möchte gehen. Er kann nur den Kopf schütteln, nichts sagen.

Vielleicht hat Ramon da weitergemacht, wo er bei Arthur aufgehört hat. Einfach wieder von vorne angefangen, mit einer anderen Frau, das finden alle ganz normal. Vielleicht *ist* es ganz normal. Arthur hat sich den Vater nie zurückgewünscht. Er hat sich ein Vorbild gewünscht. Einen Mann, der lebt und dem er, Arthur, das Kleinkind, Arthur das Kind, Arthur der Jugendliche, zuschauen hätte können beim Leben. Wie ein Mann redet. Was ein Mann tut, wenn er ins Haus hineingeht, wo Arthur ihn nicht mehr sieht. Sodass er an einer Tankstelle nicht ungläubig beobachten hätte müssen, wie ein LKW-Fahrer aus seinem Wagen stieg und in die Knie ging und die Hose am Bund bis zum Bauchnabel zog.

»Was tut dieser Mann?«, hat Arthur Marianne gefragt.

»Er steigt aus«, hat sie gesagt.

Draußen hat sich jetzt über alles ein Abendlicht gelegt, die große Hitze ist abgeklungen. Die Bierflaschen klirren immer noch in der Umhängetasche. Arthur wird diese Tasche nicht mehr haben wollen nach diesem Nachmittag. Er wird sich eine neue kaufen wollen, eine geräumige, eine sportliche Tasche soll es sein, groß genug für alle Möglichkeiten. Und aus Leder.

Arthur fühlt sich schwerelos, null Kilo. Sein Gehen ist ein federndes Gleiten, das kommt vom Gras. Er und das tiefstehende Licht. Er macht im Gehen eine Flasche mit dem Verschlusskorken der anderen auf. Er trinkt und ist sich für einen kurzen Moment gar nicht mehr sicher, ob er sich von Princeton schon verabschiedet hat. Um zu erfahren, ob er noch da ist, dreht er sich um. Princeton geht hinter ihm. Legt ihm nun, wo Arthur stehenbleibt und ihn anschaut, die große, kalte Hand auf die Schulter. Arthur reicht Princeton die Flasche, der bleibt stehen und trinkt. Wie erschlagen bewegen sie sich durch die Abendhitze. Ein langsames Gespann, aber das macht nichts, denn rundherum rührt sich nichts. Kein Auto fährt, kein Vogel fliegt. Arthur weiß gar nicht, ob er auf Princeton zugeht oder umgekehrt, aber jetzt lehnt er doch in seiner Umarmung, frischer Schweiß und kalte Haut, und gräbt einfach sein Gesicht in diese Halskuhle. Erst dann bemerkt er sein eigenes Zucken und dass er jetzt wirklich heult. Princetons Hand auf seinem Hinterkopf. Er hält ihm ganz fest den Kopf, und das tut gut. Arthur ist es, der sich losmacht und irgendwas murmelt.

»Ja, echt drauf geschissen«, sagt Princeton, aber es klingt sehr traurig.

Nun gut, denkt Arthur, gibt es ihn halt noch einmal. Gibt es eben irgendwo auf der Welt eine zweite Möglichkeit von Arthur Galleij. Was geht's ihn an? Er kennt nur seine, er braucht diesen Halbbruder nicht. Auf einmal kommt es Arthur so vor, als wäre alles unendlich fern. Die Häuser, die Gärten, der Rollrasen, alles so weit weg. Goldenes Licht, saubere Straßen, herausgeputzte Häuser. Schaute er sich jetzt an, wie sähe das aus? Ein Leben im Paradies. Ohne dich, Vater, unverkennbar ist aus mir *etwas geworden*. Zum Beispiel ein Mann. Und wie ich heute hier stehe, ich und ein echter Freund an meiner Seite, bin ich nicht einmal allein.

(00:36:23) *Arthur Galleij für Doktor Vogl. Das Mikro funktioniert? Sie wollen also hören, wann nun dieser Turn kam. Die Wende, der Zeitpunkt, ab dem es dann bergab ging. Aber so einfach ist das nicht. Sie wollen eine Ursache, aber auf dem Silbertablett habe ich keine. Welche Ursache hat schon auf einem Silbertablett Platz? Eins: Ich war sehr traurig. Zwei: Ich war wütend. Drei: Ich hatte nichts anderes zu tun. Vier: Ich konnte es. Das heißt, ich wusste, dass da die Möglichkeit war, es eventuell zu können, wenn ich es probierte. Sie denken ja immer, dass etwas wahr wird, weil man es glaubt. So funktioniert doch Ihre ganze Therapie, die Sie da erfunden haben. Schreiben wir unsere Geschichte selbst. Sie glauben, dass diese Geschichte, die wir erzählen, ob sie nun wahr ist oder nicht, mehr wiegt als die Wirklichkeit. Ich sage gerne, was ich darüber denke. Ich denke darüber: Gut, mir ist jedes Papier recht, auf dem steht, dass ich ein nützlicher Mensch bin. Nein, ich meine das nicht sentimental. Ich bin nicht traurig, zumindest nicht so, wie ich es auch sein könnte oder schon einmal gewesen bin. Ich bin nur ein chancenbewusster Mensch. Ich war im Gefängnis, aber ich habe nicht am Mond gelebt. Sie wissen, dass auf meinem Lebenslauf überhaupt nichts steht, nichts, was etwas wiegt, und wollen dieser Tatsache etwas entgegenhalten: die eigene Geschichte. So viel habe ich verstanden, aber ich muss Ihnen leider sagen: Daran gibt es einiges auszusetzen. Zum Beispiel die Tatsache, dass der Mensch seine Geschichte zwar schreiben kann, es da aber leider noch eine andere, die große, die wirkliche Geschichte gibt, die eben alle zusammen schreiben, nennen Sie sie Politik, nennen Sie sie Gesellschaft, und diese Geschichte sagt (leider): Deine kleine Geschichte ist niedlich, wie du sie da so zusammenschreibst, interessiert mich nur leider einen Scheißdreck und hat keinerlei Wert. Was du anzubieten hast, braucht niemand. Was gebraucht wird, kann dir niemand sagen, und woran du dich halten sollst, ist jetzt noch nicht bekannt. Was du also anbieten müsstest, damit es eines Tages gebraucht werden würde, ist ungewiss. Ja, leider, damit musst du leben, so ist es nun einmal. Das ist, worüber wir reden sollten. (…) Es ist nicht so, dass es für mich keine Vorbilder gibt. Ich kenne Menschen, die sich ihre Geschichte wirklich zurechtgelegt haben. Zum Beispiel durch beharrliches Wiederholen des bereits Vorhandenen. Grazetta, was hätte sie anderes machen sollen, als Schauspielerin zu sein? Mit einer Rolle wäre sie nicht zufrieden gewesen. Sie war so neugierig, aber sie wollte nichts* erfahren, *sie wollte immer gleich* alles sein. *Ihre Geschichte ist tausend andere, so hat sie gelebt. Immer, wenn ich von ihr weggegangen bin, wollte ich mehr wissen über etwas. Das Theater. Die Geologie. Mozart und Konstanze Weber. Die Angst des Tormanns beim Elfmeter. Wer am Zentralfriedhof unter dem silbernen Hasen begraben war. Mit solchen Dingen hat sie sich beschäftigt. Ich wusste nicht, dass man so sein kann. Dass theoretisch auch ich so sein könnte. Herausfinden, was es alles gibt, und mir dann etwas aussuchen, das mich interessiert: Ich wusste nicht, dass man so vorgeht. Sicher, das war ein Sterbezimmer, ein Bett vor der großen Balkontür, ein kleines Kästchen, in dem ihr Kamm lag und der Nagellack. Das war das Zimmer einer sterbenden Frau. Aber immer, wenn ich herauskam, fühlte ich mich sehr am Leben. Manchmal hätte ich gern gewusst, wie sie früher war. Aber sie selbst hat kaum Fotos von sich und hat auch keine gesammelt. Das müssten einmal andere machen, sagte sie, und vieles über sie erfuhr ich dann erst später aus dem Internet. Sie war es jedenfalls, die mir beibrachte: Zuerst musst du dir den nächsten Schritt selbst erzählen. Sprich die nächste Rolle bei dir vor. Glaubst du dir? Dann ist es fast schon geschehen.*

12

Meidling, August 2010

Das Zusammenleben mit Lennox erweist sich als einfacher als gedacht. Arthur hat sich an Lennox, dessen Jahr bald um ist, gewöhnt, und Lennox hat sich damit abgefunden, nicht mehr allein zu sein.

Langsam hat Arthur auch aufgehört zu glauben, dass er es ist, der Lennox so nervös macht. Er hat gemerkt, dass Lennox einfach immer nervös ist, und so hat er sich wieder entspannt und weitergemacht wie bisher. Besucht die Gruppengespräche, besucht den Samstagssport, versucht während der Woche, einen Praktikumsplatz zu finden. Findet keinen, macht weiter.

Auch die Sache mit der Hausbetreuung hat sich zerschlagen. Zuerst hat man Grabner signalisiert, dass Arthur kommen könne zu einem Gespräch, dann aber hat man sich nicht mehr gemeldet, hob nicht mehr ab und beantwortete die Mails nicht mehr. »So ist das, da darf man nicht verzweifeln«, sagt Grabner. Arthur weiß das und verzweifelt nicht, es ist noch ein wenig Zeit. Er findet schon was.

Was Lennox betrifft, möchte sich Arthur eigentlich nicht vorstellen, wie es ihm ginge, stünde er hier nicht unter ständiger Beobachtung. Seine Zwänge sind Lennox nicht direkt peinlich, dazu ist der Drang zu groß, ihnen nachzugeben. Mittlerweile schämen sie sich nicht mehr voreinander, Lennox für seine Zwänge nicht und Arthur nicht dafür, dass es ihn ab und zu übel reinzieht. Flashback, dann kann er sich nicht mehr bewegen. Schwitzt und möchte kotzen. Alles kommt auf einmal zurück. Die Mehrfachbelegung. Der Vorfall.

Einmal war Lennox sogar so geistesgegenwärtig und holte Annette. »Mit Arthur stimmt was nicht«, sagte er, als sie gemeinsam ins Zimmer kamen, »schauen Sie sich den mal an, wie der aussieht.«

Annette hat Arthur dann erst mal an den Schultern genommen und hochgezogen. Platz wechseln, Position verändern, sonst kommst du aus der Starre nicht raus. Zum Fenster stellen, atmen. »So ist es gut«, hat sie gesagt und ansonsten keine Fragen gestellt. Selten war Arthur so dankbar, hier zu sein, wie in diesem Moment, wo es wieder besser wurde, wo er aus dieser Lähmung hervorgetreten war und atmen konnte.

So weit ist es also gekommen zwischen Arthur und Lennox: Man lebt miteinander in diesem Zimmer und weiß – ob man möchte oder nicht – so einiges, aber alles teilt man trotzdem nicht.

Es ist einer dieser Tage, die normalerweise damit beginnen, dass einer registriert, dass der andere wach ist, aber nichts sagt, als Arthur nach dem Aufwachen oben auf der Pritsche diesen warmen, nassen Fleck spürt. Er selbst erschrickt darüber nicht mehr, es passiert ihm öfter, immer wieder einmal. Im Gefängnis hat das angefangen und seither nie mehr ganz aufgehört. Er selbst findet es gar nicht so schlimm, er weiß, er ist stark genug, das auszuhalten. An so etwas geht er nicht kaputt. Das Einzige, was ihm wirklich Sorgen macht, ist, dass es jemand merkt.

Er muss warten, bis Lennox ins Bad geht, aber ausgerechnet heute kramt der da unten in seinen Sachen herum, als suche er etwas sehr dringend. Zwischendurch flucht und schimpft er.

»Morgen«, macht Arthur einen Anfang, aber das ist natürlich auffällig, sie wünschen einander nie einen Guten Morgen.

»Jamann«, kommt es knapp zurück.

»Was los?«, fragt Arthur.

»Mein Handy ist weg«, sagt Lennox, und was da mitschwingt, ist echte Verzweiflung.

»Weit kann es ja nicht sein«, sagt Arthur genervt. Er soll endlich ins Bad gehen, raus, irgendwohin.

»Ich war gestern noch mal weg«, sagt Lennox.

Arthur richtet sich auf. »Wie weg? Als ich gepennt hab? Was meinst du mit weg?«

Die Ausgangszeiten kann man eigentlich nicht vergessen, nicht einmal Lennox kriegt das hin. Arthur war fast bis Mitternacht wach, und Ausgang ist bis zehn. Geschlafen hat er auch nicht, wie der aussieht. Dunkle Ringe und das Shirt noch von gestern. Jacke für Jacke reißt Lennox alles von den Garderobenhaken an der Innenseite der Tür.

»Alter, geht's dir noch gut? Wenn Grabner das rauskriegt, fliegst du. Und um was zu tun überhaupt?«

»*Um was zu tun*«, äfft Lennox ihn nach. »Bist du Mutti oder was? Hast wohl selber mein Handy genommen und irgendwie vercheckt oder so?«

»Klar«, sagt Arthur. »Weil ich so krass auf deine *Userchats* steh, mit den ganzen Vollbehinderten da.«

»Hilf mir lieber beim Suchen«, sagt Lennox, »wir müssen gleich unten sein.«

Jetzt kramt er am Schreibtisch herum, aber viel liegt da nicht.

»Vielleicht hast du es ja einfach eingesteckt«, sagt Lennox, ohne ihn anzuschauen. »Ich mein, unabsichtlich oder so. Schau doch mal in deiner Jacke«, schlägt er vor.

»Kannst ruhig reingreifen in meine Jacke«, sagt Arthur, immer noch unter der Decke, »da ist es bestimmt nicht.«

»Ich greif nicht in fremde Jacken rein, Mann. In fremde Jacken greif ich bestimmt nicht. Jetzt mach schon, Alter, wir müssen gleich unten sein. Jetzt komm schon in die Gänge und hilf mir doch mal, es ist fünf vor!«

Es ist wirklich fünf vor. Wenn Arthur jetzt nicht aufsteht, kommt er zu spät. Er windet sich aus dem Bett, klettert runter und hofft jetzt einfach, dass Lennox gerade nicht schaut. Aber er schaut natürlich exakt da.

»Alter«, muss er sofort rufen, »du hast dich eingepisst!«

Was bleibt Arthur, als einfach weiter vom Bett zu klettern, sich wortlos an Lennox vorbei ins Bad zu drücken, blitzschnell die Dusche aufzudrehen und darunter stehen zu bleiben, dreißig Sekunden nur, um alles abzuwaschen, was jetzt gerade und immer schon vorher passiert ist.

Arthur ist nur froh, dass er das mit dem Handy weiß. So wird Lennox unten in der Runde das Maul halten, ist ja klar. Daran wird Arthur denken, wenn er sich gleich unten Lennox gegenüber zum Morgenkreis setzt. Wer im Glashaus sitzt, wird er notfalls sagen, aber das wird nicht nötig sein.

Lennox sitzt jetzt tief in der Scheiße, weil Grabner weiß, dass Lennox gestern nach dem Feedback sein Handy noch gehabt hat. Er wird ihm den Verlust also melden müssen. Aber es kann ja noch viel schlimmer kommen: Jemand hat es abgegeben, und die Polizei kriegt raus, wem es gehört, und meldet sich bei Grabner. Dann dauert es auch nicht mehr lange, bis der Fundort bekannt wird. Arthur wettet auf einen Club. Eine der Wohnungen von den Kerlen, mit denen Lennox längst brechen hätte sollen. Vielleicht ist da was offen. Vielleicht wollte er nur was ein für alle Mal klären und dann nie wieder hin.

Arthur schaut Lennox an. Der schaut zu Boden, kratzt sich mit den Fingern der Linken die Innenseite der Rechten. Zuckt mit einer Schulter, als könne er Arthurs Blick abwehren. Arthur weiß, dass Lennox weiß, dass das vielleicht der Anfang vom Ende ist.

13

Innere Stadt, August 2010

So oft hat Arthur Grazetta im Hotel Bristol noch gar nicht besucht. Dafür, dass sie anlässlich seiner Entlassung extra aus Andalusien nach Wien gekommen ist, ist er sogar beschämend selten hier gewesen. Auf dem Weg ins Hotel, wo Grazetta sich mit ihren Pflegerinnen eingerichtet hat, fragt er sich, ob es eigentlich ein Wunder ist, dass sie immer noch lebt, obwohl sie damals zum Sterben nach La Puerta gekommen ist. Und was heißt eigentlich Wunder? Gut geht es ihr nicht, und nach allem, was Arthur über ALS weiß, ist es eine quälende, gemeine Krankheit. Sie lebt, das ist wahr, und weil sie ist, wie sie ist, beklagt sie kaum etwas und zetert nur über die Dinge, die sie immer schon aufgeregt haben. Auch vor der Diagnose hat sie die meiste Zeit mit Schimpfen und Fluchen verbracht. Und im Warten war sie sowieso nie gut. Weshalb sollte sie also warten, dass eintritt, was vielleicht wirklich noch lange nicht kommt? Sie lebt. Und es ist noch Geld übrig.

Das Hotelzimmer im Bristol, in dem Grazetta jetzt wohnt, ist ein Einzelzimmer mit einem dicken Teppichboden in dunklem Bordeauxrot und mit goldenen Rauten. Die schweren, lindgrünen Vorhänge sperren alles aus, Tageslicht und Lärm, sodass man drinnen das Gefühl haben könnte, sich in einem schalldichten Mikrokosmos zu befinden. Hochkalorischer Barockkitsch auch das Bett, dicke, schwere Stoffe, die zu einem Berg gebauschte Daunendecke, auf der ihre Unterarme liegen wie zwei abgebrannte Streichhölzer.

Links von ihrem Bett steht ein weißer Vorhang in einem Gestell auf Rollen, ein Raumteiler, der als Sichtschutz vor dem Notbett der Vierundzwanzigstundenpflegerinnen dient. Sie wechseln einander im Zweiwochentakt ab, um im Zimmer 101 für Grazetta zu sorgen. Sie hat mit dem Hoteldirektor, einem ehemaligen Freund eines ihrer zahlreichen ehemaligen Freunde in Wien, eine Sondervereinbarung getroffen, was sie, wie sie sagt, insgesamt mindestens drei Monate Lebenszeit gekostet hat. Sie bewohnt Zimmer 101 gegen eine satte Monatsmiete, aber weit unter Hotelpreisen.

»Unterm Strich«, sagt sie mit diesem Grinsen, »kommt es aufs Gleiche raus wie in La Puerta. Nur dass ich nicht mehr eine Familie finanziere, die ich nicht verstehe und nicht verstehen will.«

Eine Mutter, die nicht hinfährt, wenn sie ihren Sohn entlassen. Sie habe ja keine Kinder, aber wer soll sowas verstehen? Sie jedenfalls nicht. Aber sie, auch das habe Marianne Grazetta deutlich spüren lassen, sei ja nur eine Patientin. »Gast«, sagt Arthur müde, aber sie winkt wütend ab.

»Der Gast verabschiedet sich dankend. So ein Scheißdreck. Der eigene Junge im Gefängnis und die Eltern nicht da.«

»Georg ist nicht ...«

»Jetzt komm mir nicht mit sowas. Bist du bei ihm aufgewachsen oder nicht? Komm mir doch nicht damit. Und hör endlich auf, deinen leiblichen Vater zu vergöttern.«

»Ich vergöttere niemanden, den ich nicht kenne.«

»Du wolltest ihm helfen, vom Knast aus und nach deiner Entlassung.«

»Ich wäre bloß die paar Stationen nach Wien hineingefahren. Ich wäre zu dem Treffpunkt gefahren, sonst nichts.«

»Du hättest ihm Geld besorgt, das du nicht gehabt hast.«

»Davon war nie die Rede!«

»Er hat davon geredet, das hast du mir gesagt. Der Kerl hat dich um Geld angeschnorrt, als du wegen Betrugs im Knast warst. Das ist nicht nur unmenschlich, das ist wahrscheinlich ein Straftatbestand.«

»Du hast es zu verhindern gewusst«, grinst Arthur.

»Ich bin eine kranke Frau, die sich nicht anders zu helfen wusste.«

»Körperverletzung ist ein Straftatbestand.«

»Das war doch bloß ein Kratzer.«

»Zum Nähen war es dann schon zu spät.«

»Sieht man es noch?«

Er dreht sich zur Seite und hebt sein Haar: »Ein wenig.«

»Hast du immerhin eine Erinnerung.« Sie streicht ihm über die Stelle.

»Wer ist gerade da?« Hinter dem Rollvorhang, den Arthur jetzt am Bett sitzend mustert, steht das Bett der Pflegerin, Jolana oder Julinka. Und unter dem Bett weiß er den kleinen Rucksack oder Rollkoffer, den sie nirgendwo sonst versperren können und mit dem sie für jeweils vierzehn Tage aus der Slowakei anreisen. Arthur weiß nicht, wie er sich so ein Leben vorstellen soll. Zwei Wochen zu Hause, zwei bei einer Kranken. Arthur möchte sich nicht vorstellen, was Jolana und Julinka schon erlebt haben und mit welchen Patienten. Vierundzwanzig Stunden am Tag, vierzehn Tage ohne Pause. So eine Berufswahl, denkt Arthur, ist auch nicht gerade ein leichtes Los.

»Eine Pause haben sie schon«, sagt Grazetta. »Sie gehen ja raus und spazieren und kaufen ein. Gehen in Parks, ins Schmetterlingshaus, auf den Weihnachtsmarkt. Sie sind keine Sklavinnen, sie haben WLAN, mach dir deswegen nicht ins Hemd.«

»Wusstest du, dass du einen Wikipedia-Eintrag hast?«, fragt Arthur.

»Natürlich weiß ich das«, sagt sie.

»Wikipedia kennt alle deine Namen: Maria Grazia Delores, geborene Maria Meischberger, und weiß, dass du am Stadttheater Ingolstadt und am Schauspiel Bonn gespielt hast, am Residenztheater München und mehrmals bei den Salzburger Festspielen. Auch am Thalia Theater in Hamburg hast du ein Engagement gehabt. Die Rollen habe ich mir nicht alle merken können. Aber *Pünktchen und Anton* war dabei und *Holzfällen*.«

Sie verdreht die Augen nach oben: »Leider hast du wirklich überhaupt keine Ahnung.«

»Du hast sehr schön ausgesehen.«

»Das stimmt.«

»Auf einem der Fotos sind mehrere Männer und Frauen drauf, einer der Männer ist ein bekannter Schauspieler.«

»Was denkst du denn?«

»Dein Name ist auch angeführt … und seiner. Es sind weniger Namen angeführt als Menschen auf dem Foto. Du gehörst zu denen mit Namen.«

»Sag ich dir doch.«

»Ja, ich weiß. Ich hab's gesehen.«

»Dann ist ja gut. Erzähl es weiter.«

»Wem?«

»Irgendwem. Irgendwann wirst du da draußen sein. Du wirst was lernen. Arbeiten. Du wirst deine Familie vergessen müssen, aber glaub mir, es gibt andere. Es kommen neue Menschen in dein Leben, glaub mir das.«

»Du warst immer allein.«

»Ich war nie allein. Ich bin es nicht einmal jetzt.«

»Stimmt«, sagt Arthur und nimmt ihre Hand. »Hast du Angst?« fragt er.

Sie schnauft tief.

»Ich frage mich, wie lange ich noch Abend für Abend hier sitzen soll, das Nachthemd gebügelt und die Zehennägel lackiert, die Haare gekämmt und ein Tupfer Parfüm zwischen den Schlüsselbeinen.« Sie atmet ein. »Jeden Abend, bevor sie mir die Tabletten gibt, bitte ich Jolana, die Vorhänge wieder zu öffnen, die sie zuzieht, wenn sie mich wäscht. Jede Nacht warte ich … aber ich kann es doch nicht einfach kommen lassen. Wahrscheinlich kann ich einfach noch nicht. Mittlerweile ist mir beides recht. Mir ist wirklich beides recht, wahrscheinlich geht es deswegen nicht.«

Arthur nickt hilflos. Ihm ist, als habe er noch nie zuvor in seinem Leben so wenig gewusst wie in diesem Moment.

»Du musst dir ein paar Namen merken und ihnen Bescheid geben, wenn es so weit ist. Sie sollen zur Verabschiedung kommen dürfen, wenn sie wollen. Davood Brahmani zum Beispiel. Nur weil ich ihn ewig nicht gesehen habe, wäre es zu wenig zu sagen, er ist mein Freund. Früher waren wir so etwas wie ein Paar. Wir waren so sehr ein Paar, wie man unter unseren Umständen ein Paar sein konnte oder wollte. Heute ist er ein hohes Tier bei den Vereinigten Bühnen. Wir sind uns so lange nicht begegnet, aber ich weiß genau: Bräuchte ich etwas von ihm, er würde alles für mich tun.«

Sie schweigen.

Sie schaut ihn an. »Verstehst du: Bräuchte ich etwas von ihm, er würde alles für mich tun.«

»Ja, das habe ich verstanden. Brauchst du etwas von ihm?«

Sie drückt Luft durch die Zähne.

»Nein, verdammt noch mal: Du brauchst etwas von ihm.«

»Ich brauche nichts«, sagt Arthur, »mir geht es gut. Aber ich verspreche dir, ihm zu schreiben, wenn es … so weit ist. Und den anderen. Sag mir ihre Namen.«

»Hol dir was zu schreiben.«

(00:55:23) *Der Unfall passierte im Herbst 2007, als alles mit unseren Studienplätzen in Barcelona bereits geplant war. Wir waren siebzehn und achtzehn, alles war sehr aufregend. Der Aufbruch, wir wollten unbedingt gemeinsam gehen, das war nicht nur beschlossene Sache, sondern fixfertig organisiert. Wir wollten sogar dasselbe inskribieren. Jetzt kommt es mir so lächerlich vor: Meeresbiologie. Weil es Meeresbiologie nicht gab, einigten wir uns auf Biologie, weil vor allem Milla das so wollte. Irgendwie hatte ich immer ein ungutes Gefühl bei der Barcelona-Sache. Zu dritt in einer Wohnung. Ohne Eifersucht ging es schon lang nicht mehr bei uns. Wir drei, das war auch entstanden aus einem Mangel an Alternativen. Am meisten habe ich mich davor gefürchtet, dass sich zwischen uns alles zerschlagen würde in Barcelona und dass wir nicht einmal richtig traurig wären darüber. Klingt komisch, oder? Ich habe mich so vor dieser Gleichgültigkeit gefürchtet. Aber dann kam es gar nicht so weit.*

14

La Puerta, Oktober 2007

Es wird wahr sein, was die Einheimischen sagen: Bald ist Schluss mit dem Baden für dieses Jahr, *acabó la diversión*. Jedes Mal, wenn sich Arthur, Princeton und Milla nach einer Nacht am Strand nach Hause schleppen, könnte das letzte Mal gewesen sein. Aber das ist es nicht, woran Arthur, Milla und Princeton denken. Sie möchten einen Pick-up fahren und Bier trinken. Sie möchten ein bisschen Gras rauchen. Vielleicht möchten sie irgendwann klären, ob es nun doch ein Paar unter ihnen geben soll oder nicht. Wäre das nicht *extrem erwachsen*?

Milla ist nie eifersüchtig. Sie schaut sogar grinsend zu, wenn es gar nichts zuzuschauen gibt. Dann schaut sie, als gäbe es etwas, sodass Arthur und Princeton wie von allein darüber nachdenken müssen, wie sie gerade nebeneinanderstehen. Ob der eine sich zum anderen mehr hingezogen fühlt als umgekehrt. Mit einem kurzen, kleinen Grinsen löst sie das aus, indem sie sich zurücklehnt, wo sie gerade sitzt, macht sie die beiden zum Paar der Minute.

»Meeresbiologie ist ein gutes Studium für die mit dem Seefahrer in sich«, sagt Milla.

Princeton sagt, dass er vieles in sich spüre, aber einen Seefahrer sicher nicht, und dass es ihm eigentlich egal sei, Hauptsache, Studium.

»Das ist heute keine gute Idee«, sagt Arthur mit Blick in den Himmel, als sie auf den Pick-up zugehen. »Die Badesaison ist vorbei.«

»Heute noch nicht«, sagen Milla und Princeton. Sie haben schon Bier und Gras gehabt, und Milla kichert ein bisschen übertrieben in Princetons Schulter hinein. Arthur ist genervt.

Der alte Pick-up des Gärtners von Princetons Mum war schon einmal weniger klapprig, aber wer fragt danach außer er? Princeton sicher nicht. Er dreht den Schlüssel herum und fährt. Arthur macht die Augen zu, um nichts zu sagen. Milla schaut zufrieden über die Schulter zu ihm, als wollte sie sagen: *Siehst du, so geht das*. Und es geht Richtung Strand. Eine schiefe Leinenkappe auf Arthurs Kopf, das zerfledderte Liebesfreundschaftsband, staubige Zehen auf dem quadratisch gerippten Boden der Ladefläche. Er könnte sich wirklich mal locker machen, er wird schon wie Georg. Man schaue sich einmal ihre Eltern an: Sie haben sich immer um alles geschert, und jetzt wohnen sie *fully furnished* und herunterklimatisiert einsam und ausgekühlt bis auf die Knochen zwischen Designersofas und weinen in halbleere Whiskygläser. Sie sind *bemitleidenswert*! Sie *checken Frankfurt*, sie sind auf Datingseiten wie *Akademiker und Singles mit Niveau,* obwohl sie sich immer um alles geschert haben. Das kann nicht der richtige Weg sein.

Arthur betrachtet von hinten Princetons Schultern. Wie er da auf der Fahrerseite sitzt und den Arm um Milla legt. Sein Freund. Der Fußballgott. Der Rettungsschwimmer. Das strahlende Grinsen aus der Rumkugelwerbung. Sein schönes Profil. Sein braunes Gesicht. Symmetrisch wie ein Faltbild, das man auseinanderklappt.

Und Milla? Sie wird sich leicht anpassen in Barcelona, sie passt doch überallhin. Mit ihren hüftlangen Schneehaaren sieht sie aus, als stammte sie aus Island. Man weiß, die Leute in La Puerta wissen, sie ist die Tochter des *Pharmamoguls*. Sie sagen: Schaut sie euch an, die Auswandererkinder! Fußball,

Cremepeelings und Energydrinks, was soll das werden? Ein Leben nur aus Badetagen, euch wird das Lachen noch vergehen. Für diese Kinder, sagen die Leute in La Puerta, ist alles verloren, bevor es beginnt. Sie wissen nicht einmal, wie man den Abwasch macht. Und wo sollen sie arbeiten? Firmen leiten? Mit der rosa Kaugummiblase im Gesicht? Mit diesen Kindern wird es nichts.

Endlich parken sie oben an der Straße, laufen zum Boot. Princeton zieht den Anker hoch und schaut nun doch auch besorgt in den Himmel. Arthur kramt in der Tasche herum, nimmt aber, kaum dass er auf dem Boot ist, gern ihr Kinn in die Hand. Sie? Liebt das *Ewigzarte* an diesem Menschen, das Leise. Leiser Arthur, Handcreme-Arthur, Immer-nur-Einsen-Arthur, das alles hat sie ihn schon genannt. Sie haben jetzt alles, was sie brauchen, Brillen, Schnorchel, alles im Boot. Sie könnten fahren, da zieht es noch weiter zu. Dichte Wolken von allen Seiten, aber noch nicht grau.

Arthur weiß, dass Princeton nicht erst seit heute ein paar Kleinigkeiten stören. Er würde nicht von Hass sprechen, aber er weiß, dass Princeton denkt, Arthur war für ihn in diesem Sommer so etwas wie eine lästige Fliege, ein Kieselstein im Tüteneis. Arthur *ist* ja auch sowas wie der Mensch gewordene Antisommer. Er hat immer das falsche spezifische Gewicht, eine fremdartige Dichte, als käme er von einem anderen Stern.

»Dünn wie eine Fliege, aber schwer wie ein Stein.« Der weiß genau, was er sagt. Tut wie unbeholfen, ist sich aber seiner Sache sehr sicher. Wie er da jetzt zum Beispiel im Boot sitzt!

Hat Princeton nicht genau das einmal so gereizt an ihm? Wie er von einem Fuß auf den anderen steigt? Dieser gesenkte Blick? Nun denkt er: Kann dieser Mensch überhaupt aus sich herausgehen? So gern würde er Arthur einmal richtig aufgebracht sehen, wütend, verzweifelt. Dieser Mensch hat Angst vor sich selbst. Weiß der überhaupt, wie man es einer Frau mit dem Mund macht?

Der Joint, den Milla da aus den Grasbröseln in ihrem Münzfach zusammenkratzt, ist winzig. Den könnte man sich auch sparen, denkt Arthur, aber trotzdem zieht er ein-, zweimal, weil er jetzt schon im Boot sitzt, weil der Wind wirklich kalt ist, weil Princeton das Boot nun endlich zum Fahren gebracht hat. Dass sie es überhaupt schafft, den anzuzünden! Sie zittert. Arthur umarmt sie in seinen Kapuzenpullover hinein, sie reibt ihren Haaransatz an seinem Kinn.

Princeton drückt das Kreuz durch, dreht ihnen den Rücken zu, steuert das Boot. Kurz glaubt Arthur zu spüren, dass etwas nicht stimmt. An der Art, wie das T-Shirt zwischen seinen Schultern spannt. Sie fahren *La Caribic* an, aber das haben sie so oft getan, dass Arthur dabei nicht mehr an Ramon denkt. Der Ort ist mit der Zeit zu etwas anderem geworden, ein Platz, an dem man ungestört ist, wo einem niemand in die Quere kommt.

Princeton bringt das Boot im dunklen Wasser zum Stehen. Mit dem stimmt heute was nicht, denkt Arthur. Er hängt zwar im Vorbeigehen seinen Zeigefinger noch in die Taschenschlaufe von Arthurs Badehose, doch die Geste gelingt ihnen nicht mehr krampflos. Da ist ein Zweifel an ihrer Echtheit, den beide spüren. Dann nimmt Princeton die Hand weg, und Arthur schaut ihn an: »Was ist mit dir?«

Es ist nur eine Sekunde, Arthurs Blick, aber Princeton kann ihn nicht aushalten, diesen Moment, in dem sie einander anschauen und klar ist: Etwas ist falsch. Er schaut weg. Sie setzen ihre Taucherbrillen auf, niemand spricht.

Milla merkt von der Spannung nichts. »Jetzt müsst ihr mich schon stoßen, von allein springe ich nicht.« Aber niemand stößt sie.

Princeton sagt: »Alle springen.« Princeton sagt auch: »Was ist mit dir?«

Das Grasrauchen tut Arthur nicht gut. *Watte im Ohr*. Er kann sich jetzt schon nicht mehr an jetzt erinnern. Er schaut auf Princetons Rücken, als dieser springt. Er weiß noch, dass er nicht darauf achtet, ob Milla schon im Wasser ist.

Arthur springt nicht, er lässt sich ins Wasser gleiten und bleibt eine Weile unten. Das tut ihm gut, es *weckt* ihn, auf der Haut und in den Haaren und Ohren ist es angenehm und frisch. Warm und erfrischend zugleich, das braucht er jetzt. Princeton bleibt ein bisschen zurück, er schwimmt und taucht richtungslos. Arthur schwimmt mit kräftigen Zügen, schaut sich nicht um, taucht gleich wieder unter.

Sie tauchen aneinander vorbei und nebeneinander her, da fasst Princeton Arthur an der Innenseite des Unterschenkels und drückt leicht zu: *Ich überhole dich*. Arthur versteht, streckt die Finger nach ihm aus, Princeton streicht an seiner Seite vorbei, schwimmt weiter, ihm voraus. Arthur spürt den Puls ruhiger werden. Vielleicht ist alles gar nicht so, vielleicht täuscht ihn das, und es ist nur das Gras. Einmal winkt Milla von weit vorne. Wer sportlich ist, könnte von hier aus zum Ufer schwimmen. Irgendwo hört Arthur ein Motorboot. Das ist ganz normal, wie Princeton neben ihm herschwimmt, untertaucht, schwimmt. Er selbst ist langsam, auch im Kopf. Er hat sich das alles eingebildet. Er wird sich draußen entschuldigen. Oder – ach, er hat ja gar nichts gesagt.

Princeton macht Tauchversuche ohne Brille, Arthur kann ohne Gewichte gar nicht so tief, und das bringt in seinem Zustand auch nichts. Er sieht Princeton nicht mehr, es ist ihm egal. Er ruht sich ein wenig aus, dreht sich auf den Rücken, streckt die Arme von sich. Der Himmel ist jetzt vollkommen bedeckt, aber er schaut nicht mehr hinauf. Er schließt die Augen.

Die Hand spürt er zuerst nur ganz zart an seinem Unterschenkel, dann fester. Princeton macht solche Sachen, das erschreckt ihn nicht. Er ist unter ihm, liegend, streift Arthurs Rücken mit seiner Vorderseite. Seine Hände berühren Arthurs Bauch, er spürt ihn unter sich. Er denkt: *Alles ist gut, ich bin ein Idiot, seine Nähe ist schön.* Er schließt die Augen wieder. Er spürt, wie Princeton ihm die rechte Hand auf die Brust legt, und hört nichts und spürt nichts außer dieser Hand auf seiner Brust, wie eine bleierne Erinnerung an die eigene Mitte: *atmen und schweben* oder irgend so ein Quatsch.

Zuerst denkt er, Princeton würde sich hochziehen an ihm, und hilft ihm dabei, zieht ihn am Unterarm. Doch da schlingt Princeton seinen Arm von hinten kraftvoll um Arthurs Hals, als wollte er ihn würgen, und drückt wirklich so fest, dass Arthur in diesem Augenblick gar nichts tun kann. Er drückt, und auf einmal ist Arthur unter Wasser, und Princeton über ihm. Er drückt ihn in seiner Bauchgrube wie einen Fußball nach unten, hängt gekrümmt auf ihm drauf und drückt gleichzeitig zu. Er würgt ihn, das kann jetzt kein Missverständnis mehr sein. Arthur zappelt, das merkt er doch. Der weiß, was er da tut!

Princetons Arm rutscht heftig ab, er versetzt Arthur noch einen Schlag von oben zwischen Schulter und Hals. Aber der stößt sich durch und kämpft sich hoch. Luft! Da reißt Princeton ihn schon wieder im Würgegriff nach hinten, sodass Arthur noch auf die Wasseroberfläche klatscht, bevor er untertaucht. Es muss mit aller Kraft sein, so drückt er ihn an seine Brust.

Arthur schlägt mit den Ellbogen aus, so fest es geht, schlägt wieder und wieder, wie von Sinnen, und trotzdem kommt Princeton wieder von oben, als würde er auf ihn draufspringen, und drückt ihn unter Wasser. Arthur hätte keine Chance, wäre da nicht das Entsetzen und die Wut. Sieht das denn keiner? War da eben nicht noch ein Boot? Wo ist Milla? Princeton drückt ohne Unterlass zu. Aber mit dem Arm unter Wasser kann Princeton so nicht mehr weitermachen, er muss aufhören, sonst kippt er selbst nach hinten. Er kann nicht mehr, aber jetzt möchte er Arthur lieber nicht über sich haben. Er muss ihn also unten halten, irgendwie muss Princeton ihn unten halten, und beide spüren es: Gleich wird er keine Luft mehr bekommen. Arthur kann nur immer wieder versuchen, nach oben zu stoßen, ihn hart zu treffen, aber seine Schläge werden jetzt schwächer. Er tut sein Bestes, stößt aber meistens ins Leere und sich selbst nur weiter weg von der Oberfläche. Jetzt ist es ihm schon länger nicht mehr gelungen, nach oben zu kommen, und er spürt, dass er wirklich atmen muss, und tut es. Da atmet er auch schon Wasser. Der Körper würgt automatisch, ein Würghusten, jetzt ist es eng. Wasser, wo Luft sein sollte. Das ist für einen Moment das ekelhafteste Würgen, aber im nächsten Augenblick schon nicht mehr so schrecklich. Eher ist ihm jetzt, als kämen Vögel aus seinem Mund, zuerst nur ein karmesinroter, dann kleine Schwalben in allen Farben. Sie umkreisen ihn zwitschernd und flügelschlagend und übermütig flatternd, in ganzen Scharen. Der kleine gelbe ist schrecklich schnell, ein Türkis leuchtet so sehr, dass es vor seinen Augen zerfließt. Es tut gar nicht weh. Jetzt stirbst du, denkt Arthur seltsam klar: Jetzt stirbst du an erfundenen Vögeln.

Was dann passiert, fühlt sich an, als würde es ihn fortreißen und zugleich zurück. Dabei ist er schon mit den Vögeln geflogen! Ist das überhaupt ein Geräusch, oder sind das nur Farben? Sind das überhaupt Vögel, oder ist es ein buntes Blitzen? Ein Moment plötzlicher Dunkelheit. Finster und kalt. Einer schlägt mit einem schweren Gewicht auf dem Boden auf. Volle Länge. Beine aus Blei. Bauch aus Blei. Brust zerschmettert. Unnützes Fleisch und kaputte Knochen. Er möchte dieses Fleisch nicht, er braucht seine Knochen nicht. Wo sind die Vögel?

Ein fremder Mann schlägt Arthur auf dem Boot ins Gesicht. Und jetzt ist auch Princeton über ihm, schnaufend. Das Wasser tropft aus seinen Haaren auf Arthurs Gesicht. Rinnt ihm über die Wangen. Oder: Er weint.

»Da ist er!«, schreit jemand, der fremde Mann.

Arthur möchte erklären, man möge ihn bitte in Ruhe lassen, dort, wo er eben noch gewesen ist, aber er schaut dem Mann ins Gesicht und merkt, wie sinnlos das wäre. Princeton atmet schwer und wischt sich mit dem Unterarm übers Gesicht. Der Mann hört auf, Arthur zu schlagen, und legt etwas neben sich auf den Boden.

»Leg auf«, sagt er zu jemandem.

Verzweifelt schaut Arthur in Princetons Gesicht. »Ich habe Vögel gesehen«, sagt er.

Princeton streicht ihm durchs Haar.

Da glauben sie noch, dass sie wirklich in zwei Wochen ihre Klamotten in Sporttaschen stopfen und nach Barcelona fahren. Das glauben sie, und sie lachen. Jemand hat ihn auf das Boot gezerrt, auf dem sie nun hier treiben. Schwitzend, erleichtert, traurig. Eine Rippe wird gebrochen sein, aber es ist schon wieder lustig, »vielleicht auch zwei«, sagt jemand. So treiben sie auf dem Boot, Princeton über Arthur, der fremde Mann und seine Begleiterin mit dem Dreieckstuch im Haar.

Sie ist es, die schließlich fragt, wo das Mädchen ist.

15

Meidling, September 2010

Das waren lange Regentage, zu früh für den nahenden Herbst, aber jetzt kommt endlich die Sonne wieder durchs Fenster herein. Morgen ist Wochenende, aber keines dieser langen und sinnlosen und deswegen immer auch ein wenig bedrohlichen Wochenenden, sondern ein aussichtsreiches. Arthur muss zusehen, dass er alle Vorkehrungen trifft, um endlich ein paar Punkte zu sammeln. Die Punktekarte hat er nicht zur Zierde, und überragend ist das nicht, was er darauf verzeichnen kann. Am Montag wird er einen erneuten Anlauf wagen, einen Praktikumsplatz zu finden. Lange hat er nach den richtigen Adressen gesucht, und diesmal sind wirklich ein paar vielversprechende dabei. Der Chef eines Karosseriebetriebs war selber einmal in Haft.

»Ist das gut?«, hat Arthur Grabner gefragt, und der hat genickt, nicht überzeugend, aber lang.

Eine Hausbetreuungsfirma hatte sich zuvor schon einmal bereiterklärt, einen Klienten von Grabner zum Praktikum aufzunehmen. »Wieso dann nicht noch einmal?«, hat Arthur gefragt.

Und Grabner: »Ja, genau, wieso.«

Montags braucht man nicht gleich der Erste zu sein, aber zu lange sollte der Vormittag auch nicht ins Land gezogen sein.

»K.U.S. Hausbetreuung, Ferwengler«, meldet sich ein Mann im Auto.

»Guten Tag«, sagt Arthur selbstsicher. »Ich rufe an, weil ich mich erkundigen möchte, ob meine Bewerbungsunterlagen bei Ihnen eingegangen sind.«

Rauschen. Wahrscheinlich konzentriert er sich gerade auf den Verkehr.

»Wir haben nichts ausgeschrieben«, kommt es da schon unfreundlicher.

»Ja«, sagt Arthur, »es ist eine Blindbewerbung. Es geht um ein Praktikum in Ihrer Firma. Ich würde gerne, also … ich würde gerne mithelfen, um die Hausbetreuung ein wenig kennenzulernen.«

»Kennenlernen, ja? Und was genau willst du da kennenlernen?«

Das geht jetzt schon fast eine Minute, und er hat noch immer nicht aufgelegt. Arthur ist euphorisch.

»Na ja, also Ihre Arbeit, die Sie so machen.«

»Und was denkst du, was für eine Arbeit wir machen?«

Das ist jetzt ungünstig. Dranbleiben. Positiv bleiben. Haus. Betreuung. Was kann das groß sein? Sag nicht, Glühbirnen wechseln, vielleicht beleidigt ihn das. Andererseits: Was ist schlecht an ausgewechselten Glühbirnen? Sag es nicht! Sag es nicht! Aber wenn ich nichts anderes weiß …

»Glühbirnen wechseln, zum Beispiel.«

»Glühbirnen.«

»Ja, also Leuchtmittel.«

»Leuchtmittel«, lacht er, Arthur hat seinen Namen schon wieder vergessen. Auch das ist nicht gut. Das ist ganz und gar nicht gut. »Und sonst?«

Oh Gott. Machen die Putzarbeiten, ja oder nein? Was zur Hölle kann in einem Haus zu tun sein? Denk doch an die WG!

»Elektrodienst.«

»Elektrodienst? Was ist denn Elektrodienst?«

»Dass alles läuft. Kontrolle FI-Schalter, Geräte überprüfen auf Funktion, zum Beispiel.«

Stille, aber anders. Diese Stille ist möglicherweise gut.

»Zum Beispiel, ja.« Frag was!

»Denken Sie, wir könnten einen Termin vereinbaren?«

Langsam wird das quälend. Wie lange braucht dieser Mensch, bis er einen Satz …

»Hast du heute Zeit?«

Vor Freude schleudert Arthur das Handy über Grabners Bürotisch. Aber der Jubel währt nicht allzu lange, und die Freude ist jäh vorbei, als Arthur am Nachmittag im provisorischen Headquarter der Hausbetreuungsfirma etwas von *Strafvollzug* sagt.

Als er in die Wohngemeinschaft zurückkommt, ist Annette im Büro.

»Wo ist Grabner?«, fragt er.

»Für *Herr* ist aber schon noch Zeit.«

»Ja«, sagt Arthur gleichgültig, »viel sogar. Hab mir eine Absage geholt wegen eurer Scheißehrlichkeit.«

Es entspinnt sich ein Gespräch, das beide schon oft geführt haben und das immer aufs Gleiche hinausläuft: »Es ist eure Entscheidung. Ob ihr den Vollzug angebt oder nicht, hängt wesentlich davon ab, wie ihr euch die Zusammenarbeit vorstellt. Wenn ihr etwas sucht, wo ihr bleiben könnt, ist euch aber dringend empfohlen, die Wahrheit zu sagen.«

»Ich habe die Wahrheit gesagt, und zwei Minuten später war ich raus. Die hätten mich wirklich genommen.« Arthur hört auf zu reden, weil er merkt, dass seine Stimme kippt. Als er sich gefangen hat, sagt er: »Das ist doch alles verkehrt, so wird das nichts. Vergesst das mit der Ehrlichkeit. Würde ich jemanden einstellen, der im Knast war? Würden Sie jemanden einstellen, der im Knast war?«

Sie schaut ihn erstaunt an. »Ja, natürlich. Ich weiß ja, wie es ist.«

Sie weiß gar nichts. »Sie wissen … wie es ist.« Arthur bemüht sich, aus dem vorhandenen Problem nicht noch ein größeres zu machen. Wissen, wann es genug ist. »Ich brauch was anderes«, sagt er dann, weil er auf einmal das sichere Gefühl hat, dass ihm dringend was einfallen muss. Grazetta hat es angedeutet, und er muss sagen: Sie hat recht. Er braucht einen schönen geraden Lebenslauf. Nicht übertrieben ausgeschmückt, darum geht es nicht, aber etwas, das ihn auf den normalen Weg bringt. Schule, Matura, Auslandsaufenthalt. Ersetze sechsundzwanzig Monate Haft gegen Praktikum.

»Es gibt leider keine Alternative«, sagt Annette, schenkt ihm Kaffee ein und schiebt ihm die Milchpackung über den Tisch.

»Ich nehme keine Milch mehr«, sagt Arthur.

»Aha«, sagt sie. Und wiederholt: »Es gibt keine Alternative.«

»Dann muss ich eben eine erfinden«, sagt Arthur, »mit meiner Vergangenheit wird das jedenfalls nichts. Was bleibt mir denn anderes übrig, als mich nach Möglichkeiten umzusehen? Sie. Nehmen. Mich. Nicht. Sie nehmen mich nicht, weil ich sechsundzwanzig Monate in Haft war, weil ich zu viel Zeit allein im Internet verbracht habe. Weil ich die ganze Welt gehasst habe, alles und jeden. Ich behaupte immer noch: In Wirklichkeit hat mich das vor Schlimmerem bewahrt. Was ich getan habe, war schlimm. Ich habe Menschen um ihr Geld gebracht, ja, das stimmt. Trotzdem muss ich aber sagen: Es war nur *Geld*.«

»Hören Sie auf, so zu reden! Sie reden sich um Ihren Platz

hier. Und mit mir brauchen Sie sowas erst gar nicht zu besprechen. Ich bin Ihre Sozialarbeiterin.«

»Und dazu da, mir zu helfen.«

»Sie können von Glück reden, wenn ich den Blödsinn, den Sie da von sich geben, nicht weiterleite.«

»Ich rede schon lange nicht mehr von Glück«, sagt Arthur und stürmt hinaus.

16

Favoriten, September 2010

Zur vierten Sitzung treffen Arthur und Börd einander in einer Fabrikhalle in einem Hinterhof im zehnten Bezirk. Draußen an der Tür trägt man sich in eine Liste auf einem blauen Klemmbrett ein, drinnen steht Arbeiter neben Arbeiter, Tisch an Tisch. Gesprochen wird kaum. Ein Radiosender läuft ziemlich laut. Es geht immer wieder darum, wie viel von dem Arbeitstag bereits wieder vergangen ist, dazwischen Popmusik.

Für Arthur sieht es ein bisschen so aus, als wären die wenigsten hier welche, die täglich kommen und gehen. Die meisten, so scheint es ihm, machen es wie Börd und er: sortieren auf Stundenbasis irgendwelchen Werbekram in Taschen oder Beutel oder befüllen Kartons mit Kugelschreibern oder stecken kleine Plüschelefanten in Säckchen, die mit einer Kordel zugezogen sind.

Börd ist schweigsam, der hat ein Problem. Seit einer knappen Begrüßung hat er nichts mehr gesagt. Arthur weiß nicht, ob er das letzte Band schon abgehört hat, die Sache mit Milla. Wie soll er jetzt wissen, was Börd denkt? Überhaupt nervt dieses Schwarzsprechen, weil Arthur sich nie sicher sein kann, was Börd nun gehört hat und was nicht. Vielleicht hat er seit dem ersten Band überhaupt nie wieder eins abgehört, vielleicht gehört das zum Programm? Wundern würde es einen nicht, denkt Arthur, den nicht mehr sehr viel überraschen kann, was dieses Programm anbelangt.

Arthur hat in einer abgefuckten Halle Purzelbäume gemacht, er hat ein Zimmer mit einem Ex-Junkie bezogen und war beim Gesundheitscheck. Er hat sich allem unterzogen, was Börd von ihm gewollt hat. Er versteht schon, dass all das einen Sinn haben könnte. Er merkt, dass er sich anders verhält, wie ja jeder unter Beobachtung anders ist, zum Beispiel, wenn ihm etwas misslingt, ihm etwas runterfällt auf der Straße. Dass er sich dann anders benimmt, gesittet, als würde jemand zusehen. Aber ist das nicht immer so, im ganzen Leben? Ist dieser Ansatz nicht einfach nur das, was alle täglich erleben, die sich zusammenreißen, wenn sie unter anderen sind?

Arthur bemüht sich, diese Sache von mehreren Seiten zu betrachten. Nur sieht er gerade nicht besonders viel. Er sieht, dass er jetzt schon wieder irgendwo steht und etwas tut, dessen Sinn sich ihm nicht erschließt. Nachfragen kann Arthur jetzt nicht. Börd schweigt so ausdauernd, dass die Luft knistert.

Receiver, die dazugehörigen Kabel und jeweils ein blauer und ein weißer Aufkleber aus den Kartons, die auf großen Tischen bereitstehen: Insgesamt werden Börd und er, so hat er es draußen dem Formular entnommen, achthundert Stoffsäcke befüllen. Sack auf, Receiver, Kabel, Sticker blau und Sticker weiß, Sack zu und in die orange Kiste damit. Zwanzig und zwanzig und zwanzig, so vergeht auch die Zeit, und Arthur stellt fest: Das wäre eigentlich nicht einmal schlecht. Er genießt es, etwas zu tun zu haben. Er mochte diese Art von Arbeit schon im Knast. Alle mochten diese Art von Arbeit, aber bekommen hat sie kaum jemand. Die Bruder-Jobs, so nannten sie die. Traktoren und Bagger und Frontlader und Teleskopkräne zusammenbauen, Fließbandarbeit zur Fertigung von Kinderspielsachen. Und das alles neben Zweiquadrat-Sven, quasi Volltreffer, der von den meisten wirklich unangenehmen Typen gefürchtet wurde, auch von Dejan und seinen Kumpels.

Hat der Therapeut sich eigentlich jemals dafür interessiert, wer Arthur im Knast den Arsch gerettet hat? Dieser Mensch interessiert sich doch für kaum etwas außer für sich selbst. Immerhin riecht er heute nicht nach Alkohol, das ist ja auch schon was.

Börd schweigt immer noch. Jeweils sechzig müssen es werden, drei orange Schachteln kommen auf eine Palette, dann kommt die Palette ins Hauptlager. Vom Hauptlager aus wird ausgeliefert, achthundert pro Woche, dreitausend pro Monat, sechstausend sind bis Weihnachten verteilt. Sechstausend *Goodybags* von einem multinationalen privaten Sportsender, und Arthur und Börd sind ein Teil davon. Heute vier Stunden, morgen vier Stunden, das wird ja wohl zu schaffen sein. Ohne zu quatschen sind sie immerhin schneller. Freitag und Samstag, zehn Euro pro Stunde und Nase. Eigentlich hätte Arthur sich denken können, worauf das hinausläuft, aber sicher sein kann er sich nicht.

Wie soll Arthur sicher wissen, was Börd vorhat mit ihm und den achtzig Euro, die er sich hier verdienen soll. Denn das ist doch ganz offensichtlich auch der Zweck dieser Unternehmung hier, dass Arthur sich zusätzliches Geld verdient, und Börd wird damit nicht in den Burgerladen gehen wollen.

Irgendwann fragt Arthur dann doch.

»Gibt es ... ein Problem?«

Börd schaut ihn überrascht an. »Ein Problem?« Er macht den Beutel fertig, den er gerade in der Hand hält, und wirft ihn in die Kiste. »Ein Problem ...«, sagt er nachdenklich, stemmt die Hände in die Hüften, betrachtet Arthur kurz, macht dann weiter wie bisher, »ein Problem gibt es nicht.«

Arthur hat keine Lust, weiter herumzubohren. Er hofft nur, dass es nichts mit Bettys Anruf zuletzt in der Sporthalle zu tun hat. So oder so, er wird es heute vermutlich nicht erfahren. Stumm arbeitet er weiter, schweift gedanklich wieder ab, und da ist es wieder, dieses Gefühl, das er auch nach den Purzelbäumen schon hatte, das ihn jetzt ab und zu einfach überkommt: Vergnügtsein, aus dem Nichts heraus, das hat er lange nicht mehr gehabt. Überhaupt ist es so, als würde sich langsam sein ganzer Gefühlshaushalt normalisieren. Richtig gute Momente sind dabei. Er denkt dann zum Beispiel: Eigentlich sieht doch alles ganz gut aus, eigentlich macht er Fortschritte, und eigentlich stehen die Zeichen doch gar nicht so schlecht.

Zum Beispiel die Sache mit dem Kaffee. Arthur fand es immer schon gut, wenn Menschen neben ihm schwarzen Kaffee bestellt haben, aber er wollte nie einen trinken, weil er ihm nicht schmeckt. Wer hat jemals neben Arthur Galleij schwarzen Kaffee bestellt? Das ist nicht so wichtig, darum geht es nicht. Es reicht ihm, sich vorzustellen, wie es wäre, wenn jemand schwarzen Kaffee bestellt, um zu wissen, wie das ist. Genau genommen muss er manche Dinge wirklich nie erleben, es reicht, dass er sie aus Filmen kennt. Wie das ist, wenn jemand sich neben einen setzt und einen Espresso bestellt: Es ist schön. Aber die Hauptfigurentherapie verlangt freilich, dass Arthur das eben nicht nur schön findet, sondern dass er es sich zu eigen macht. Sich allen schönen Schein, den er sich in der Welt nur so zusammenklauben kann, zu eigen macht. Als wäre alles möglich. Als könnte alles Schöne und Gute zu ihm gehören. Also beginnt Arthur, schwarzen Kaffee zu trinken. In der WG, was hart ist, weil den Kaffee in der WG kann man sich vorstellen. Aber er trinkt tapfer noch einen und noch einen, und nach weniger als einer Woche hat er sich an den bitteren Geschmack gewöhnt. Viel ist das nicht, das weiß Arthur, aber ein Anfang ist gemacht.

Jetzt ist Arthur so versunken, dass er erschrickt, als Börd zu sprechen beginnt. Er zuckt zusammen wie früher, alles auf einmal geht eben nicht.

»Das mit dem Fälschen können Sie vergessen«, sagt Börd.

Arthur macht einfach weiter, schaut ihn gar nicht an.

»Ausgesprochen schlechte Idee«, fährt Börd fort. »Das Letzte, was ich brauche, ist eine weitere halblegale Angelegenheit mit einem Klienten, der keine Regeln kennt.«

Arthur spürt kurz den Drang, ihm zu sagen, dass es außer ihm noch ganz andere gibt, die die Regeln nicht kennen, aber dann lässt er es bleiben.

»Wovon reden Sie?«, sagt er stattdessen, hört aber selbst, wie unglaubwürdig das ist. »Es war bloß ein Gedanke. Ein Hirngespinst. Was man sich so ausdenkt, wenn der Tag lang ist.«

Schweigend arbeiten sie weiter.

»Wenn Ihnen der Tag zu lang ist, schreiben Sie Bewerbungen.«

»Was denken Sie denn, was ich tue? Ich kann ja außerdem nicht wissen, dass alles eins zu eins direkt zu Ihnen kommt, was ich so sage.«

»Alles nicht, aber das Wichtige schon.«

Schweigen. Stoffbeutel. Schachtelrucken.

»Das eine müssen Sie aber zugeben«, sagt Arthur. »Dass das schon eigenartig ist.«

»Was?«

»Dass alles völlig problemlos verlaufen könnte, hätte ich nur dieses eine Papier. Genau genommen würde ja ein einziges genügen, und alles wäre ausgelöscht.«

»Sicher«, sagt Börd langsam, »sicher. Aber dieses Papier gibt es nun einmal nicht. Sie können das nicht einfach löschen und überschreiben, so läuft das nicht. Wenn es einmal wo steht, gehört es für immer zu dir. Wie mein Tinnitus.«

»Woher haben Sie den?«

»Meine Frau hatte immer gern Campari, Sommer wie Winter. Das muss man sich mal vorstellen«, sagt Börd gewohnt heiser in einen Beutel hinein, »Sommer wie Winter und immer mit Eis.« Zur Demonstration schlägt er mit der Handkante zweimal gegen die Kante des Tisches. »Ich höre es heute noch«, lacht er. »Das Klirren ist mir im Kopf geblieben, ich kann sogar hinzeigen auf die Stelle, wo es piept. Zwischen meinen Ohren gibt es einen Ort, den meine Frau niemals verlassen hat. Und es bedeutet mir die Welt, dass ihre Schuld auf dem Arztbrief verzeichnet ist, nicht namentlich, aber diese *Außeneinwirkung durch lautes Geräusch*, das ist sie.«

Viele Säcke sind nicht mehr übrig, die Arbeit geht ihnen gleich aus.

»Jedenfalls: Behindertenstatus. Ich kann von Glück reden, dass Betty Behinderte einstellt.«

»Betty hat Sie eingestellt?«

»Eingestellt nicht, aber mit reingeholt.«

»Anständig.«

»So ist sie eben. Ein anständiges Mädchen, durch und durch. Manchmal etwas zu anständig, wenn Sie mich fragen.«

»Doktor Vogl?«

»Ja?«

»Sind Sie in Schwierigkeiten?«

Börd lacht kurz und laut. »Schwierigkeiten! Was sind schon Schwierigkeiten? Dass es hier und dort einmal Differenzen mit Vorgesetzten gibt, das war bei mir immer so.«

Wenn es ganz still ist, so wie jetzt, ist das Rucken des Minutenzeigers der großen Uhr an der Wand zu hören.

»Mit Klienten übrigens auch«, murmelt Börd.

»Mir werden Sie schon nichts tun«, grinst Arthur und schaut Börd von der Seite an.

»Das können Sie nicht wissen. Sind mir fast ein wenig zu maulaufgerissen in letzter Zeit. Dass Sie mir nur keinen Übermut entwickeln hier. Ich denke, ich werde Sie mal mitnehmen an einen Ort, wo die Uhren anders ticken, wenn Sie wissen, was ich meine. Wo Sie sehen, wie der Hammer auch fallen kann, wenn er nur ein paar Mal zu oft abgerutscht ist.«

»Klingt verlockend«, sagt Arthur und hebt gespannt die Augenbrauen. »Jetzt sagen Sie schon, was machen wir?«

»Sehen Sie, das meine ich, keine Geduld mehr. Was machen Sie an Heiligabend?«

Arthur zuckt die Schultern, das ist noch drei Monate hin.

»Keine Ahnung. Falsch verpackten Stollen essen, wie im Knast?«

»Da hab ich was Besseres für Sie. Keine Sorge, Grabner erlaubt das. Dorthin hab ich schon öfter jemand mitgenommen. Mein Braten ist sowas wie ein Jahrhundertereignis. Und es ist ja noch ein paar Wochen hin, da können Sie schön üben.«

»Aber ich bringe jemanden mit, geht das?«

»Wen?«

»Es ist noch nicht sicher. Aber wenn es irgendwie geht, bringe ich eine Freundin mit.«

Börd klopft sich die staubigen Hände an seinem Arbeitsmantel ab, den Arthur mittlerweile gar nicht mehr bemerkt. Sie sind schon beim Gehen, als Börd noch zum Boden vor seinen Füßen sagt: »Nur damit das wirklich klar ist: So ein Papier kriegen Sie von uns nicht. Wenn Sie es auf die Art machen wollen, müssen Sie es sich anderswo besorgen. Von uns kriegen Sie das nicht.«

17

Meidling, Oktober 2010

Arthur fängt immer wieder neu an. Wie war das, als er begriff, dass dieser Unfall wirklich passiert ist? Wie geht das, etwas erzählen, wenn jeder Satz falsch ist. Daran denken, was geredet worden ist.

Sie hat ihr Leben gelebt / Es ist so schön, dass wir sie gehabt haben / Sie war ein besonderer / guter / fröhlicher Mensch / Sie hatte ein großes Herz / Möge sie in Frieden ruhen / mit den Engeln fliegen / die ewige Ruhe finden / auf uns herunterschauen / nicht dort liegen, anderswo sein / für immer bei uns / Sie ist nicht mehr da / Sie ist überall, wo wir sind / Nie wollen wir ihren Namen vergessen / Ihren Namen wollen wir in Stein meißeln / Den Stein haben wir in Weiß gewählt / Aber sprich nur ein Wort, so wird meine Seele gesund.

Jetzt, wo er etwas auf dieses Band sagen möchte, sieht er die zuckenden Schultern der Eltern, das kurze, weißblonde Haar auf dem schwarzen Mantelrücken ihres Vaters. Ist ihr Bruder Josh der Einzige, der offen fragt, wie es so etwas geben kann? Dass es zu viel ist, es in die Umarmung mit Arthur hineinsagt, schluchzt, wie es so etwas geben kann? Bei bester Gesundheit geht ein Mensch einfach unter, und niemand weiß, weshalb.

Ein gesunder, sportlicher Mensch / Ein junger Mensch / Es gibt keinen Grund / Es gibt viele Gründe / Man kann es nicht wissen / Er wüsste es / Man kann sich nicht sicher sein / So etwas gibt es / Das gibt es einfach nicht / Man sieht es ja / Man hat gar nichts gesehen /

Habt ihr nicht geschaut? / Das Wasser muss zu kalt gewesen sein / Multiorganischer Schock / Das Wasser war warm / Kälter, als ihr geglaubt habt / Kälter, als es sich angefühlt hat / Ihr dachtet / Was dachtet ihr? / An manchen Stellen waren es nur sechzehn Grad / An dieser nicht / Wer sagt das? / Die Wahrheit.

»Und dass ihr nicht gesehen habt, dass sie untergeht, wie geht das? Womit muss man beschäftigt sein, abgelenkt, um nicht zu sehen, wie jemand untergeht und nicht wieder …« Josh kann es nicht, er kann diesen Satz nicht zu Ende sprechen.

Ich bin nicht würdig / Nicht würdig / Nicht würdig / Das ist die 8a, escuela de independencia / So wird meine Seele gesund / Deine fassungslosen Lehrer / Ihre equipo de fútbol.

Ihr Haar und das kurze am Mantelrücken ihres Vaters. Nicht dieses Haar, nicht greifen nach ihm. An den Hubschrauber denken, der gekommen ist. Die gelb-grau gestreiften Socken hat Arthur in die Tasche seiner Badehose gestopft. Die Socken waren vorher schon feucht, in der Tasche sind sie nass geworden.

Die Glocken haben alle hinausbegleitet, Autotüren sind in Schlösser gefallen, etwas ist für immer vorbei. Princeton und Arthur gehen Schritte im Schotter, alle anderen sind weg. Jetzt, denkt Arthur, ist der Vater im Auto und das Haar noch an seinem Mantel. Es ist sein Haar, es geht ihn nichts an. Irgendwann hängt er den Mantel auf, und das Haar fällt zu Boden. Nie mehr wird es irgendjemanden interessieren. Der Vater hat andere Sorgen als ein Haar. Arthur braucht nicht zu weinen, weil das Haar, das er nicht bekommen kann, nicht ihres ist. Er hat die Socken.

Princeton und Arthur, zwei Rücken, die auseinandergegangen sind. Sie sprechen nicht miteinander, aber beide stellen sich ein Gespräch vor, und beide sind in diesem Gespräch schlagfertiger, als die Situation, als ihr ganzes Leben es zulässt, im Augenblick und vielleicht überhaupt:

A: Deine Schuld.

P: Meine Schuld?

A: Willst du wirklich trotzdem gehen? Stiehlst du dann nicht einen Traum?

P: Es ist auch mein Traum.

A: Es ist ihr Traum. Du bist erbärmlich.

P: Ich weiß wenigstens einen nächsten Schritt.

A: Mit jemandem anderen vielleicht?

P: Mit dir jedenfalls nicht.

A: Du wirst dort leben, und sie lebt nicht mehr.

P: Es gibt einen Vertrag.

A: Es gibt einen Vertrag, es gibt einen Vertrag! Es gibt immer noch einen über dem anderen, den wirklichen, den großen Vertrag. Es gibt auch einen Vertrag, der auf keinem Papier dieser Welt steht.

P: Ich verstehe nicht, wovon du sprichst. Vielleicht bist du krank. Bestimmt hast du Fieber, geh nach Hause.

A: Jeder Schritt von dir wird dort eine Lüge sein.

P: Und jeder von dir ist hier eine.

A: Ich bleibe nicht.

P: Wohin gehst du dann? Du kannst nirgendwo hin.

A: Man kann immer irgendwohin.

P: Steht das in deinem Vertrag?

(01:03:17) *Viel kann ich Ihnen nicht sagen dazu. Wir haben nicht mehr miteinander gesprochen, Princeton und ich. Marianne und Georg waren auf der Beisetzung, aber auch sie haben nichts gesagt. Niemand hat etwas gesagt, was auch? Es wäre alles das Falsche gewesen. Es ist heute noch falsch.*

18

La Puerta, Oktober 2007

Ein paar Stunden sitzt Arthur Galleij nun schon auf seinem Bett und merkt gar nicht, dass er den Arm um eine gepackte Sporttasche geschlungen hat. Ihm ist schlecht. Kotzübel. Er kann sich nicht bewegen, nicht einmal den Rotz abwischen, der ihm über die Lippen läuft, nicht aufstehen und aufs Klo gehen. Er hat seit Stunden nichts gegessen und getrunken. Er kann nicht schlucken. Eigentlich wollten sie nur zusammen weggehen. Eigentlich wären sie heute nach Barcelona.

Langsam fällt Sonnenlicht durch die Lamellen der Jalousie. Arthur sitzt immer noch auf dem Bett, er schaut seine Knie an. Die Tasche in seinem Arm ist prall gefüllt, aber er weiß nicht mehr, was da drin ist. Seine Füße und Beine sind gestreift vom Licht, das langsam nach oben wandert. Als ein Lichtstrahl seine Augen trifft, schließt er sie. So bleibt er dann eine ganze Weile, ohne zu schlafen. Als er die Augen wieder öffnet, ist die Sonne weg.

Das Gehen ist ein Entschluss, der keiner ist. Es ist die einzige Möglichkeit, in seinem Zustand etwas zu tun. Er kann sich nicht hinlegen und schlafen. Die Tasche macht er gar nicht mehr auf. Er kontrolliert nichts mehr, schaut nicht nach, ob er dieses und jenes hat. Er kann das, was gerade geschehen sein muss, nicht mit Marianne besprechen, die immer mal wieder an der Tür steht. Er kann nicht öffnen. Wenn er jetzt öffnet und mit ihr spricht, ist es wahr. Ihm bleibt nur das Weggehen. Er weiß nicht, wohin. Er kennt nur Österreich, und in Österreich kennt ihn niemand, außer vielleicht ein paar alte Schulfreude, die auch nach Wien gegangen sind. Wie wahrscheinlich ist es, dass er die unter zwei Millionen Menschen trifft? Niemanden treffen unter zwei Millionen, das ist es, was er sich vorstellen kann. Auf keinen Fall die Großmutter oder Klaus, das müsste unter zwei Millionen möglich sein. Da ist noch diese Brigitte, die Freundin seiner Mutter. Er muss nach Wien.

Arthur steht auf und geht lautlos aus dem Zimmer. Zehn Schritte über den Flur, zwölf. Der letzte bis zur Wohnungstür. Lautlos öffnen, das Knacken im Schloss so leise wie möglich. Er geht über den Sandplatz und durchs Tor hinaus. Steht an der Bushaltestelle, wie einer, der sich verstecken muss, der nicht gesehen werden darf. Wie steht einer, der eigentlich nicht da sein will? Aber da ist ohnehin niemand, der ihn sieht. Er weiß nicht, wie spät es ist, es wird schon dunkel. Tut ihm die Welt doch noch einen Gefallen.

An die Zugreise, die insgesamt eineinhalb Tage gedauert haben muss, erinnert Arthur sich später nicht mehr. Was er weiß, ist, dass er todmüde am Bahnhof in Wien steht und Marianne anruft. Es ist ein kurzes Gespräch, und Marianne klingt trauriger, als Arthur erwartet hat. War doch klar, dass er geht.

»Aber nicht so«, sagt sie leise.

Dass das so einen Unterschied macht, denkt er, ob er nun in Barcelona studiert oder nach Wien abhaut. Kann ihr doch egal sein.

Ihre Stimme ist wacklig: »Wir hätten alles bereden können«, sagt sie, »es hätte sich alles wieder beruhigt.«

Beruhigt.

»Die armen Eltern«, sagt sie, sie dürfe gar nicht daran denken.

Arthur schluckt und bittet Marianne um die Nummer von

Brigitte. Er wundert sich, dass sie ihm die Nummer bereitwillig gibt, sogar einwilligt, vorher bei ihr nachzufragen, ob sie Arthur in einer ihrer Wohnungen unterbringen kann. Zinshaus, Zinshäuser, Arthur weiß es nicht mehr genau. Vielleicht hat Brigitte was frei.

Brigitte hat. Das heißt: Frei hat sie eigentlich nichts, aber es gibt da eine Möglichkeit. »Möglichkeit klingt gut«, sagt Arthur am Telefon und wundert sich, wo er die Kraft hernimmt. Er müsste dringend aufs Klo, aber er wartet jetzt hier auf das Taxi und fährt dann zu der Adresse, die ihm Marianne gegeben hat.

19

Heiligenstadt, Oktober 2007

Die Dachkammer ist seine erste eigene Wohnung. Brigitte weiß nicht viel. Für einen Moment bleibt sie noch stehen in dem engen Flur. Flur! Man muss sich ducken, um dort stehen zu können. Brigitte muss und Arthur erst recht. Sie mustert ihn mit so einem Blick, als sie ihm alles erklärt.

»Frank hat hier eine Zeitlang gewohnt, bevor er nach Berlin ist.« Arthur nickt. »Ihr kennt euch.«

Ja, er erinnert sich. Frank und eine Schwester (Karoline? Nathalie?) hatten früher mit Brigitte und – war es Karl? – in unkomplizierter Besuchsdistanz von Bischofshofen gewohnt, waren aber bald nach Wien gezogen. Brigitte und Karl kaufen Anlageobjekte, hieß es damals. Arthur verstand kein Wort. Später hörte er, dass Frank nach Berlin gegangen sei, und sehr viel später, dass Frank in Berlin *drogensüchtig* geworden sei. Er sucht jetzt nach Hinweisen in Brigittes Gesicht und muss zugeben, es gäbe genug.

»Das ist sein Computer«, sagt sie tonlos. »Wenn es dir nichts ausmacht, bleibt er hier stehen.«

Arthur schüttelt den Kopf: »Es macht mir nichts aus, danke.«

»Und das Bett musst du beziehen, das ist nicht mehr so schön. Bei Gelegenheit bringe ich eine neue Matratze, wenn du länger bleibst.«

Arthur nickt langsam. Was ist länger?

»Die Dämmwolle nicht anfassen, das juckt«, sagt sie, und da

lächelt sie ein ganz kleines bisschen. »Dann haben wir ja nun einen Anlass, das Loch zuzumachen.«

Arthur nickt. Danke, ist gut, vielen Dank. »Das ist meine Rettung.«

Jetzt hat er sie erschreckt.

»Ja«, sagt sie nur und geht.

Als Brigitte fort ist, stellt Arthur seine Schuhe draußen vor die Tür neben die Bananenschachtel mit den zusammengefalteten Laken. Hier in der Kammer ist schnell alles angeschaut. Die Stimme, mit der Brigitte den Münzautomat in der Waschmaschinennische nebenan erklärt hat, klingt noch nach. Einen Münzautomaten und eine Waschmaschine hat nicht jeder. Und alles mit der richtigen Temperatur im richtigen Programm zu waschen wird so schwierig auch wieder nicht sein.

Arthur hat sich von niemandem verabschiedet. Von Maria nicht, die immer die Wäsche gewaschen hat. Von Georg und Marianne nicht. Von keinem der Gäste. Domingo. Von niemandem. Wenn die wüssten, dass er ein Mörder ist, hätten sie das gar nicht gewollt. Mit diesem Gedanken schläft er ein.

Arthur weiß nicht, wie viel Zeit vergangen ist, aber irgendwann wacht er auf und sagt sich: Steh auf! Sitz hier nicht herum wie ein weinendes Kind! Aber er kann in dieser Kammer nicht wirklich aufrecht stehen, deswegen setzt er sich wieder hin, diesmal aber nicht in die Ecke, sondern an den Schreibtischsessel. Er spürt das kalte Kunstleder des Drehstuhls durch seine Hose, die ihm schon ein wenig speckig und dünn vorkommt nach dem vierten Tag. Er bleibt erst einmal hier sitzen, dreht sich ein wenig nach links, dann nach rechts. Irgendwas muss er ja tun in seinem neuen Zuhause in seiner neuen Stadt, und siehst du, denkt er, das beruhigt.

Schon benimmst du dich wieder wie ein normaler Mensch. Schaust aus normalen Augen heraus. Und denkst an die Zahnbürste in der Tasche.

Wenn er jetzt eine Semmel hätte, er würde eine essen. Er würde sogar eine Wurst essen. Currywurst. Oder Schweinebraten. Auf einmal hat er Hunger, ein Loch im Bauch. Das ist gesund, wer Hunger hat, lebt. Auch das Herz schlägt langsam wieder in normaler Geschwindigkeit. Da muss einer ja verrückt werden, denkt Arthur, so lange kein Essen und kein bisschen frische Luft. Die Dachluke kippen wäre eine Idee. Zum Wurstessen reicht es noch nicht, dazu sind ihm die Knie zu weich.

Arthur kann nicht vor die Tür gehen, aber hierbleiben und verrückt werden kann er auch nicht. Er braucht eine Beschäftigung. Einen fremden Computer einschalten gehört sich im Prinzip nicht, und auch wenn er dieses Zimmer gemietet und Brigitte kein Wort darüber verloren hat, ob er ihn benutzen darf, ist klar: Das ist ein Computer, der ihm nicht gehört. Der Computer von Frank Berghardt, der in Berlin drogensüchtig geworden ist. Arthur weiß nicht, was Brigitte und Marianne damit meinen. Von einmal Gras rauchen bis Methadonprogramm kann das alles heißen. Arthur probiert nur, ob er sich einschalten lässt.

Der Computer fährt tatsächlich hoch. Da ist ein vorgespeichertes Kennwert drauf, er braucht nur zu bestätigen. Wenn er so an Frank Berghardt denkt, war das irgendwie klar. Vorgespeichertes Kennwort, großkarierter Schottenrock, steifer Irokese und Berlin. Dann doch eher beim Grasrauchen erwischt. Passt alles irgendwie zusammen. Trotzdem schade, dass Frank jetzt nicht hier ist. Arthur wettet, dass das Kennwort fber83 oder 82 lautet, je nach Geburtsjahr, das müsste man probieren. Aber er lässt es, er kommt auch so rein. Er drückt auf Enter, die Windowsmelodie, zack: Desktop.

Der Computer eines anderen, mit sowas hätte Princeton seine Freude gehabt. Was der alles anstellen könnte damit. Aber so wenig fällt Arthur dazu auch nicht ein. Vom Zuschauen lernt man viel, und wie viel Zeit hat Arthur während der letzten Jahre in Princetons Zimmer verbracht, und wie oft hat er ihm zugeschaut, wenn er wieder irgendwelchen Mist gebaut hat. Auch wenn es einen nicht interessiert, kriegt man was mit. Vor allem, dass es leichter ist, als man denkt.

Viel hat Frank nicht zurückgelassen auf diesem Desktop. Ein veraltetes Windowssymbol, ein paar Worddateien, die heißen wie halbherzige Bewerbungsschreiben: *HR-Dings, Schräge Annaunce,* sowas in der Art. Die Weisheit hat Frank nicht gerade mit Löffeln gefressen, denkt Arthur, aber darum geht es ja auch nicht. Was trotzdem eigenartig ist: Das ist eine ziemlich ausgedünnte Festplatte, da hat jemand jede Menge gelöscht. Warum also gerade das nicht: *torproject.com.* Arthur erkennt die schwarze Schrift sofort. Da löscht Frank seine Pornovideoverläufe, aber den Torbrowser lässt er drauf? Gut, ein solcher Browser ist an sich nicht illegal, so viel weiß Arthur auch, weil er sich immer gewundert hat, dass man den Zugang zum Darknet einfach so herunterladen kann. Nur, was damit gemacht werden kann, ist zum größten Teil illegal. Drogen und Waffen und Schlimmeres. Wahrscheinlich, denkt Arthur, hat Frank gar nicht erst nach Berlin gehen müssen, um *drogensüchtig* zu werden. Wahrscheinlich ging das auch von seinem Kinderzimmer aus.

Nachdem er ein paar Stunden mit dem Torbrowser im Darknet war, ist Arthur sogar froh, dass er ein Facebookprofil hat. Erst mal wieder in reinere Gefilde kommen. Kokain, Speed, Ecstasy, sowas sagt ihm was, alles andere nicht. Bei Waffen kennt er sich nicht aus, er interessiert sich dafür genauso wenig wie für irgendwelchen Sexkram. Wird nur gleich wieder traurig, wenn er daran denkt. Aber Personendaten, da bleibt er dann hängen. Krankenversicherungsnummern um dreißig Euro. Kreditkartennummern um zweihundert. Mit Secure Code fünfzig mehr. Was bringt eine Kreditkartennummer ohne Secure Code? Eine Art Rabatt für Fortgeschrittene, für Könner, findet Arthur heraus. Er klickt sich von einem Angebot zum nächsten. Ganze Datensätze zu echten Menschen. Ein ganzes Leben in Zahlen, angeboten zum Verkauf. Da geht es dann in die Tausende. Nichtsdestotrotz, das ist eine komplette Identität, sowas braucht Arthur nicht. Er braucht gar nichts von hier, er schaut nur, weil er nichts anderes zu tun hat. Weil er nicht weiß, was er sonst tun soll.

Knapp über hundert Euro hat er noch. Er könnte hinausgehen und sich einen Schweinebraten kaufen und dann einen zweiten, aber er öffnet sein Facebookprofil.

Das war keine gute Idee. Das Erste, was er sieht, ist ein Foto von Milla, das andere Klassenkameraden (wie weit weg sich das alles schon anfühlt) geliked haben. Schnell weiterscrollen, er möchte das nicht sehen. Er hat die rechte Maustaste erwischt. Oh, das ist eine Option: *Ich möchte das nicht sehen.* Er klickt. *Gib einen Grund an.* Meine Freundin ist tot? Steht nicht zur Wahl. *Pietät* trifft es noch am ehesten.

Er hat ein paar Freundschaftsanfragen, Leute aus der Schule, einer aus dem Sportverein. Wie schnell das geht. Woher wissen die, dass er weg ist? Vielleicht wissen sie es nicht. Eine

Klassenkameradin hat ein gelbes Gesicht mit einer Träne gepostet, darunter haben andere *rest in peace* und sowas alles geschrieben. Das haben wieder andere mit Heulgesichtern kommentiert. Klickklickklick. Ich möchte das nicht sehen. In diesem Moment liked Felicitas Murano, eine von denen mit den gelben Gesichtern, die aus der Sportklasse, sein Bild. Er geht sofort offline.

Draußen wird es schon wieder dunkel, als Arthur Ramon Galleij googelt, einfach so. Nichts ist einfach so, aber was soll er sonst tun? Der Torbrowser ist gefährlich, er fühlt sich wie ein Schwerverbrecher, wenn er sowas nur anschaut. Was ist mit diesen Leuten und ihren Daten? Kann sein, dass die einfach nichts wissen davon. Kann aber auch sein, dass sie tot sind, und niemand weiß das. Arthur versucht es zu vergessen.

Er tippt *Ramon Galleij* in die Suchleiste, was kann groß passieren. Das Foto ist immer noch da, der Vater und der andere Sohn. Vielleicht ist er sogar in Wien. Er schaut sich den Hintergrund an. Das ist ein Vereinslokal, das könnte überall sein, auch in Wien. *Hallo Vater, es muss ja nicht gleich die große Liebe sein, ein Kaffee oder ein kleines Bier, ein kurzer Spaziergang würden es schon tun. Bist du in Österreich?* Geplauder. *Bist du tauchen, was hast du nach der Zeit mit Jean gemacht?* Es muss ja nicht gleich ans Eingemachte gehen. Das wäre überhaupt keine große Sache, eine kurze Nachricht, zwei oder drei Sätze. *Hallo! Grüß Gott. Guten Tag, der Herr.*

Also bitte, wie kommt er jetzt plötzlich auf solche Ideen? Das muss der Hunger sein. Oder Durst. Wann hat er zuletzt getrunken? Wahrscheinlich im Zug. Und deshalb hat er jetzt auf einmal Lust, ihm zu schreiben? Vielleicht ist er sogar hier in der Gegend. In ein anderes Land zu gehen ist ja nicht der Normalfall. Der Normalfall ist eine nächstgrößere Stadt oder die Hauptstadt, zum Beispiel Wien. Eventuell noch das Nachbarland, das wäre eine Möglichkeit, aber so, wie er Ramon einschätzt, eher nicht. Wie er Ramon einschätzt? Einen Mann, den er gar nicht kennt. Das ist lächerlich. Wo passt einer hin, den er, Arthur, gar nicht kennt? Ihm fällt kein einziges Land ein. Denk an ein Land! Ich kann nicht, mir fällt keines ein. Rom. Wieso Rom? Rom ist kein Land. Es ist herrschaftlich und stolz. Weint er jetzt? Nicht deswegen. Deswegen weine ich doch nicht. Seine Lage ist schlimm genug, er sollte höchstens weinen, weil er schon mit sich selbst spricht. Wer ist der Junge? Ramon kann nicht wissen, dass er aussieht wie ich.

Arthur stößt sich im Stuhl vom Schreibtisch ab und kracht fast rücklings gegen die Wand. Da hat er noch einmal Glück gehabt. Er legt den Kopf in den Nacken und die Hände aufs Gesicht. Zwischen den Fingern schaut er zum Dachfenster hinaus. Grauer Himmel. Gleich wird es finster sein. Stockdunkel. Nicht mehr weiterdenken jetzt. Sei doch froh, dass du aus dem Spiel bist, wer weiß, was du dir ersparst. Aber ist das gerecht? Wird der eine Sohn nichts, nimmst du den anderen. Gerechtigkeit ist leider kein gültiger Maßstab, nirgends. Wird der eine Vater nichts, suchst du dir eben ein Hobby. Niemand ist allein, weil es das Internet gibt.

Wie still es hier oben ist. In einer Wohnung ist er dem Himmel noch nie so nah gewesen. Wirklich absolut still. Arthur steht auf und zieht die Jalousie über die Dachluke, bevor ihm schlecht wird von der Dunkelheit. Dass es eine Potenz von Alleinsein gibt. Nur dass man dann niemand mehr ist, der sie spürt. Im Dunkeln die Augen schließen. Nur das gelbgrüne Licht am Rechner blinkt. Er denkt noch an einen Schluck Wasser, aber da schläft er schon ein.

Am nächsten Morgen steht Arthur entschlossen auf. Er hat von der Anrechnung seines Abschlusszeugnisses geträumt, und dass er diese erst beantragen konnte, wenn ein Labyrinth durchwandert war. Er zieht sich Hose und Jacke über und steigt in die Schuhe vor der Tür.

Es ist das erste Mal, dass er rausgeht. Auf dem Computer von Frank hat er herausfunden, dass er mit der U4 fahren muss und dann mit der Linie D. Dann sitzt er in der Stelle für *Nostrifizierungsangelegenheiten*, wo ihm eine Frau mit sehr kleinen Locken sagt, dass zuerst einmal seine Dokumente zur Bearbeitung aufgenommen werden müssten. Sie mustert Arthur. Er hat sich nicht gekämmt. Eine Dusche wäre auch nicht schlecht gewesen, aber deswegen bräuchte sie nicht so zu schauen.

»Gut«, sagt er, »ich habe sie dabei.«

Die Aufnahme müsse zuerst beantragt werden, die Antwort auf den Antrag könne bis zu sechs Wochen dauern.

»Sechs Wochen? Aber ich muss arbeiten! Ich habe …« – Er hat 94 Euro, weil er Idiot sich ein 24-Stunden-Ticket gekauft hat. – »… nicht mehr so viel Geld.«

Die Frau schaut ihn an.

»Dann müssen Sie zum AMS.«

Ja, muss er, er muss zum AMS. Aber die Frau weiß natürlich besser als Arthur, dass ihm dieser Besuch mit seiner Geburtsurkunde (wie froh er auf einmal ist, in diesem Land geboren zu sein) und seinem Staatsbürgerschaftsnachweis (er ist noch österreichischer Staatsbürger, immerhin, das muss doch auch was wert sein) rein gar nichts bringen wird. Weil Privatschüler sein keine Qualifikation ist und eine nicht beglaubigte Matura auch nichts gilt.

»Leider«, sagt die Frau hinter der Scheibe beim AMS, »das muss zuerst beglaubigt werden.«

»Mein Antrag liegt schon bei der Nostrifizierungsstelle.«

»Das ist gut«, sagt die Frau, »dann warten wir.«

Auf die Frage, wie er einstweilen Geld verdienen soll, kann sie ihm keine Auskunft geben. »Das besprechen Sie dann mit Ihrer Sachbearbeiterin.«

»Wann?«

»Sie bekommen den Termin mit der Post.«

Habe ich eine Anschrift? Hat er das nun gesagt oder gedacht?

Er darf hier in der Zeile – sie zeigt mit dem Kugelschreiber hin – seine Daten für die Registrierung bekanntgeben. Kurz überlegt er, ob er rasch alles zugeben soll, dass das mit der amtlichen Meldung erst erledigt werden muss. Aber dann sieht er, dass bereits wieder zwei Männer anstehen, und entscheidet sich dagegen. Vielleicht klappt ja einfach mal was. Wieso eigentlich nicht? Er muss nur regelmäßig seine Post anschauen.

Damit sie ihn auch erreicht, fährt er direkt danach zur Meldestelle. Auf der Meldestelle gibt es keine Glasscheiben, dafür mehrere Schreibtische nebeneinander, jeder mit einem eigenen Telefonanschluss, von dem auch jeder, der hier sitzt, nahezu pausenlos Gebrauch macht. In der Meldestelle herrscht die Akustik einer Fabrikhalle, nur dass der Lärm allein menschengemacht ist. Um noch verstanden zu werden, schreien die Meldebeamten umso lauter in den Hörer.

Arthur wartet auf dem ihm zugewiesenen Platz, bis er dran ist. Die Plätze sind so gereiht, dass alle Wartenden allen Meldebeamten beim Telefonieren zuschauen müssen.

Als Arthur schließlich aufgerufen wird, sagt ihm sein Meldebeamter, dass er, um Arthurs Meldung aufzunehmen, zuerst das ausgefüllte Formular mit der Unterschrift des Vermieters benötigt. Dann müsse er nur noch Hausnummer, Topnummer und Postleitzahl eintragen. Wenn Arthur jetzt die Topnummer ins Spiel bringt, die es möglicherweise nicht gibt, hat er auch schon verloren. Wer weiß, wie genau dieser Meldebeamte Einsicht hat. Er nimmt das Formular entgegen und steckt es ein. Arthur nickt dem Meldebeamten zu, als das Telefon wieder klingelt. Dann geht er hinaus.

Es ist erst halb elf Uhr vormittags, aber Arthur muss jetzt wirklich was essen, das ist jetzt der vierte oder fünfte Tag ohne. Er kann sich überhaupt nicht daran erinnern, was er zuletzt gegessen hat. Er muss außerdem endlich eine Prepaid-Karte für sein Mobiltelefon kaufen. Er will sich nun selbst darum kümmern. Sicherheitshalber bevor das Geld weg ist und er Marianne nicht mehr erreichen kann, um sie um welches zu bitten.

Dann ist er eben nicht gemeldet, denkt er, in anderen Ländern meldet sich niemand, das ist doch nur wieder so etwas Österreichisches. Das Meldeamt kann ihn mal! Aber ohne Meldung keine Post vom AMS und ohne AMS kein Job. Wo sucht man sich Schwarzarbeit? Arthur kann nicht auf den Bau, er ist viel zu schmächtig, und er möchte nicht mit Drogen dealen. Was anderes fällt ihm nicht ein. Ist es nicht besser, eine Topnummer zu erfinden, als illegal zu arbeiten? Und wie schnell hat man sich in der Topnummer geirrt? Vielleicht sieht der Kerl am Meldeamt in seinem Register ja gar nicht, ob es diese Topnummer gibt oder nicht? Was, wenn nicht, dann ist die ganze Aufregung umsonst.

Arthur muss Marianne irgendwann anrufen, so oder so. Er weiß nicht, weshalb er diesen Anruf so scheut. Sie wird glauben, etwas über Milla sagen zu müssen, und es wird furchtbar sein. Er wird nicht hinhören und nach Georg fragen, damit das

Gespräch gut verläuft. Arthur geht in die Trafik, um eine Prepaid-Karte zu kaufen. Die mittlere kostet 25 Euro, das dürfte fürs Erste reichen.

»Jaja, ich verstehe. Wie viel brauchst du? Ich überweise dir erst mal was. Fünfhundert, ja? Damit kommst du eine Weile aus. Wie geht es dir?«

»Danke.«

»Wie geht es dir?«

»Es geht.«

Stille. Er hört ein leises Blättern.

»Was machst du?«

»Ich musste kurz etwas nachsehen. Bin schon wieder da.«

Er schweigt. Seine Augen füllen sich mit Tränen. Wie sehr er gerade Kind ist …

»Und sonst«, fragt Marianne, »wird es ein bisschen besser … mit der Zeit?«

»Weiß nicht, ich … ich denke nicht darüber nach.«

»Ja. Ja, natürlich.«

Wieder Schweigen. Arthur will das Geld auf seiner Prepaid-Karte nicht für dieses Schweigen vertun.

»Ich muss.«

»Ich überweise Brigitte die zweihundert fürs Zimmer?«

»Das Zimmer hat gar keine Topnummer.«

»Das ist nicht gut.«

»Das stimmt. Ich kann mich nicht arbeitslos melden.«

»Du bist auch nicht arbeitslos«, sagt sie erschrocken.

»Wovon denkst du, dass ich leben soll?«

»Du hast uns.« Da hört sie jetzt selbst, dass daran etwas nicht stimmt. »Wie viel hast du noch?«

»Achtzig.«

»Ich überweise dir was. Fünfhundert. Fürs Erste. Hast du dich auf der Uni umgesehen? Du wolltest doch Biologie machen.«

»Der Zeitpunkt ist schlecht, Ende Oktober.«

»Ach.«

Schweigen.

»Mama?«, sagt Arthur. »Ich bin so ...« Er schluckt.

»Es wird medizinische Gründe gegeben haben, Arthur, ich habe das nachgelesen. Mathilda sagt, vielleicht etwas am Herz. Es gibt Gründe, auch wenn man sie nicht kennt.«

»Ist gut, Mama. Mach's gut.«

Da laufen ihm wirklich die Tränen über die Wangen. Als er aufgelegt hat, denkt er an die Stunden, die dieser Tag jetzt noch hat, und was er nur tun soll. Aber er fängt sich schnell, wischt sich mit dem Handrücken die Nase und sagt sich, dass ihm schon was einfallen wird. Ein bisschen anstrengen muss er sich, dann fällt ihm schon was ein.

Vor dem Lidl verkaufen Roma-Frauen Zeitungen, mit schnellem Schritt geht er jetzt hinein. Vernünftig sein und nicht zum Würstlstand, der Würstlstand ist teuer, und bei Lidl kann er um dreißig Euro einen ganzen Wagen voll Essen kaufen. Von allem das Billigste, wer weiß, wann Marianne überweist. Instantkaffee, da kommt er lange aus, und er kann ihn mit Wasser aufgießen. Himbeerdicksaft, keine Tetrapacks. Eine riesige Packung Toastbrot, eine Familienpackung Nudeln und die größte Ketchupflasche, die es gibt. Gut, wenn er dazu noch die allerbilligste und allergrößte Schokolade nimmt, ist er bei sieben Euro sechzig. Er muss auf jeden Fall so viel kaufen, dass er genug isst, um nicht auf wahnwitzige Ideen wie McDonald's oder Burger King zu kommen.

Der Piepston an der Kasse ist nichts, was man unaufdringlich nennen könnte. Die ganze Schlange schaut ihn an. Arthur spürt, wie er rot wird, und auch, wie schwindlig ihm auf einmal ist. Das ist nur ein Missverständnis. Er hat noch achtzig Euro, mindestens. Bei den Wiener Linien ist ihm sicher kein Missgeschick passiert, er hat fünf siebzig bezahlt, und das war's.

Die Kassierin zieht die Karte entnervt aus dem Schlitz und gibt sie ihm zurück. Er versucht es noch mal, versucht wirklich, sich nichts anmerken zu lassen, murmelt etwas von Magnetstreifen. Der Kassierin ist das so egal, dass Arthur fast die Fassung verliert. Wenn die wüsste, wie lange er nicht gegessen hat. Was er für eine Reise hinter sich hat (er weiß es ja nicht einmal selbst). Wieder gibt er die Zahlenkombination ein. Es ist sicher die richtige, aber was ist schon hundertprozentig. Vielleicht ist es auch der Stress, oder er hat sich einfach vertippt. Also noch einmal, mit ruhiger Hand.

Peeep. Abgelehnt. Raus damit.

Die Kassierin fragt genervt, ob sie die Sachen beiseitelegen soll, aber Arthur zuckt nur mit den Schultern und überlegt, ob er die Tafel Schokolade nehmen und rennen soll. Das wäre Diebstahl. Das wäre mehr als eine erfundene Topnummer, und er hat wirklich genug Probleme. Er schüttelt den Kopf und geht einfach.

Aber er weiß nicht, was er jetzt machen soll, außer mit seinem Ticket in die Dachkammer zu fahren und sich ins Onlinebanking einzuloggen, um den Irrtum irgendwie aufzuklären. Wenn er bis dahin nicht umgefallen ist vor Hunger. Hat er nicht noch so einen Traubenzucker in der Jackentasche? Nein. Die Jacke, die er meint, hat er im Pick-up gelassen. Und selbst wenn sich alles aufklärt, denkt er verzweifelt, und seine Karte einfach nicht funktioniert, braucht er ja eine neue, und die kostet wahrscheinlich Geld. Und es dauert! Aber so lange kann er nicht warten. Und was, wenn die von der Bank womöglich auf blöde Ideen kommen. Ob er ein geregeltes Einkommen hat zum Beispiel oder einen festen Wohnsitz.

Arthur wird schneller. Er muss Brigitte anrufen. Er muss was essen.

20

Neubau, November 2010

»Zur Bewerbungstrainingsphase« – dieses Wort sagt Börd immer mit dem Selbstbewusstsein eines CEOs – »gehört das richtige Bewerbungsoutfit.«

Da ist er, Börd, ja der Richtige, denkt Arthur. Er kann nur hoffen, dass er andere besser einkleidet als sich selbst, und es erscheint ihm auch nicht hoffnungslos. Vieles macht der Therapeut bei anderen besser als bei sich, wieso nicht auch die Sache mit dem Outfit.

Peek & Cloppenburg in der Mariahilfer Straße ist nicht gerade das, was Arthur sich selbst ausgesucht hätte, aber Börd steht total drauf.

»Das ist so ein Laden, da spricht die Mode«, ruft er begeistert ins Telefon, »und sie sagt: *Give me a call.*«

»Ach, du meine Güte.«

»Seien Sie nicht immer so ernst!«, mahnt Börd. »An Humorlosigkeit sind auch schon welche gestorben.«

»An Arbeitslosigkeit aber auch ... Na gut, wenn's hilft ...«

»Natürlich hilft es«, sagt Börd. »Ein freier Mann braucht eine gute Hose, ob Ihnen das nun passt oder nicht.«

»Es passt mir. Ich gebe nur zu bedenken, dass mich seit diesem Zehntner oder Zehentmayer von der Hausbetreuung niemand mehr zum Gespräch eingeladen hat.«

»Weil Sie sich seinen Namen nicht merken.«

»Haben Sie sich ihn etwa gemerkt? Ich meine ja nur, ich habe derzeit keine einzige Einladung zu einem Gespräch.«

»Weil Sie auch nicht die richtige Hose haben«, sagt Börd, dann legen sie auf.

Arthur schaut an der mehrstöckigen Kaufhausfassade hinauf. Er trägt die Hose, die er immer trägt, die graue, die er auch in Beige hat. Die, von der Börd sagt, sie sei *arschzusammengezwickt*. Börd hat die achtzig Euro, die Arthur sich in der letzten Sitzung in der Fabrik erarbeitet hat, plus seine eigenen achtzig in ein Kuvert gestopft und streckt es Arthur nun zur Begrüßung begeistert hin. »Dann hauen Sie's mal raus«, grinst er. Börd trägt eine bunte Strickmütze, die oberhalb der Ohren endet, die Ohren sind rot von der Kälte.

»Das sind vielleicht Weiber«, sagt Börd schnaufend hinter Arthur, während sie die Stufen zur Männer-Abteilung hinaufgehen, »schauen Sie sich die bloß ganz genau an. Alle aber sowas von *piccobello,* mein Lieber. Ich wette, die bügeln dir die Bügelfalten, das hast du so noch nicht gesehen. Und wo die ihre Frisuren herhaben! Und Maniküre! Vom Scheitel bis zur Sohle sind die sauber und glatt. Als gäb's irgendwo ein geheimes Peek-&-Cloppenburg-Land, wo die nach Ladenschluss alle hinfahren, damit sie sich während der Nacht herrichten lassen für die nächste Schicht.«

Arthur dreht sich nicht um. Auf alles muss man nicht reagieren.

Ab und zu kommen sie an einer Verkaufsberaterin vorbei, dann bemüht sich Arthur, nicht genau hinzusehen, damit Börd nicht wieder anfängt. Schon stehen sie vor dem Tisch mit den dunkelblauen und kamelfarbenen und grauen Wollhosen, die alle deutlich mehr kosten, als Arthur verdient hat – Börds Anteil eingerechnet. Außerdem hätte Arthur sich gerne, wenn er schon einmal Geld hat, noch ein paar Schachteln Zigaretten und einen Gürtel gekauft. Er hat abgenommen, seit Lennox diese New-York-Diät macht und nachts bei offenem Fenster nackt auf dem Bett liegt, weil das Kalorien verbrennt. Arthur liegt doppelt angezogen unter der Decke, aber auch da scheint die Diät noch zu wirken.

Börd grinst eine Verkäuferin derart peinlich an, dass Arthur schnell an dem Kleiderkarussell dreht, auf dem die Hosen hängen.

»Da drüben sind die Umkleiden!« Eine brünette Frau in Arthurs Alter kommt direkt auf sie zu. Sie trägt ein Namensschild auf der Bluse. Börd zeigt auffällig grinsend mit dem Finger auf sie, als müsste er Arthur darauf hinweisen, dass hier jemand steht.

»Mein Sohn«, sagt Börd, »hat ein Vorstellungsgespräch ... bei Benson & Hedges.«

Die Verkäuferin heißt Alexandra Maria Wild.

»Der Zigarettenmarke?«, fragt sie.

»Ja, aber er raucht nicht«, sagt Börd.

Arthur ist rot bis unter die Haarspitzen. »Tut mir leid«, sagt er leise.

Sie schüttelt den Kopf.

»Wollen Sie was probieren? In Dunkelblau?«

»Dunkelblau wäre großartig«, sagt Börd viel zu laut.

Arthur schaut ihn an. Kann dieser Mensch einmal im Leben die Klappe halten? Alexandra Maria ist wirklich nett. Sie reicht Arthur eine Hose in Dunkelblau und eine in Grau. Als er den Vorhang schließt, sagt Börd zu ihr: »Er ist Jungfrau. Total verklemmt. Aber er hat ein gutes Herz.«

Hat er das gerade wirklich gesagt? Arthur streift seine Hose ab. Bitte mach, dass das nicht wahr ist!

»Eigentlich ist er im Immobiliengeschäft.«

Oh Gott.

»Wirklich? Miete oder Kauf?«

»Beides!«

»Oh«, sagt Alexandra Maria.

Bitte sag nicht, du suchst was!

»Ich such grad was.«

Arthur kann diese Umkleide nie wieder verlassen.

»Er hat bestimmt was für Sie. Er ist spezialisiert auf … Wohngemeinschaften.«

»Die Hose passt«, ruft Arthur nach draußen. Ablenkung ist manchmal der einzige Ausweg. Jetzt muss es schnell gehen.

»Aber kann man die etwas länger machen?«

Frag mich bitte nicht nach der Wohnung!

»Kürzen bieten wir an«, sagt Alexandra Maria. »Herunterlassen muss ich fragen.«

Arthur und Börd nicken erleichtert, bevor sie zwischen den Karussellen verschwindet.

21

Heiligenstadt, November 2007

Wieder und wieder starrt Arthur auf die Zahlen im Onlinebanking, aber das ändert nichts: 2500 Euro minus. *Barbehebung*, steht da auch, obwohl er seine Karte die ganze Zeit bei sich getragen hat. Ganz bestimmt hat er nichts behoben, schon gar nicht Geld, das er überhaupt nicht hat. Aber *irgendjemand* hat, denn da steht es, auch in Worten: *zweitausendfünfhundert Euro*. Am Freitag, 2. November 2007, um 14 Uhr 28. Wo war er um diese Uhrzeit? Wahrscheinlich hat er sich von Brigitte den Münzautomaten erklären lassen. Er schmettert die Maus auf den Tisch und stößt sich mit dem Stuhl von der Kante ab. Weil das Zimmer so klein ist, kracht er mit dem rollenden Stuhl rücklings gegen die Wand.

Als er die Treppe hinabrennt, ist die feuerfeste Tür bereits hinter ihm zugefallen. Irgendetwas muss er tun, und wenn er erst einmal rennt. Er kann nicht tatenlos herumsitzen. Er lässt sich das nicht gefallen, so viel schwört er sich.

Arthur rennt auf die Straße hinaus und merkt gar nicht, wie er in seinem leichten Pullover zu schwitzen beginnt. Der milde November passt nicht zu der Härte, mit der ihn das Schicksal gerade trifft. Wie kann ein Mensch so viel Pech haben! Dass er ausgerechnet jetzt auch noch Opfer eines Hackers ist – denn wie sollte man das anders nennen –, das glaubt ihm doch kein Mensch! Er rennt und rennt, er ist so schnell gerannt, dass er nach ein paar Metern stehenbleiben muss, weil alles sich dreht. Er stützt die Hände auf die Knie und atmet schwer. Das ist der Kreislauf, er hat ja nicht getrunken und gegessen. Wer weiß, wann er zuletzt geschlafen hat, über diese Tage fehlt ihm der Überblick.

Meine Güte, es hätte nur ein Anfang sein sollen. Ein Einkauf, Lebensmittel, den kleinen Kühlschrank voll, mehr verlangt er gar nicht. Aber nicht einmal das funktioniert, wegen so einem Scheißpech. Der Rahmen seines Kontos ist jetzt wohl gesprengt, da wird ein Anruf folgen oder ein Mahnbrief. Aber wohin? Arthur hat von diesen Dingen nicht viel Ahnung. Er hat immer geglaubt, dass er nicht überziehen darf. Was für ein Witz!

Er rennt weiter, es geht wieder. Er muss rennen, damit ihm einfällt, was jetzt zu tun ist. Er muss rennen, damit er sich selbst zeigt: Das wird jetzt nicht mehr hingenommen. Jetzt bist du aufgestanden und tust was, und gleich wirst du wissen, was. Er rennt vorbei an Omas mit Trolleys, einer provisorischen Absperrung um einen offenen Kanalschacht, an dreckigen Schaufenstern mit Bügeleisen und Haushaltswaren darin, an Frauen mit dicken Beinen in bunten, ausgebleichten Leggings und mit kleinen Kindern an der Hand. Er rennt staubige Straßen mit ausgebleichten Zigarettenkippen und eingetretenen Kaugummis entlang. Hier sind tausende und abertausende Menschen schon gerannt, da wird ein weiterer nichts ändern. Er kann mit diesem Gerenne eigentlich aufhören, das schwächt ihn doch nur unnötig. Aber wohin mit seiner Wut? Schlag deinen Schädel gegen eine Hauswand, einer findet sich garantiert, der dich auslacht. Du tust es nur deswegen nicht, weil du weißt: Du bleibst liegen, und niemand hilft dir auf, und das ist erst recht traurig. Dann stirbst du vor Traurigkeit. Du kannst da vorne auch in den Fluss springen, aber was wäre anders? Du wirst deine Sorgen los, für immer, das wäre gut. Marianne würde sich bis ans Ende ihres Lebens schlecht fühlen, auch das wäre gut. Aber er kann sich nicht umbringen, das ist lächerlich! Er ist ein trauriger Mensch. Bis vor wenigen Minuten hat er getrauert, aber jetzt ist er wütend, was auch heißt: Er lebt. Er ist hier! Sein nutzloser, dünner Körper ist hier und rennt mit einem Minus von zweieinhalbtausend durch Wien.

Er setzt sich jetzt auf diesen Mauervorsprung, sonst überschlägt sich sein Herz, und er hat erst recht nichts von seiner Wut. Von hier aus sieht er hinunter zur Müllverbrennungsanlage Spittelau. Ihm ist schwindlig, und er muss sich darauf konzentrieren, nicht hinunterzufallen. Er versucht, sich seine Situation klarzumachen, um nicht durchzudrehen. Er ist jetzt hier, er ist in Wien, und irgendein gottverdammtes Arschloch hat ihn abgezockt. Mit etwas, das er theoretisch auch selbst könnte. Er weiß, wenn er zur Polizei geht, bleibt er erst mal auf den Schulden sitzen, so viel ist klar. Die würden das Arschloch vielleicht erwischen, ziemlich sicher sogar, die meisten sind ja doch zu blöd, aber was hätte Arthur davon? Das Geld bekäme er nicht zurück, bevor er die paar Hunderter von Marianne aufgebraucht hätte, und er müsste dann erst recht wieder bei ihr … Nein, das kommt nicht in Frage. Mit fünfhundert Euro kann man lange auskommen, wenn man nur Toastbrot und Ketchup isst. Das kann er nur leider seiner Bank nicht erklären. Er kann ihr gar nichts erklären, weil er nicht einmal weiß, wo seine Bank ist. Einmal hat sie den Namen geändert, und er hatte auf einmal automatisch eine andere Kontonummer. Genau genommen weiß er nicht einmal, ob seine Bank in Wien oder Bischofshofen ist. Ein Bankbetreuer wäre gut, dem man alles erklären könnte, egal wo. Aber was soll Arthur erklären? Den Bankberater, der dafür Verständnis hätte, dass Arthur sich sein Geld selbst auftreiben will, gibt es nicht.

Was soll er denn tun? Arthur braucht einen Plan. Er hat nur sich und was er bei sich trägt. Einen einzelnen Schlüssel zu einer Dachkammer ohne Topnummer. Er hat nur sich und diese Kammer und den Computer. Mehr ist da im Augenblick nicht, aber vielleicht reicht das.

22

Meidling, Dezember 2010

Es ist das erste Mal, dass Arthur Börd in der Wohngemeinschaft trifft, aber er geht gar nicht nach hinten ins Büro.

»Wollen Sie nicht Hallo sagen?«, fragt Arthur, dem das ein wenig unangenehm ist. Eigentlich muss jeder, der hier reinkommt, sich anmelden, auch Börd.

Der aber sagt: »Äh … nein.«

»Aber Grabner weiß gar nicht, dass Sie hier sind.«

»Er weiß es. Ich habe ihn informiert. Die Flipchart-Sitzung machen wir immer hier.«

Arthur kann nicht mit Sicherheit sagen, dass das gelogen ist, aber er weiß, dass Betty ein Flipchart im Raucherzimmer hat. Börd entfernt mit einem lauten Ploppen die Kappe des schwarzen Eddings.

»Setzen Sie sich hierhin.« Er schiebt einen Stuhl in die Mitte des Raumes, wo sonst beim Feedback immer der Sesselkreis steht, und malt einen Kreis auf das leere Plakat. Der Kreis ist nicht rund, und er setzt zweimal ab.

»Stellen Sie sich vor, das sind Sie.«

»Dieser Kreis?«

»Diese Sonne.«

»Oh.«

»Genau.«

»Ich dachte, das sei ein Kreis.«

Börd verdreht die Augen. »Kein Wunder, dass Sie keine Frau finden. Sind Sie immer so kleinlich? Es ist ein verdammter

Kreis, und der bekommt jetzt Strahlen, klar? Einen Sonnenstrahl nach dem andern, okay? Und wenn ich sage, es wird eine gottverdammte Sonne sein, dann wird es auch eine sein.«

»Gut.«

»Gut.«

»Das heißt … eigentlich nicht. Eigentlich …«

Nun ist es also doch so weit gekommen, die Bemerkung über die Frau war es. Therapiefortschritt hin oder her, aber dafür kann sich Arthur nicht jeden Blödsinn anhören, das geht zu weit. Er sagt, was er jetzt sagt, nicht nur, weil ihm der Kragen platzt und weil alles andere ungesund wäre, fürchterlich ungesund. Das spürt Arthur, und er weiß es auch, deswegen macht er ja diese ganze gestörte Therapie: damit er lernt, ein anderer zu werden. Auch wenn es immer heißt, eine bessere Version und pipapo, aber diese Version kann ihn jetzt wirklich mal am Arsch lecken. Stattdessen gibt er lieber die mutige, kragenaufgeplatzte Oberhauptfigur, die jetzt und hier ihre Meinung sagt. Wenn auch nur, um zu sagen, dass dieser Scheißkreis keine Sonne ist und dass es den Therapeuten einen feuchten Dreck angeht, ob Arthur eine Frau *findet* oder nicht. Was soll das überhaupt heißen, *eine Frau finden*! Als würde ein Mann sich nur auf der Suche nach einer Frau durch die Welt bewegen.

»… eigentlich«, sagt Arthur und steht dabei auf, »eigentlich ist es nicht gut. Eigentlich ist es eine Frechheit.«

»Ach ja? Was denn?« Börd steckt die Kappe wieder auf den Stift. Er wirkt belustigt. Aber irgendwo ganz tief drin macht er sich auch ein bisschen in die Hose. Für sowas hat Arthur ein Gespür.

»Was denn?«, wiederholt Arthur, eigentlich nur zur Probe.

Aber da stirbt dem Therapeuten wirklich das Grinsen aus dem Gesicht. Das hat er nun auch wieder nicht gewollt, der

Mann soll sich nicht gleich fürchten. Nur hat Arthur jetzt schon derart das Maul aufgerissen, dass er auch nicht mehr zurückkann. Börd starrt ihn an. Der weiß wirklich nicht, ob Arthur aggressiv wird. War er immer so ein Hosenscheißer?

»Wie du mich da vor Alexandra hast dastehen lassen«, sagt Arthur mit bemüht fester Stimme.

»Alexandra?«

»Alexandra Maria. Peek & Cloppenburg.«

Börd muss echt überlegen. Das gibt's ja wohl nicht! »Meine Güte«, stammelt er.

Arthur macht noch einen Schritt auf ihn zu. Aber das reicht dann, echte Angst braucht er ihm nicht zu machen. »Mich so vollends zu blamieren vor ihr«, sagt er trotzdem.

Das mit dem Augenrollen ist schon so etwas wie ein Reflex bei Börd. Er will auch jetzt, lässt es dann aber sofort.

»Was ... hab ich denn groß gesagt? Das mit dem Vorstellungsgespräch? Mir fiel sonst nichts ein.«

»Das mit der Jungfrau.« *Du Idiot.*

Arthur steht jetzt direkt vor Börd. Sie schauen einander an. Arthur ist ein bisschen kleiner, aber das macht nichts.

»Es tut mir leid«, sagt Börd leise und weicht einen Schritt zurück, »ich erinnere mich nicht.«

»Du erinnerst dich nicht?«

Arthur schüttelt den Kopf. Und jetzt? Soll er ihn weiter bedrohen? Dem Mann tut es leid. Er weiß nichts mehr. Wie kann er das vergessen?

»Komm, jetzt rück mal wieder ab hier.« Er schiebt Arthur ein wenig von sich, der lässt es geschehen. »Lass uns das mit der bescheuerten Sonne machen, und wir sind fertig für heute«, sagt Börd erschöpft und setzt sich auf den Stuhl, den er für Arthur hingestellt hat.

Arthur schaut ihn mit verschobenem Unterkiefer an. »Echt jetzt?«

»Wir müssen. Betty kassiert das seit Neuestem ein.«

»Meine Güte.«

»Es geht ganz schnell.«

In diesem Augenblick kommt draußen jemand durch die Haustür. Arthur schaut auf die Uhr. Mitten am Nachmittag, drüben gibt's gleich Kaffee. Das kann jeder sein, aber es ist Annette.

»Was ist denn hier los?« Sie mustert Börd ohne Gruß. »Ist das ausgemacht?«

Er nickt.

»Mit dem Chef?«

Nicken.

»Und was wird das?« Sie zeigt auf das Flipchart.

»Bestandsaufnahme.« Börd fängt sich und steht auf. »Sonnendiagramm. Die Effizienzeinheit, sechste Sitzung.«

»Klingt nach Bundesheer.«

»Macht aber Spaß. Nicht wahr?«

»Unglaublichen Spaß«, sagt Arthur.

»Und wo ist die Sonne?«, fragt Annette.

»Kommt noch«, sagen beide wie aus einem Mund.

23

Heiligenstadt, November 2007

Suche eine Zielperson in deiner Nähe, Frau oder Mann, beides hat Vor- und Nachteile. Es muss abschätzbar sein, dass das Konto stimmt. Nicht zu reich, aber natürlich nicht arm. Nicht zu gescheit, aber auch nicht so dumm, dass sie ihre Angelegenheiten Dritten überträgt.

Arthur hat keine Ahnung, ob das so einfach funktioniert. Um es auszuprobieren, fehlte selbst Princeton die kriminelle Energie. Heute weiß Arthur: Was gefehlt hat, war allein der *Ausnahmezustand*. Jetzt ist alles anders, jetzt befindet er sich in diesem Ausnahmezustand. Jetzt nutzt er, was er weiß, und passt es an seine Bedürfnisse an. Niemand soll schlimm zu Schaden kommen. Kleine Beträge bieten sich auch zu Übungszwecken an. Vielleicht gibt es Menschen, die nicht einmal merken, wenn achtzig Euro fehlen. Oder hundertsechzig? Unmöglich ist das nicht. Kommt drauf an, wer es ist.

Dafür gibt es ja Facebook und allgemeingeschaltete, für jedermann zugängliche Profile. Die Zielperson soll in der Nähe sein und möglichst viel von ihren Lebensgewohnheiten preisgeben. Wo, mit wem und wann arbeitet sie? Wann und wo ist sie im Urlaub? Was geht in ihrem Leben gerade vor? Wo liegen ihre Schwächen und Stärken?

Arthur gibt den Bezirk, in dem er wohnt, in die Suchzeile ein. Jede Menge Treffer. Er kann sich einfach jemanden aussuchen und erst mal schauen, was der so teilt. Eine von denen, die ihm sofort auffallen, ist zum Beispiel Aileen Werter, weil sie angegeben hat, wo sie arbeitet, und auch einen ziemlich detaillierten Lebenslauf in ihren Stammdaten hat. War wahrscheinlich auf Jobsuche und dachte, das bringt ihr was. Arbeitet jetzt als Assistenz der Geschäftsführung bei *Karlsbach und Söhne* und schneidet nebenbei Haare. Aber ganz offensichtlich im sogenannten Luxussegment, wie an den Namen und Glatzen ihrer Kunden erkennbar ist, und an den Fotos, die sie zu Hausbesuchen bei Kunden postet. Fertige Frisuren in Villenhaushalten. Dazwischen Bilder von weißen Orchideen, Haarschneidesets und ein Arm-in-Arm-Foto mit einer Frau in weißen Highheels, die sich Luzia von Monaco nennt. Arthur weiß bereits ziemlich viel über Aileen Werter. Entweder spart sie auf etwas Bestimmtes, oder sie bessert sich ihr Gehalt auf, um sich einen luxuriöseren Lebensstil leisten zu können und / oder bestimmte Personen aus bestimmten Kreisen kennenzulernen. Sehr wahrscheinlich hat sie keinen festen Partner und sucht vielleicht sogar einen.

Als Arthur weiterschaut, sieht er Fotos vom letzten und vorletzten Winter aus dem Süden. Ko Phi Phi, steht darunter, Ko Samui. Thailand-Fotos von gepackten Koffern und einem Strohhut in perfekt manikürten Fingern.

Klickt man in ihre Timeline, sieht man gleich, dass sie sich auch jetzt wieder in Aufbruchsstimmung befindet. Koffer, Fingernägel, Strohhut, kommentiert ist das Foto mit: *Bangkok, ich komme!* Das war heute um 11 Uhr 02. Arthur weicht im Stuhl ein wenig zurück, fast zu perfekt ist Aileen Werter. Sie ist ein Volltreffer von Zielperson, und er hat genau drei Minuten gebraucht, um sie zu finden.

Die weiteren Schritte sind dann nicht mehr so schwierig. Er klickt bis in den Morgen auf Seiten im Darknet herum und meldet sich in Foren an, in denen es Tipps zu seinem Vorhaben gibt. Sofort kriegt er die einschlägigen Informationen: *Stellen Sie sicher, dass die Zielperson auch persönlich anzutreffen ist.* Normalerweise, wenn sie morgens das Firmengebäude betritt. *Finden Sie heraus, bei welcher Bank sie ihr Konto hat.* Wie jede andere Firma wird auch *Karlsbach und Söhne* ihre Bank auf der Website stehen haben. Da einer der Frisurenkerle auf Aileens Fotos leitender Angestellter im Kommerzkundenbereich der Hausbank von *Karlsbach und Söhne* ist, wie Arthur schnell herausfindet, liegt es nahe, darauf zu schließen, dass Aileen auch mit ihrem Gehaltskonto der Bank vertraut, zu deren Mitarbeitern sie berufliche und private Kontakte hat. Der Kerl von der Bank ist mit Klarnamen in ihrem Social-Media-Account markiert, unter seinen Angaben zur Person steht sogar der Name der Bank, für die er arbeitet. Arthur kann sich also ziemlich sicher sein. Es bleibt immer ein *Restrisiko,* hat Princeton oft gesagt, aber genau das macht das Ganze ja auch lustig. Lustig findet Arthur hierbei zwar nichts, aber die Vorstellung, dass er, wenn seine Vermutung zutrifft, schon einmal die richtige Bankleitzahl zum Namen hat, stimmt ihn euphorisch. Dritter Tipp im Forum: glaubhaftes Fälschen des *Corporate Designs.* Arthur muss es hinkriegen, in seiner E-Mail an Aileen Werter die Signatur und das Logo der Bank auf den ersten Blick genau so aussehen zu lassen wie original. Auch das ist mit ein wenig Fingerfertigkeit nur eine Spielerei, aber kein wirkliches Problem. Im Grunde, das merkt Arthur schnell, kann jeder gelangweilte Schüler mit ausreichend Zeit eine solche Phishing-Mail so aussehen lassen, als stamme sie von dieser und jener Bank. Der dicke blaue Balken und der Löwe hintendran, das ist keine Aufgabe, für die man spezielle Programme braucht. Es zählt ja nur der erste Eindruck, das Wichtige ist, dass die Zielperson nichts merkt und keinen Verdacht schöpft. Das funktioniert nicht allein mit einem perfekt gemachten *Corporate Design*, sondern vor allem mit dem Schrecken, den man der Zielperson mit dem Inhalt der Nachricht versetzt.

Arthur empfindet nichts dabei, als er das liest. Tatsächlich spürt er kein schlechtes Gewissen, aber auch keinen Hunger oder Durst. Er sitzt tagelang vor dem Bildschirm, isst zwischendurch Schokolade und trinkt Wasser aus der Leitung, schaut aber kaum einmal vom Bildschirm hoch. Er liest: *Wenn die Zielperson die Mail öffnet, muss sie maximal in Aufruhr sein.* Das bedeutet: Arthur muss sich vorher überlegen, mit welcher Forderung er sie bis ins Mark erschrecken kann. Auch Formulierungsvorschläge gibt es dazu in den Foren. Eigentlich muss Arthur sich nur noch für eine der Varianten entscheiden.

Im Fall von Aileen Werter, die morgen ihre Reise antreten möchte, wird es eine Informationsmail mit einem *Errorcode* sein, welche sie darüber in Kenntnis setzt, dass der Buchungsbetrag an die Fluglinie nicht überwiesen werden konnte und ihr Ticket somit vorübergehend ungültig ist. Aufgrund dieses Fehlers sei sie hiermit dringend zur Überweisung aufgerufen, zuzüglich Bearbeitungspauschale, der Link zum Zahlungsvorgang wird gleich mitgeschickt. Im Anhang findet sie die Zahlungsaufforderung mit einem Betrag, den Arthur nur auf Basis seiner Recherche auf Bookingplattformen schätzen kann. Er weiß nicht, was ein bereits vollbesetzter Flug nach Bangkok vor mehreren Wochen gekostet haben könnte. Das ist ein Risiko. Aber um dieses abzuschwächen, gibt es ja die nicht näher beschriebene Bearbeitungspauschale. Er darf höher liegen, niedriger nicht. Darüber hinaus besteht immer noch die Gefahr, dass jemand anderer ihren Flug bezahlt hat, dann fliegt der Schwindel gleich auf. Zurückverfolgen kann man die Phishing-Mail aber nicht.

Bis kurz vor dem Flug hat Arthur die Mail, welche er mit der Kennzeichnung *Hohe Dringlichkeit* versendet, zusammengebastelt. Weil Aileen die Nachricht mit dem Betreff *Ihr Zahlungsvorgang Spainair Flug Nr. 584 126* sofort öffnet und nicht in den Spamordner verschiebt, kann Arthur auf dem Bildschirm direkt verfolgen, was sie tut. Parallel dazu hat Arthur die Seite ihrer Bank aufgerufen. Er braucht jetzt eigentlich nur noch die Daten einzugeben, die Aileen ihm gerade preisgibt. Der Trojaner, mit dem er seine Mail versehen hat, lässt ihn bis auf den Code, der sofort mit Punkten geschwärzt wird, alle Zugangsdaten mitlesen. Er notiert Kontonummer und Bankleitzahl, die er schon weiß, auf der Tischplatte des Schreibtischs, obwohl das Daten sind, die er gar nicht benötigt, weil Aileen alles macht. Sie überweist die geforderten 867 Euro und 72 Cent direkt auf das von Arthur unter falschem Namen errichtete Drittkonto.

Das Drittkonto war das Schwierigste, denn für ein Konto verlangt jede Bank Papiere, und diese Papiere hat Arthur sich kaufen müssen. Das ist im Darknet grundsätzlich gar nicht so kompliziert, wenn der Entschluss einmal gefasst ist, aber Geld oder verwertbare Tauschmittel braucht man eben auch dort, und Arthur hat nicht genug. Er muss also zuerst jemanden suchen, der ihm Papiere auf Rechnung verkauft, und das ist alles andere als leicht. Aber schließlich findet er sogar das, ausgerechnet über eine thailändische Quelle. Für knapp zweitausend Euro bekommt er Passkopie, Geburtsurkunde, Visakarte und Einkommensnachweis von einer nicht existierenden Person, für die er ein Konto bei einer Onlinebank eröffnet.

Aileen Werter überweist ihm in Panik das Geld für den bereits bezahlten Flug, den sie in wenigen Stunden antreten möchte. Das Geld wird Arthur sofort herunternehmen und in

Bitcoins umtauschen, damit er das Konto jederzeit wieder auflösen kann. Bevor er das tut, muss er aber noch ein paar weitere Dinger drehen, damit der Aufwand sich lohnt und er erst einmal genügend beisammenhat, um so etwas so bald nicht wieder tun zu müssen. Er fasst es nicht, dass es innerhalb so kurzer Zeit wirklich geklappt hat. Jetzt muss er nur wiederholen, was er schon kann.

(01:02:34) *Arthur Galleij an Doktor Vogl, check, eins, zwo. Ja, mit der Friseurin fing das dann an. Ich verbrachte Tage und Wochen vor dem Bildschirm und steigerte mich da rein. Es wurde immer mehr, und manchmal war es so einfach, die Leute auszunehmen, dass es lachhaft war. Ich achtete immer darauf, dass es Zielpersonen waren, denen es eben nicht sonderlich wehtut. Also keine armen Schlucker oder welche, die ohnehin schon krasse Probleme haben. Ich bin bei kleineren Beträgen geblieben, machte dafür aber mehr Personen. Erst wollte ich die fünftausend knacken, weil fünftausend Euro für mich so ein Betrag war, ab dem man eigentlich unabhängig ist. Ich hätte sogar eine Maklergebühr zahlen können. Ich hab weiter- und weitergemacht, wochenlang hab ich mit keinem einzigen Menschen geredet. Nicht einmal Alltagssachen. Kaum zum Einkaufen bin ich raus. Den Diebstahl auf meinem Konto hab ich nie zur Anzeige gebracht. Davon hat erst mal keiner erfahren. Keine Ahnung, ob ein Mahnbrief gekommen ist, aber lang kann der die nicht beschäftigt haben. Bei mir rieselte es nur so herein, ich war im Flow. Irgendwann habe ich es übersehen, da ging es über zehntausend, und ich hatte die Konten von mindestens zwanzig Leuten gehackt. Alle von verschiedenen Stellen im Darknet aus. Und so ging es dann immer weiter, ich konnte nicht mehr aufhören damit. Und mir? Mir ging's, glaube ich, ziemlich beschissen. Konnte an nichts denken, dachte überhaupt nicht mehr nach, was eigentlich passiert war. An Milla, Marianne, an gar nichts mehr. Alles war wie nie gewesen. Wie hätte ich da reden können über das, was passiert ist? Ich glaub, ich hab das alles zugeschüttet in mir drin. Und dann noch von außen mit der Schaufel festgeklopft.*

24

Meidling, Dezember 2010

Bald ist Weihnachten, auch in der WG ist das so, ob Arthur und Lennox und alle anderen das nun wollen oder nicht. Und sie wollen nicht.

Im Zimmer von Arthur und Lennox herrscht angespannte Stimmung. Mit seinen Zwängen, dem Putz-, dem Zähl- und dem Kiefereinrenkungszwang, kann einem Lennox gehörig auf die Nerven gehen. Arthur überlegt, was Lennox wohl geantwortet hätte auf all diese Sonnendiagramm-Effizienzfragen.

1. Sonnenstrahl: Wer bist du? *Ein Amphetaminjunkie und Ex-Häftling, der gern das Badezimmer putzt.*
2. Sonnenstrahl: Was kannst du? *Computer spielen. Und putzen.*
3. Sonnenstrahl: Was machst du mit deinem Können? *Einen Gaming-Channel hosten.*
4. Sonnenstrahl: Wo willst du damit hin? *Ins Badezimmer.*
5. Sonnenstrahl: Was willst du einmal erreicht haben? *Dass niemand mehr doof meine Hosts kommentiert. Und Keimfreiheit.*

Das ist gemein. Aber es ist die Wahrheit! Arthur ist längst klar, dass Lennox deutlich mehr Zeit für seinen gestörten Channel bliebe, wenn er es nur endlich schaffen würde, die Decke nicht jedes einzelne Mal, wenn er vom Bett aufsteht, erst zwölf-, dann vierundzwanzig- und schließlich achtundvierzigmal glattzustreichen. Jemand müsste ihm das sagen, aber wahrscheinlich ist es zwecklos. Arthur ist jedes Mal froh, wenn er endlich das Bad putzen geht. Seit er die New-York-Diät wieder aufgegeben hat, hat Lennox so zugenommen, dass er endlich aussieht wie ein annähernd gesunder Mensch. Dafür ist eine schlimme Akne von früher wieder aufgeflammt. Darum geht es aber nicht. Lennox hat ein Problem, und er sagt nicht, was es ist.

Seit der Nacht, als Lennox sein Handy verloren hat, ist was. Drogen sind es nicht, das sieht man. Auch wenn Arthur von diesen Dingen keine Ahnung hat, weiß er mittlerweile, wie jemand aussieht, der viele Amphetamine nimmt. Arthur hört Lennox durch den Türspalt schrubben und ribbeln und polieren und denkt: Rückfällig ist er nicht geworden, die Zwänge hat er ja wohl vom Entzug. Zwischendurch kommt Lennox wie immer ganz verschwitzt aus dem Bad und liest am Laptop die neuesten Kommentare seiner Follower. Es scheint mehr Menschen zu geben wie Lennox, die ihren Laptop nie zuklappen. Immer, wenn ein neuer Kommentar kommt, bimmelt es eine Glöckchenmeldoie.

»Und?«, fragt Arthur ab und zu, weil Lennox sich dann freut.

»Glockenabo«, strahlt Lennox dann zum Beispiel.

Er hasst die Kommentare, und er liebt die, die ihn abonnieren und die Klappe halten. Das bringt am meisten. Ein Glockenabonnent wird automatisch mit Glöckchen benachrichtigt, wenn Lennox eine Aktivität setzt. Lennox hat 899 Glockenabonnenten, und nicht alle halten immer die Klappe. Außerdem dürfen auch die kommentieren, die nicht abonnieren.

Wenn Arthur sich mal mit Kopfhörern die Ohren zustoppelt, aber ein besonders doofer oder begeisterter oder seichter Kommentar kommt, zeigt Lennox so lange mit den Zeigefingern auf die Ohren, bis Arthur ausstoppelt und sich anhört, was jetzt wieder ist. Lennox liest laut vor: *»du opfer achtzehn minuten sind echt zu krass geht das nicht straffer«*, und schaut dann erwartungsvoll.

Arthur versucht sich zu verhalten. »Was meint der Typ? Lies es noch mal.«

Lennox liest es noch mal, so wie es dasteht, ohne Satzzeichen. »Hast du den gehört? Ich glaub, dieser Penner hat wohl keine Aufmerksamkeitsspanne, oder wie? Ey, Soulcraft kannst du nicht in zwei Minuten lernen, das ist eben was für *brains*.«

»Sag's ihm«, murmelt Arthur und will sich wieder einstoppeln.

Aber Lennox liest weiter: *»bin single habe joghurt schreibe mir.«*

»Was?«

»Nutzt meine Page für Werbung, der Spast.«

»Werbung? Was soll denn das für eine Werbung sein?«

»als erstes muss ich euch mal erstens zwei dinge zu soulcraft VI *sagen alter was heisst erstens als erstes oder was willst du was anderes sagen damit.«*

»Ich versteh kein Wort. Ist der behindert?«

»Er zitiert mich, der Sack. Ich hätte gesagt: Als Erstes muss ich euch mal erstens zwei Dinge sagen. Und verarscht mich jetzt deswegen.«

»Kannst du die eigentlich rauswerfen oder blockieren oder sowas?«

»Höchstens melden.«

»Hast du das überhaupt gesagt?«

»Spielt doch keine Rolle, ob ich das gesagt hab. Der sagt, ich hab's gesagt, und hat schon zwölf Sich-total-abhau-Tränenlach-Smileys bekommen.«

»Ist doch egal …«

Lennox steht eine Weile nur da und schaut den Bildschirm an. Sogar den Putzlappen in seiner Hand hat er vergessen.

»Scheiße«, sagt er dann leise.

»Ist doch nicht so schlimm«, sagt Arthur, der denkt, er regt sich noch über den User auf. »So einen Satz kann niemand ernst nehmen.«

»Nein«, krächzt Lennox. »Neinneinnein, oh nein. Scheiße, nein!«

Lennox fasst sich an die Stirn, lässt den Putzlappen zu Boden fallen, bückt sich hastig, lässt ihn dann aber doch liegen. Greift sich wieder an die Stirn. Ganz blass ist er geworden, und sein Gesicht glänzt unter dem Schweiß wächsern, als würde er gleich umfallen.

Lennox ist immer so ein Fähnchen im Wind, denkt Arthur, als er sich neben ihn stellt und mitliest: »*Hab dich im Fernsehen gesehen, machst jetzt auf sauber*«, steht da im Kommentar mit einem Smiley hintendran. Arthur merkt, wie Lennox zu zittern beginnt. »*Als hättst du nichts gutzumachen, redest du da. Aber ich weiß*«, liest Arthur nun auch, »*was du noch zu bringen hast …*«

»Auffällig gute Grammatik«, meint Arthur, aber Lennox reagiert nicht.

Um die Nase ist er ganz grau jetzt, als er sagt: »Das ist Oleg.« Und dann, nachdem er sich auf den Stuhl gesetzt hat: »Oleg! Scheiße, das ist Oleg. OLG43, das ist fix Oleg.«

»Was ist mit Oleg?«

»Dem schuld ich was.«

»Geld?«

»Klarmann. Was sonst. Jede Menge Geld wahrscheinlich.«

»Wahrscheinlich?«

»So genau weiß ich das nicht mehr, das ist ja das Problem.

Der behauptet krasse Sachen von mir, das war schon mal so. Ach du Scheiße, ich dachte, der sitzt im Knast. Wenn der mich gesehen hat, der findet raus, wo ich bin, der hat seine Leute, der kriegt das raus, und die kommen hierher.«

Lennox beginnt, seine Sachen zusammenzukramen und in seine Tasche zu stopfen.

»Hey«, ruft Arthur, »jetzt warte doch mal! Hey, Moment mal bitte. Stopp jetzt! Du kannst nicht abhauen jetzt, du bist fast durch.«

»Wenn die mich finden, bin ich fertig. Dann ist egal, ob ich durch bin, dann bin ich tot. Ich weiß, dass der einen kaltgemacht hat, die haben sogar ein Video davon. Ich hab das Video gesehen, verstehst du, was ich sage? Das Video, auf dem Oleg dem einen ins Bein schießt, aus ungefähr so ...«, er streckt den Arm aus. »Der Kerl ist verblutet, und ich weiß das, und Oleg weiß auch, dass ich es weiß, und ich schulde ihm was. Oder zumindest behauptet er das, also schulde ich ihm schon wirklich was, aber wer weiß schon genau, wie viel das ist. Das ist eine Zinseszinsrechnung, die natürlich nicht stimmt, die gar nicht stimmen kann, aber wen kümmert das? Ich kann ja nicht einmal den echten Betrag normal zurückgeben, im ganzen Leben kann ich das nicht, da ist es egal, wie Oleg rechnet. Aber bisher hat der eben geglaubt, dass ich sitze, und aus Angst vor den Bullen hat er Abstand gehalten.«

»Normal? Was ist denn mit dir los? Bleib hier, sag es ihnen, die werden was sagen dazu. Wenn du jetzt abhaust, ist alles kaputt. Die finden dich so oder so.«

»Die dürfen mich nicht finden!« Sein Augenlid zuckt, er hält es mit den Fingern. »Ich dachte, ich könnte Alex was anvertrauen, verdammte Scheiße.«

»Wer ist Alex?«

»Einer aus Berlin. Der Oleg kennt.«

»Mit dem hast du gesprochen?«

»Letztens.«

»Und jetzt weiß Oleg von dir.«

»Der hat mich wieder aufm Schirm.«

»Dank Alex.«

»Ist doch egal jetzt!«

Lennox drückt sich die Finger fester in die Augen. Er rennt ins Bad, Zahnbürste, Reserveschuhbänder, Kulturbeutel. Den kleinen, lilafarbenen Putzschwamm.

»Du sagst zu niemandem was, hast du gehört?«

Arthur schaut ihn ratlos an. »Mach das nicht. Es ist nicht gut.«

»Gut? Bist du Mutter Theresa, dass du weißt, was gut ist? Ich muss weg von hier. Ganz weg. Ich kann das Geld nicht besorgen.«

Jetzt ist Arthur es, der »Scheiße« sagt. Genauer: »Scheiße, nein.«

»Nein?«

»Nein.«

»Alter ...«

Lennox kommt auf ihn zu, nimmt ihn an den Händen, geht vor ihm in die Knie.

»Nein«, sagt Arthur und dreht sich weg, der soll abhauen mit diesem hoffnungsvollen Gesicht. Da hört er sich sagen: »Wie viel?« Wie viel? Hat er das wirklich gefragt? Das kommt einer Zusage gleich.

»Zehn werden es schon sein.«

»Zehntausend?«

Lennox nickt.

25

Innere Stadt, Dezember 2010

Als sie sich an diesem Nachmittag für den Aufbruch bereitmachen wollen, liegt Grazetta wie immer im Bett. Jolana hat Arthur die Hygienestandards aufgesagt, Arthur hat zugegeben, dass er selbst noch nie in einer Notschlafstelle war. »So schlimm wird es schon nicht sein«, sagt er, aber sie bleibt dabei, es sei eine Schnapsidee, Weihnachten ausgerechnet bei *solchen Leuten* zu verbringen, noch dazu mit einer Kranken. Grazetta liegt die meiste Zeit im Bett, Jolana dreht sie alle paar Stunden um oder setzt sie auf. Sie kann noch leise sprechen und schlucken. »Da muss man schon froh sein«, sagt Jolana, »das ist schon viel.« Was sie auch kann, ist mit dem Finger auf Arthur zeigen: *Ich komme mit.*

Also greift ihr Jolana unter die Schultern und zieht sie zu sich hoch. Vom Sitz in den Stand, eine Vierteldrehung. Jolana rückt sie beide mit den Hüften zurecht, nun stehen sie richtig. Grazetta zwar eingeknickt wie hohler Brokkoli, aber Jolana hält sie mit starken Armen fest und zieht ihr so die schwarzglitzernde Hose hinauf. So zu stehen ist anstrengend, Grazetta muss sich wieder setzen. Runter geht es leichter als nach oben, aber Jolana sorgt dafür, dass es mehr nach Hinunterheben aussieht als nach Fallen. Arthur sitzt während dieser Prozedur in der Ecke auf einem Stuhl neben Grazettas Nachttisch und schaut zu.

Jolana geht ins Bad, um das lederne Kosmetiktäschchen mit der goldenen Schnalle zu holen. Sie türmt hinter der Sitzenden einen Polsterberg auf und lehnt sie mit dem Rücken dagegen. Dann setzt sie sich zu ihr aufs Bett, tunkt einen Wattebausch in etwas Tinktur und beginnt, ihr langsam das Gesicht zu reinigen. Grazetta schließt die Augen. Dann verteilt Jolana Tagescreme auf ihrem Gesicht und sagt, zum Ausgehen wäre die Nachtcreme fehl am Platz. Mit einer anderen Creme schmiert sie ihr die Hände und Unterarme ein und putzt ihr dann die Innenseiten der Fingernägel mit einem spitzen Gegenstand aus. Arthur fällt auf, dass der Nagel am rechten Zeigefinger länger ist als die anderen. Er hat mitgekriegt, wie sie damit ab und zu gegen das schmiedeeiserne Vorhanggestell klopft, um sich bei Jolana bemerkbar zu machen.

Jolana steht auf, um etwas von hinter dem Vorhang zu holen. »Ich werde Ihr Make-up ein wenig mit meinem mischen. Es gerät zu dunkel sonst«, sagt sie. Grazetta nickt so leicht, es könnte ein Zittern des Kinns sein.

Bis sie das Zimmer verlassen, vergeht noch über eine Stunde mit dem Wechseln des Harnkatheters, der Einnahme der Magenpille, der Kontrolle der Schmerzpumpe. 17 Uhr 30, Zeit für die dritte Dosis. Morphin schießt in Grazettas Körper, sie verschläft die Fahrt zum Lift und hinunter zum Taxi. Als sie noch mehr gesprochen hat, hat Grazetta Arthur einmal erzählt, wie Morphin wirkt. Dass der Schmerz nicht fort ist, dass sie ihn aber aus einer weiten Ferne spürt.

Das Taxi hält vor einer Autowaschanlage in der Simmeringer Hauptstraße. Gemeinsam mit Jolana hebt Arthur die schlafende Grazetta aus dem Wagen, der Fahrer holt den Rollstuhl aus dem Kofferraum und schüttelt ihn ungeschickt auseinander. Arthur und Jolana setzen sie gemeinsam in den Rollstuhl, und als Jolana sich hinkniet, um die Füße auf den Fußstützen zurechtzurücken, hält Arthur Grazetta fest, damit sie nicht nach vorne kippt, eine einseitige Umarmung.

Sie stehen unter einer gelb leuchtenden *Reifen-John*-Reklame am Torbogen und schauen in einen finsteren Hof hinein. Grazetta hat zwar die Augen geöffnet, wirkt aber teilnahmslos. Für einen kurzen Moment ist es sehr still, und Arthur kommt es so vor, als würde dieser Innenhof sie mustern wie drei Eindringlinge.

Alleine würde er hier nicht stehen wollen, denkt er. Alleine wäre so etwas schnell einmal Hausfriedensbruch oder unbefugtes Betreten. Aber so ist es nur ein Besuch, Börd hat ihnen die Adresse gegeben. Sie besuchen bloß einen Freund, den sie zur Weihnachtsfeier abholen.

Ein paar zaghafte Schritte gehen sie in den Hof hinein. Hier ist weit und breit niemand. Hinten gibt es drei Autowaschbuchten hinter geschlossenen Rolltoren, links von der ebenfalls verschlossenen Werkstatt hinter zugezogenen Jalousien ein kleines Büro mit einem Schild an der Tür: *Unser Geld liegt auf der Bank*. Ansonsten ist alles vollkommen dunkel. Es sieht ganz und gar nicht nach der weihnachtlichen Bratenküche aus, die Börd versprochen hat.

Plötzlich füllen sich die Bodenschlitze unter den Rolltoren mit Licht, und eines der Tore hebt sich mit einem Rumms aus der Verankerung. Dahinter steht Börd, der so gutgelaunt die Arme ausbreitet, dass Arthur sich beim besten Willen nicht vorstellen kann, dass er schon von Lennox' Verschwinden weiß. Über dem Arbeitsmantel trägt er eine weiße Omaschürze, darauf rote und grüne Äpfel und Birnen in Körben, und in einer der Seitentaschen steckt ein rot-weiß-blau kariertes Geschirrtuch säuberlich zusammengelegt. Aus der anderen Tasche ragt der Griff einer großen Schere hervor. Die golden glitzernde Locke eines Geschenkbandes schwebt sanft wippend hinter ihm her, als er auf seine Gäste zukommt.

»Es ist mir eine Ehre.« Er begrüßt Grazetta mit einem angedeuteten Handkuss und macht einen Knicks, der ihm überraschend galant gerät. Als er Jolana die Hand schüttelt, lächelt er wie gespielt. Arthur denkt in diesem Moment daran, dass Grazetta einmal erzählt hat, sie sei vor allem deshalb ihr ganzes Leben lang am Theater gewesen, weil sie sich so sehr nach der Wahrhaftigkeit gesehnt und diese Wahrhaftigkeit einzig im Spiel gefunden hat.

Sie gehen hinter Börd her durch einen Pausenraum. Dort stehen leere, nicht ausgewaschene Aschenbecher auf einem blauen Klapptisch. Ein beleuchteter Kaffeeautomat wirft einen grünlichen Schimmer auf den Linoleumboden. Arthur hat seit einer Weile nicht mehr geraucht, aber für heute hat er ein Päckchen *Gauloises* mitgenommen. In Geschenkpapier eingepackt, für Börd.

Während sie hinter Börd durch den schmalen Flur gehen (Jolana schiebt den Rollstuhl vorsichtig und gekonnt), referiert Börd aufgekratzt über Fettschwarten von Schweinebraten: »Eine gute halbe Stunde ins Wasser, und du kannst sie später ohne Probleme einschneiden. Nichts ist wichtiger als eine knusprige Kruste.« Er reibt sich die Hände und schaut sich nach seinen Gästen um.

Dann stehen sie dichtgedrängt in einem gut geheizten Raum, dürftig beleuchtet und klein, auf den ersten Blick aber auch überraschend gemütlich. Die Zweckentfremdung ist dem Raum anzumerken, früher war das einmal ein Pausenraum mit Kochgelegenheit, gut fünf mal fünf Meter. Fünf mal fünf sind fünfundzwanzig, denkt Arthur, das ist mehr, als Lennox und er zusammen haben. Gehabt haben, korrigiert er sich, denn wenn er heute Nacht nach Hause kommt, wird er alleine sein.

Fällt ihm gleich wieder dieses Gesicht ein, mit dem Lennox ihn angeschaut hat.

»Alter, keiner sonst kann mir da raushelfen«, hat er auf Knien gefleht.

»Steh auf«, hat Arthur gesagt, »das ist lächerlich, steh jetzt auf!«

»Oleg lässt mich umbringen, wenn ich das Geld nicht hab.«

»Hör auf damit, ich kann nicht.«

»Du kannst mir zeigen, wie es geht.«

»Kann ich nicht. Außerdem brauchst du dazu Zeit.«

Und noch einiges andere, was du nicht hast. Am Ende hätte Arthur alles alleine machen müssen.

»Unmöglich«, hat er gesagt.

Und dann hat Lennox ihn mit diesem Gesicht angeschaut und ist aufgestanden. Hat seine Sachen zusammengerafft und gesagt: »Wenn die mich umbringen, bist du schuld.« Dann ist er zur Tür hinausgerannt.

Du bist schuld, wollte Arthur ihm noch hinterherschreien, aber aus seiner Kehle kam kein Ton. »Du bist schuld.« Er hat es dann doch noch herausgebracht, aber so leise, dass es nur mehr für ihn selbst war.

Hier kann man schon wohnen, wenn es sein muss. Dass es keine Dusche gibt, muss man nicht überbewerten. Früher gab es auch keine Duschen. Wäscht man sich eben am Waschbecken, sauber wird man auch so.

Neben der Spüle stehen ein Rasierpinsel und eine Zahnbürste im Becher. Im Rahmen der Möglichkeiten ist das ein geordneter Einzimmerhaushalt, größer als eine Gefängniszelle, kleiner als eine richtige Wohnung. Ein schmales, ausziehbares Sofa mit dunklem Blumenmuster, bordeauxrot, dunkelblau und tannengrün. Ein kleiner Tisch mit einem ovalen Häkeldeckchen darauf, vielleicht noch von seiner Frau. Das Wort *Küchenblock* wäre übertrieben, aber man hat, was man braucht, Kästchen und Spüle und außerdem einen Stuhl, zwei Herdplatten und einen tragbaren Ofen in der Größe eines Kosmetikkoffers.

»Macht es euch gemütlich«, sagt Börd in Richtung der Gäste, während er aus einer Schublade ein riesiges Fleischmesser zieht und mit gekonnten Bewegungen die Fettschwarte auf der Oberseite des Bratens einzuritzen beginnt.

Haus zum Heiligen Antonius steht draußen am Klingelschild der Notschlafstelle. Daneben ein Schild:

Männer und Frauen willkommen
Suchtakzeptierende Einrichtung
Alkohol-, Drogen-, Waffenverbot
Tägl. 19:00 bis 07:30 Uhr
14 Übernachtungen (monatl. max.),
mind. 7 Unterbrechungen, mind. 48 Stunden
Bitte klingeln!

Eine entscheidungsbefugte Stimme gibt zu erkennen, dass die vier via Kamera beobachtet werden. Mit wem sie den Besuch vereinbart hätten. »Mit einer Jenny«, sagt Börd, bevor sie per Summer eingelassen werden.

»Mit einer Jenny?«, fragt Arthur.

»Ja«, sagt Börd, »die heißen jedes Jahr anders. Die meisten bleiben nicht lang. Heuer ist es eben eine Jenny, nächstes Jahr ist es ein Bernd. Aber wieso fragen Sie? Haben Sie was mit Jennys?«

Arthur schüttelt den Kopf.

Zuerst hieven sie Grazetta über die Schwelle. Elegant ist das nicht, aber das muss einer erst einmal können mit so einem Rollstuhl. Dann stehen sie vor einer schmalen Treppe, über die Arthur und Börd Grazetta hinauftragen. Den Zivi hat Arthur, der als Letzter in der Reihe geht, noch gar nicht richtig zu Gesicht bekommen, da sind sie ihm schon in den Aufenthaltsraum mit der Essensausgabe gefolgt. Es riecht nach einer Mischung aus gekochtem Reis, Pisse und Glühweingewürz. Der gekochte Reis entpuppt sich später als gewaschene Wäsche. Vereinzelt ratschen Sohlen übers Linoleum, wenn einer einen Schritt tut. Im Eck stehen ein spärlich geschmückter Plastikchristbaum mit blinkender Lichterkette und ein Keramik-Santa auf einer karierten Plastiktischdecke. Über dem Christbaum hängt der Fernseher, in dem gerade eine Liveübertragung aus einem Dorf in Bosnien läuft.

»Marienerscheinung«, erklärt der Zivi mit Augenlidern auf Halbmast. Bekifft, na toll, denkt Arthur, das alles kann man Grazetta eigentlich nicht mehr zumuten.

Börd gibt dem Zivi den Braten und die Tasche mit den Geschenken für die Klienten. »Nur noch kurz rein in den Ofen, damit er schön heiß ist, und los geht's.« Er reibt sich die Hände.

»Viel ist noch nicht los«, meint der Zivi mit Blick auf den Braten, »aber das wird sich bald herumsprechen.« Die beiden Päckchen legt er wie in Zeitlupe beiseite. Grazetta schaut unbewegt auf den Fernseher. Die beiden Männer, die an einem der Tische sitzen, nehmen nach anfänglicher Musterung keine weitere Notiz mehr von der Truppe. Der eine schaut wieder in sein Kreuzworträtsel, der andere lauscht den Worten der aufgeregten Verlobten, die im Fernsehen vom plötzlichen Auftauchen einer Lichtgestalt berichtet, das eine Verschiebung ihrer Hochzeit notwendig mache. Der Pfarrer der Gemeinde, so die Verlobte, sei nun wegen der Medientermine nicht mehr erreichbar, und niemand dürfe die Basilika betreten, wo Chemiker bereits ihre Tests machten. Man wolle beweisen, berichtet der Reporter, dass jemand die Marienstatue in der Basilika mit einer speziell präparierten Lichtfarbe bepinselt habe.

Börd nickt anerkennend, der Mann über dem Kreuzworträtsel gibt ein Schnauben von sich. Der Zivi bringt dünnwandige Plastikbecher und eine Zweieinhalbliterflasche Fanta. Der Mann über dem Kreuzworträtsel schaut den Zivi so lange an, bis der Zivi auch ihm einen Becher eingießt. Jolana bittet um einen Strohhalm für Grazetta, worauf der Zivi geht, um Strohhalme zu suchen, und sehr lange nicht wiederkommt. »Du hättest Jenny fragen sollen«, sagt Arthur.

Jolana führt den Becher an Grazettas Mund, ein wenig Fanta läuft daran vorbei auf das paillettenbestickte Jäckchen. Grazetta reagiert nicht darauf. Arthur holt hinten an der Essensausgabe Servietten bei einer Frau in seinem Alter mit hüftlangen Dreadlocks und Silberringen mit türkisen Steinen, die gerade damit beschäftigt ist, Vanillepudding aus Verpackungen für Schokopudding in kleine Schälchen zu löffeln. Kein Zweifel, es ist Jenny.

»Hast du den Zivi gesehen?«, fragt Jenny. Arthur schüttelt den Kopf.

Mit der Zeit füllt sich der Aufenthaltsraum. Ein Paar ist dabei, das Arthur bereits draußen mit einem Fahrrad und einem Sozius gesehen hat. Was haben sie eine Viertelstunde gemacht? Sie haben einen kleinen Hund bei sich, der sich im Treppenhaus auf eine Decke legt. Die Frau trägt einen roten

Mantel mit einem Kunstpelzkragen und ist aufwendig und ein bisschen schief geschminkt. Der Mann geht zur Essensausgabe, und Jenny gibt ihm Braten, Kraut und Saft auf seinen Teller. Er setzt sich und beginnt zu essen, ohne vorher aufzuschauen. Arthur betrachtet den Mann und seine Frau, die neben ihm Platz genommen hat und gebannt verfolgt, wie der erste Chemiker eine gefälschte Muttergottesreflexion widerlegt. Arthur hat heute schon öfter an Marianne gedacht, und auch jetzt denkt er wieder an sie.

Der Mann sitzt später nur da und starrt auf seinen leergegessenen Teller, hebt nicht einmal den Blick, wenn jemand dazukommt. Wie der weißhaarige, bärtige Mann, den der Zivi draußen im Treppenhaus mit Herr Joseph anspricht. Jenny wischt sich die Hände am Geschirrtuch ab und geht mit schnellen Schritten hinaus.

»Der Rucksack nicht«, sagt sie bestimmt, »das ist so ausgemacht. Das gibt nur wieder Ärger wegen dem Fernsehen.« Der Alte murrt etwas von Weihnachten, aber Jenny baut sich vor ihm in der Tür auf. Ungestüm möchte er sie zur Seite stoßen, da kommt der Zivi dazu: »Rucksack draußen lassen, sonst gibt es keinen Braten!«

»Ich bin wegen des Puddings hier. Ich dachte, es gibt heute Pudding?«

»Den Pudding gibt es für die, die sich an die Regeln halten«, sagt der Zivi in einem Ton, der Arthur sehr abgeschaut vorkommt.

Schließlich steht Herr Joseph ohne Rucksack im Aufenthaltsraum. Aber auch ohne seinen dunkelgrünen Lodenmantel ausgezogen zu haben. »Den Pudding hat man mir vorletzte Woche zugesagt«, sagt er und schaut vorwurfsvoll in Jennys Richtung.

Jenny und der Zivi ignorieren ihn. Börd schiebt ihm eines der beiden Pakete hin. »Machen Sie doch eins auf. Ist für die Allgemeinheit!«

»Zuerst esse ich den Pudding.«

Als Joseph den Pudding und den Braten gegessen hat, kramt er eine goldene Lesebrille aus der Innentasche seiner Jacke und reißt das Geschenkpapier auf. *Meine liebsten Haustiere*. Ein Bildband. Arthur schaut Börd an. Und es kommt ihm so vor, als schaute auch Grazetta Börd an. Aber Joseph lächelt zum ersten Mal. Zwei Kätzchen mit Maschen im Haar. Eine dicht zusammenstehende Schafherde auf einer saftig grünen Weide. Ein kleiner gescheckter Hund auf einer Blumenwiese. Joseph blättert mit leicht geöffnetem Mund. Bei einem Bild bleibt er hängen: drei nussbraune Hundewelpen in einem Korb. Mit hochgezogenen Augenbrauen betrachtet er sie.

»Hab auch welche«, sagt er dann in den Raum hinein, bevor er seine leere Puddingschüssel anschaut, als wüsste er plötzlich nicht mehr, was er damit tun soll. »Kinder«, sagt er schließlich zu Börd, »Kinder, einer so alt wie der.« Er zeigt auf Arthur. »Siebzehn und neunzehn.«

»Der hier ist ein bisschen älter«, sagt Börd, aber Herr Joseph ignoriert ihn. »Ich darf sie nicht anrufen. Weiß nicht einmal, was sie machen. Anfangs durfte ich noch, jetzt nicht mehr. Nicht einmal das Kleingeld bringt mir mehr was, ich darf die gar nicht mehr anrufen.«

Schweigen.

»Wie heißen sie?«, fragt Börd.

Da schaut er, als hätte ihn jemand aus einem Traum gerissen. »Anne«, sagt er dann.

»Und der Junge?«

»Josef. Mit f. Sollte mal sein eigenes Leben haben.«

Herr Joseph schaut traurig die Welpen an, blättert zu den Papageien. Dann schlägt er das Buch zu und ruft nach Jenny, weil er einen zweiten Pudding will.

»Um elf dann«, sagt Jenny, »wenn ich weiß, dass einer übrig bleibt.«

»Fotze«, sagt Joseph.

»Schöne Namen«, sagt Börd. »Meiner heißt Adam.«

Arthur schaut Börd an. »Adam?«

»Ja«, sagt er leise.

»Schön«, sagt Jolana.

Dann essen die, die noch essen, auf, und der Reporter in dem bosnischen Dorf erklärt, dass es bei den Untersuchungen der Chemiker zu widersprüchlichen Ergebnissen gekommen sei. Einig seien sie sich lediglich darin, dass sie keine Rückstände von Leuchtfarbe gefunden haben.

Kurz darauf, die Klienten haben das zweite Geschenk noch gar nicht aufgemacht, zeigt Grazetta zur Tür.

»Ja«, fragt Jolana, »genug?«

Keine Reaktion.

Jolana steht auf und packt zusammen. »Helfen Sie mir noch beim Reinsetzen? Das Aussteigen schaffen wir schon allein.«

»Sicher?«, fragt Arthur müde. Es würde ihm gerade gar nichts ausmachen, gleich mitzukommen.

»Ja«, sagt Jolana, »es geht ja sonst auch.«

Als Arthur in den Aufenthaltsraum zurückkommt, nachdem die beiden mit dem Taxi losgefahren sind, ist es schon Mitternacht.

»Lassen Sie uns auch gehen«, sagt Börd und klopft ihm auf die Schulter.

»Ja«, sagt Arthur, »ich hab dann noch was für Sie.«

Sie steigen aus der U-Bahn und gehen direkt in die *Schwedenprinzessin.* »Mein Stammlokal«, sagt Börd und nickt stolz, als die alte Frau in ihren dunkelblauen Feinstrumpfhosen und weißen Gesundheitsschuhen hinter der Theke hervorkommt und ihm mit den Worten *der Herr Doktor* die Hand schüttelt.

Arthur deprimiert das alles, aber er versucht, gute Laune vorzutäuschen. Dabei würde er am liebsten losheulen. Die Verabschiedung von Grazetta. Dass sie kaum noch was mitkriegt. Und zu allem Überfluss noch dieser Mann mit dem Pudding und den Tierkindern. Was hat er ihr da zugemutet? Und sich? Was mutet er sich eigentlich zu, denkt er, als er nun doch offensichtlich schlecht gelaunt einen Spritzer bestellt.

Darf man über das Trinken reden, während man trinkt? Vielleicht soll man sogar.

Börd schaut in sein Bier. Adam, denkt Arthur, aber er sagt nichts. Nichts von Adam und nichts über das Trinken.

Sie trinken stumm, bis Börd sagt: »Scheiße, keine Zigaretten mehr.« Und Arthur: »Moment.«

Er kramt sein Päckchen raus und schiebt es ihm über den Tisch. Börd grinst. »Wir könnten auch per Du sein«, sagt er nach einer Weile und reißt das Papier auf.

Arthur nickt.

26

Margareten, Jänner 2011

Betty hat die Birke gegenüber vom Eingang des Büros zuerst gar nicht bemerkt. Ihr stecken die Feiertage noch in den Knochen, die große Familie, Menüfolgen in Überlänge, das muss man erst einmal aushalten. Dazu kommt, dass ihre Forschungsangelegenheiten für die, die danach fragen, gelinde gesagt *schwer greifbar* sind. Überhaupt haben alle Cousins etwas deutlich Handfesteres studiert. Nur Betty, die in ihrer Familie kein Mensch so nennt, ist in den Sozialwissenschaften hängengeblieben, noch dazu in der Resozialisierung Straffälliger. Erst als sie oben die Fenster öffnet, um den abgestandenen Rauch hinaus- und die frische Luft eines neuen Jahres hereinzulassen, sieht sie sie. Die Birke glitzert weiß und majestätisch. Das Telefon schon am Ohr, die Worte, die sie gleich sagen wird, im Kopf, steht sie noch eine Weile am Fenster und schaut auf den schneestarren Baum hinaus. Ihr fällt ein, dass sie noch nie dabei war, wenn ein Baum gefällt wurde.

Die Verbindung wird aufgebaut, sie hört bereits das gleichmäßige Tuten, dann: »Sie sind mit dem automatischen Anrufbeantworter von Konstantin Vogl verbunden.« Nichts Neues also, die gleiche Ansage wie seit Tagen. Auf Börds Tischkalender steht heute Arthur Galleijs Name und eine 8 in einem Kreis.

»Es ist dringend«, sagt sie aufs Band, »rufen Sie mich endlich zurück!«

Die achte Sitzung wäre das heute gewesen, aber Arthur

weiß von Grabner, dass das Treffen mit Börd verschoben werden musste. Zwei weitere Sitzungen, ärgert sich Betty, und sie hätten ihn wenigstens zertifizieren können. Erfolgreiche Teilnahme, Stempel drauf, Unterschriften, sowas verfehlt seine Wirkung nicht. Arthur hätte das dringend gebraucht. Was nicht auf dem Zertifikat stünde: dass Arthur möglicherweise als Erster diese Therapieform kritisiert und – sofern er sauber bleibt – gewissermaßen sogar widerlegt hat. Er, so hat er sich Betty gegenüber einmal ausgedrückt, sei durch all dieses Hauptfiguren-*Getöse* eben nicht seiner Vorbildfigur nähergekommen, sondern vor allem sich selbst. »Es kommt mir so vor«, hat Arthur zu Betty gesagt, »als habe gegen euer allzu großes Einwirken eine Verteidigung meines Selbst begonnen. Schon bald habe ich das Gefühl gehabt, dass kein Glanzbild mich heil hier rausbringen wird, sondern einzig und allein ich an meiner Seite.«

Betty lässt sich in Börds Stuhl fallen und schaut zum offenen Fenster hinaus. Schade um den Jungen. Er ist klüger als alle, die Betty bisher erlebt hat. Vielleicht stimmt das auch gar nicht. Vielleicht ist er nicht klüger, sondern kann sich einfach besser mitteilen. Sprechen über das, was er denkt. Er hätte was aus sich machen können. Er kann immer noch was aus sich machen, hat aber im Prinzip ein Jahr verloren, weil Börd zu blöd ist, seine Arbeit zu tun. Oder zu gestrig oder zu besoffen.

Betty versucht noch immer zu begreifen, wie es so weit kommen konnte. Viel Aufmerksamkeit hat ihnen der Fachbereichsleiter bisher ja nicht geschenkt. Erst mit Lennox' Ausscheiden hat sich das geändert. Vielleicht hätte sie ihm sofort schreiben sollen, Schiurlaub hin oder her. Vielleicht wäre es besser gewesen, er hätte nicht aus den Medien erfahren, dass

Lennox abgehauen ist. Das war nur ein kurzer Beitrag auf dem Sender, der auch die Doku in der WG gedreht hat. Betty konnte nicht damit rechnen, dass der Fachbereichsleiter im Schiurlaub davon erfährt. Wahrscheinlich hat es ihm jemand geschickt. Sie hätten damit rechnen müssen, dass es ihm jemand schickt. Wenigstens sie hätte daran denken sollen. Und vorgreifen, dem Fachbereichsleiter auf die Mobilbox sprechen, dass sie ihn dringend sprechen müsse. Oder ihm schreiben und alles erklären. Wie diese Erklärung ausgesehen hätte, steht allerdings auf einem anderen Blatt. Der Haftentlassene L. O. habe zwei Wochen vor seinem erfolgreichen Abschluss das Handtuch geworfen. Das kann man so nicht sagen. Wie kann man es sagen? Er sei erpresst worden und habe dieser Erpressung nachgeben müssen, weil er a) überleben wollte und b) keinen anderen Weg fand, die geforderte Geldmenge aufzutreiben, als sich wieder dem Drogenhandel … Ach, bitte, so etwas passt eben nicht in eine Mail. Dass sie ihn dringend sprechen müsse, das wär's gewesen. Sie lässt die Stirn auf die Tischplatte sinken. Das weiß sie jetzt auch. Hätte sie dem Fachbereichsleiter pflichtschuldig auf die Mobilbox gesprochen, hätte er gesehen, dass sie ihn informieren wollte. Dass es das Erste war, was sie getan hat. Das hätte ihn milde gestimmt. Und vielleicht auch empfänglich gemacht dafür, wie wichtig der Fortbestand der Fördermittel für ihre Studie war.

Aber so rief der Fachbereichsleiter bei Betty an und nicht umgekehrt: Zuerst einmal wolle er die Forschungsfragen vorgelegt haben, er könne sich nicht mehr erinnern, was das Ganze eigentlich soll. Sobald es einen langen Atem braucht, kann sich nie wer erinnern, das ist nichts, was Betty nervös macht. *Verlaufsdokumentation* schon eher. *Zwischenergebnisse, Akteneinsicht in die Einzelsitzungsdokumentation.*

»Das geht leider schlecht«, musste Betty antworten, denn diese befinde sich unter Verschluss von Doktor Vogl, und Doktor Vogl – was hätte sie anderes sagen sollen? – sei derzeit leider nicht erreichbar.

»Wie meinen Sie das?«, fragte der Fachbereichsleiter humorlos.

»Er ist im Urlaub.«

»Das ist nicht korrekt«, entgegnete der Fachbereichsleiter mit Blick auf den Urlaubsplan.

»Spontanurlaub, ihm … ist es ein bisschen zu viel geworden.«

Aber sie brauchte gar nichts mehr zu sagen. Der Fachbereichsleiter ist nicht der begnadetste Soziologe, aber er ist kein Idiot. Genau genommen wäre das alles auch noch zu retten gewesen, wenn Börd erreichbar gewesen wäre und rasch alles nachgetragen hätte, was es nachzutragen gab, zur Not auch mit der dazu notwendigen Kreativität. Aber weder Betty noch der Fachbereichsleiter oder Arthur oder Grabner oder irgendjemand sonst erreichten Börd. Am 26. Dezember nicht und am 27. nicht. Auch am 28. nahm er das Telefon nicht ab. Betty fuhr hin, aber die Werkstatt war geschlossen, und an den Rolltoren rütteln wollte sie nicht. Sie überlegte, die Rettung zu rufen, ließ es aber bleiben, obwohl sie in Betracht zog, dass er da drin lag und nicht mehr atmete.

Das ist ja auch nicht normal, denkt sie jetzt und überlegt, was während der letzten Jahre auf dem Weg zu dieser Post-Doc-Stelle eigentlich passiert ist mit ihr. Die Verwandten beklagen, dass sie keine Hobbys mehr hat – und keinen Partner. Und jetzt hat sie nicht einmal mehr ein Herz? Vielleicht ist es gar nicht so schlecht, wenn der Fachbereichsleiter alle hinausschmeißt, auch sie. Vielleicht raubt ihr der Kampf um ein unbefristetes Arbeitsverhältnis die letzte ... ja, was? Wird sie eben Tennislehrerin. Tennis macht ihr Spaß, und als sie noch Tennis spielte, hatte sie auch Bekannte. Der Fachbereichsleiter kann sie mal. Börd kann sie mal. Sie sollte nicht nur dieses Fenster schließen, sondern gleich auch die Tür.

Und das tut sie jetzt auch: steht auf und schließt die Tür hinter sich. Sie geht die Treppe hinunter und versucht zu glauben, was sie mittlerweile weiß: Börd ist nach der Weihnachtsfeier nicht nach Hause gegangen. Er hat sich von Arthur verabschiedet und ist wahrscheinlich bei der Schwedenprinzessin hängengeblieben, und als ihn selbst die rausschmiss, ist er in eines der elenden Tageslokale rundherum weitergezogen. So wird die Zeit vergangen sein, bis Börd derart besinnungslos besoffen war, dass er weder Nacht noch Tag kannte. Irgendwann wird er in ein Taxi gefallen und sich in sein Hinterzimmer hineingelegt haben, sie möchte sich nicht vorstellen, wie. Als der Fachbereichsleiter mit dem Reflex reagierte, den er sich während seiner jahrelangen Erfahrung in der Privatwirtschaft angeeignet hatte: *sofort alle rausschmeißen*, lag Börd jedenfalls schon in seiner Wohnung. Es war der 28., als er Bettina Bergner in sein Büro zitierte und sie derart zusammenpfiff, dass die Gläser gewackelt hätten, wenn es welche gegeben hätte. Da glaubte sie noch, alles verteidigen zu können, vielleicht sogar die Gelegenheit zu finden, das eine oder andere zurechtzurücken. Der Fachbereichsleiter war jedoch bereits über alles Mögliche informiert, und leider waren auch Dinge dabei, von denen Betty zum ersten Mal hörte. Zum Beispiel dass die Tonbänder, das zentrale Datenmaterial, nirgendwo auffindbar archiviert oder nachvollziehbar sortiert waren.

»Schmieren Sie sich diese Jugendlichen in die Haare, Frau Bergner. Es ist vorbei! Sechs Wochen Auslauffrist haben Sie noch. Aber ich sorge dafür, dass das Vergabekomitee keinesfalls mehr frisches Geld beschließt. Ich lasse nicht zu, dass mein Institut zum Gespött wird, weil jemand an einer Studie herumdoktert, die über zwei Jahre keine brauchbaren Ergebnisse geliefert hat und jetzt nicht einmal über Dokumentationen verfügt! Das entspricht keinem unserer Grundsätze. Ich entscheide das nicht alleine, aber es wird nicht schwierig sein, die anderen zu überzeugen: Ab Februar ist der *Hahn* zu.«

Betty will nichts unversucht lassen: »Zwischenergebnisse haben wir sehr wohl. Wenn unser letzter Proband noch positiv abschließt, haben wir mit einer Stichprobe von zehn Personen aus Longitudinalstudien Erfolge von über achtzig Prozent. Das sind zwei Drittel mehr als in jeder anderen Maßnahme zur Resozialisierung! Und was Vogl betrifft … Er holt seine Dokumentation immer erst am Schluss nach.«

»Vogl ist für das Institut vollkommen untragbar geworden.« Der Fachbereichsleiter legt seinen Stift auf die geschlossene Aktenmappe vor sich und schaut Betty an.

Sie steht auf und rafft ihre Unterlagen zusammen. »Er war schon am Institut«, sagt sie, »da haben Sie noch Versicherungen verkauft.« Dann verlässt sie das Büro des Fachbereichsleiters und muss fast ein bisschen lachen über den Hall ihrer Schuhe in dem großen, leeren Gang.

27

Alsergrund, März 2011

Das Institut für Geowissenschaften, Geografie und Astronomie ist nicht unbedingt ein klassischer Treffpunkt für eine Bewährungshilfesitzung, aber das ist ja auch keine Bewährungshilfesitzung mehr. Es ist das Treffen, um das Betty Arthur gebeten hat, damit sie und Börd ihm berichten können, weshalb es keine solche Sitzung mehr geben wird.

»Das ist wirklich das Mindeste«, hat Betty am Telefon gemeint, und Arthur, der noch nie in einer Universität war, hat gespannt zugesagt.

Arthur weiß nichts vom Fachbereichsleiter, er weiß nicht einmal, wo die Soziologie überhaupt ist, wo Betty und Börd sich auf keinen Fall mit ihm treffen wollten. So viel hat man ihm immerhin gesagt: Es habe Kündigungen gegeben, die dazu geführt hätten, dass seine Teilnahme an der Therapie, die ja immer auch eine Studie war, nicht weiter fortgeführt werden kann.

Aber seither ist viel passiert. Grabner hat Arthur sofort intensiv unter die Fittiche genommen, und gemeinsam haben sie seine Unterlagen ordentlich auf Vordermann gebracht. Das Herumgemäkel von Grabner war nicht immer ganz leicht zu ertragen, schreib das so und jenes so, aber letztlich hat Arthur jetzt eine Bewerbungsmappe in der Hand, in der das Wenige, das sie beinhaltet, wenigstens schön in Form gebracht ist.

Als Arthur zum Gespräch mit Betty und Börd kommt, wartet er gerade in mehreren vergleichsweise vielversprechenden

Fällen auf Rückmeldung. Vielversprechend, weil Grabner einen der Chefs kennt, und ein anderer, Grafikdesigner, sogar von sich aus in der WG angerufen und erklärt hat, dass er begabte Praktikanten aus *sozial benachteiligten Schichten* suche, weil seine Firma jetzt auf soziales Engagement setze. Es lief sogar so gut, dass der Grafikdesigner, ein glatzköpfiger Mittdreißiger in schwarzem Anzug, weißem Hemd und mit schwimmbadblauen Augen, sich über zehn Minuten mit Arthur unterhalten hat, ihm bei der Verabschiedung auf die Schulter geklopft und versprochen hat, sich auf seine Unterlagen zurückzumelden.

Arthur geht durch den kreisrunden Innenhof unter der Glaskuppel. Letzte Reste von braunem Schnee kleben noch auf dem Pflaster zum Haupteingang, aber lange werden auch die sich nicht mehr halten können. Arthur lockert seinen Schal und öffnet die Jacke. Er schaut aus dem Augenwinkel, was die anderen tun. Sie gehen hier oder dort entlang, manche exakt in dem Halbkreis links oder rechts von ihm, beide führen zum Haupteingang. Andere gehen, wie er, einfach mittendurch. Offenbar darf man hier gehen, wie man will. Einer schaut beim Gehen in sein Mobiltelefon, zwei Frauen reden leise miteinander. Eine bläst Rauch aus der Nase, das Gesicht mit geschlossenen Augen der Sonne zugewandt. Niemand beachtet Arthur, und niemand bemerkt, dass er nicht hierhergehört. Er geht extra langsam, als würde er warten, dass gleich jemand kommt und ihn enttarnt, aber nichts geschieht. Niemand schaut ihn komisch an, niemand verweist ihn des Platzes. Die Frau in der Sonne hat immer noch den Kopf in den Nacken gelegt. Am Haupteingang gibt es keine Kontrolle, er geht einfach hinein.

Drinnen ist es gedrängter. Im ersten Stock dürfte gerade

eine Veranstaltung zu Ende gegangen sein, die Studierenden strömen die beiden Treppenaufgänge herunter in die Aula, und Arthur steht plötzlich in einer Traube Menschen. Einer rempelt ihn an, als er den Reißverschluss seiner Laptoptasche zuzieht, entschuldigt sich kurz und schaut Arthur dabei an. Arthur versucht zu lächeln, der Typ geht weiter. Einige werfen sich Jacken und Schals über, es wird durcheinandergeredet, in hellem, aufgeregtem Tonfall, als sei eine Prüfung vorbei. Als habe man sich lange nicht gesehen oder dürfe jetzt erst besprechen, was längst überfällig ist. Arthur steht mittendrin und hebt den Blick. Die Treppen verlaufen in Diagonalen nach oben, er nimmt den Lift.

Die Ziffern leuchten, eins bis fünf, der Lift wird überall halten, und Arthur braucht nur zu atmen, weiter nichts. Er schwitzt und ist froh über seinen Turnbeutel, in dem er Portemonnaie und Mobiltelefon und Haube verstaut. Alle haben hier irgendetwas dabei, sei es eine Umhängetasche oder einen Rucksack. Irgendetwas für Stifte und Block, die meisten auch für ein elektronisches Gerät. Arthur ist froh, sein Turnbeutel könnte auch ein elektronisches Gerät enthalten. Diese Mensa wird er schon finden. Er schließt die Augen, bis der Lift hält.

Man hätte sich freilich auch erkundigen können, vorher einfach nachschauen, dann müsste er jetzt nicht auf und ab fahren in der Hoffnung, hier oder dort etwas zu entdecken, eine Kennzeichnung oder ein Symbol. Aber ist eine Mensa gekennzeichnet wie zum Beispiel eine Toilette? Oder ist eine Mensa ein Ort, von dem jeder weiß, wo er ist, ohne danach fragen zu müssen? Vielleicht, denkt Arthur, gibt es ja so etwas wie eine Gesetzmäßigkeit für alle Mensen dieser Welt, und er kennt diese nur nicht. Dass sie immer im Erdgeschoss sind. Oder immer ostseitig. Immer da, wo mittags keine Sonne hinscheint, wo der Speisenaufzug hinführt. Arthur kennt nur den Speisenaufzug aus La Puerta, aber der Speisenaufzug einer Mensa in einer Wiener Universität wird anders ausschauen als der in einem andalusischen Sterbeheim. Er muss jemanden fragen.

Die Frau mit den sehr geraden, sehr roten Haaren und dem Rollkragenpullover deutet lächelnd nach unten.

»Erdgeschoss?«, fragt Arthur, denn da kommt er her, und er weiß, dass er da keine Mensa gefunden hat.

»Keller«, sagt sie im Weggehen. Und: »Heute ist Bauerntoastmittwoch.«

Er steht da wie eingefroren, aber sie ist schon weg, schaut woandershin, winkt aber noch. Weil er nicht mehr in den Lift steigen möchte, beschließt er, zu Fuß nach unten zu gehen. Die meisten Türen sehen aus wie aus den achtziger Jahren, schweres honigbraunes Holz mit händisch zu setzenden Nummern in den Türschildern an der Wand. Man würde sich hier wahrscheinlich schneller zurechtfinden, als man denkt.

Der Weg ist weiter, als Arthur geglaubt hat, Betty und Börd werden schon warten. Aber andererseits ist nicht er es, der eine Erklärung schuldig ist. Er weiß ja nicht einmal, was an den Gerüchten dran ist, und auch nicht, ob es für ihn im Programm und in der Wohngemeinschaft überhaupt eine Zukunft gibt.

Schließlich ist Arthur im Keller, und da steht sie nun auch, direkt vor der Eingangstür zur Mensa, eine große Schiefertafel mit einem aufgemalten Toast und einem gutgemeinten Rabattstern: *Bauerntoastmittwoch*, Schinken, Käse und Tomaten auf Schwarzbrot um einen Euro achtzig.

Arthur geht an dem Schild vorbei und ist überrascht, wie klein und dunkel es hier ist, wo doch oben alles lichtdurchflutet und groß ist. Die Stimmung erinnert ihn ein bisschen an das Weihnachtsfest in der Notschlafstelle. Ein paar sitzen über ihre Teller gebeugt, andere lösen Kreuzworträtsel, eine junge Frau strickt, während sie auf ihr Essen wartet. Niemand schaut auf.

Betty und Börd sind noch nicht da. Hinter der Theke arbeiten zwei Frauen, die so aussehen, als machten sie ihre Arbeit schon sehr lang. Beide sind sehr schlank und tragen knielange Röcke. Eine grüßt Arthur freundlich, ohne hinzusehen, die andere fragt, was es sein darf.

»Ein Bauerntoast, bitte.«

»Und das Schiwasser dazu?«

Arthur schaut sie an, das ist nur eine Sekunde. Sie nickt, als könnte sie ihm die Antwort abnehmen.

»Was ... ist das?«, fragt er zaghaft.

»Himbeer Soda«, sagt sie freundlich, »kostet fünfzig Cent.«

»Oh, sehr gern, das Schiwasser dazu.«

Arthur weiß nicht, ob er warten muss oder sich zum Tisch setzen soll. Warum nimmt er an, dass die strickende Frau wartet? Vielleicht konsumiert sie nichts, vielleicht ist das erlaubt. Er sucht sich einen Platz ganz hinten im Eck, niemand hält ihn davon ab. Er setzt sich und kramt sein Portemonnaie heraus, erst da fällt ihm ein, dass er nur noch sehr kleine Münzen hat. Es ist Ende März, er kann schon keine Zigaretten mehr kaufen, das Taschengeld ist immer knapp. Siedend heiß ist ihm jetzt im Kopf, wie peinlich! Hoffentlich kommen die gleich. Vor Betty und Börd kann er zugeben, dass er einfach nicht daran gedacht hat. Dieses ewige Sparen, nie hat er genug Geld! Es wird Zeit, dass er endlich aus der Scheiße hier rauskommt und arbeiten kann.

»Einmal Bauerntoast und Schiwasser, bitteee.«

Arthur steht auf und geht auf die Theke zu. Was bleibt ihm

übrig, er muss jetzt raus mit der Sprache. Aber statt zu gestehen, sagt er: »Kann ich beim Gehen zahlen?«

Die Frau schaut ihn überrascht an, aber er merkt, es ist die Überraschung, dass er fragt. »Sicherlich«, sagt sie und lächelt.

Als Arthur sich wieder gesetzt hat und zu essen beginnt, kommen Betty und Börd gemeinsam durch die Tür. Sie winken, nachdem sie ihn bemerkt haben.

Arthur steht auf und gibt beiden die Hand. »Tut mir leid, ich hatte Hunger.«

»Ich bitte dich«, sagt Börd und setzt sich zu ihm, krempelt die Ärmel seines Mantels hoch und lächelt. Auch Arthur ist fröhlich. Bettys akkurat gezogener Scheitel gibt ihm das Gefühl, dass alles irgendwie seine Richtigkeit hat. Dass das hier wahrscheinlich das letzte Mal ist, dass sie so zusammensitzen, tut diesem Gefühl noch keinen Abbruch.

»Leider«, beginnt Betty, als sie Kaffee für alle geholt hat, »unsere Fachbereichsleitung sieht keinen Weg mehr, weitere Bemühungen in die Finanzierung unserer Studie zu stecken. Im Ablauf sind ihrer Ansicht nach ein paar Fehler passiert.« Sie schaut auf ihre gefalteten Hände und schweigt. Das Schweigen dauert ein bisschen zu lange, um noch als Sprechpause zu gelten. Börd schrickt wie aus einem Sekundenschlaf mit offenen Augen hoch und sagt: »Ja, du meine Güte! Ich. Bin. Schuld. Aber kann ich wissen, dass ausgerechnet *der* mich zu erreichen versucht, privat, noch dazu während der Feiertage?«

»Das war kein Feiertag mehr«, sagt Betty, »und Sie *haben* kein Diensthandy, weil Sie sich geweigert haben, es zu benutzen.«

»Wie jetzt«, sagt Arthur, »die beenden das gesamte Programm, nur weil du einmal nicht erreichbar warst? Du hättest Urlaub haben können!«

»*Du*?« Betty lächelt bitter. »So läuft das leider nicht«, übernimmt sie wieder, »als Lennox ausgeschieden ist, haben sie eben genauer geschaut, und weil Lennox fast so etwas wie eine öffentliche Person geworden ist, war ihr Interesse sehr geweckt. Leider hat das, was sie bei uns im Büro gefunden haben, nicht unbedingt dazu beigetragen, dass sie uns weiter unterstützen wollen.«

»Was haben sie denn gefunden?«, fragt Arthur.

Börd schaut Betty geradewegs an.

»Zu wenig«, sagt sie trocken. »Ist Lennox denn mittlerweile aufgetaucht?«, fragt sie Arthur.

»Wenn Sie das nicht wissen«, sagt Arthur.

»Wir wissen nichts«, sagt Betty. »Weil Grabner uns nicht mehr treffen will.«

»Das ist schade«, sagt Arthur.

»Das ist das Leben«, sagt Börd und trinkt seine Tasse leer.

»Grabner hat uns zugesichert, dass du deinen Platz bis zum Ende deines Jahres im Juni absolut sicher behältst. Bis dahin kannst du dich in Ruhe konsolidieren und Wohnung und Arbeit finden, wie es ursprünglich vorgesehen war. Er macht eine Ausnahme.«

»Konsolidieren«, sagt Arthur, er ist verwirrt. »Und das Starring-Ding? Ist es denn jetzt, als hätte ich nie mitgemacht?«

Betty schaut Börd an. Der sagt: »Auf dem Papier ist es, als hättest du nie mitgemacht. Aber was ist schon ein Papier!«

Arthur schaut Börd nicht an. Er schweigt, bis Bettina beginnt, über Belanglosigkeiten zu reden, die Mensenplörre, wie lange sie die schon nicht mehr gehabt habe, und dass es auf anderen Fakultäten auch nicht besser sei. Irgendwann merkt sie, dass sie die Stimmung mit ihrem Gerede nicht mehr retten wird. Sie steht auf und sagt, dass sie mal zahlen geht.

Arthur schaut ihr hinterher und nickt der Frau hinter der Theke flüchtig zu. Als sich ihre Blicke treffen, zwinkert sie.

Betty und Börd sind gegangen, und Arthur lässt sich Zeit damit, sein Portemonnaie in seinem Sportsack zu verstauen, bevor er sich überlegt, wie es nun weitergehen soll. Die Mensa und der Bauerntoast haben ihn müde gemacht, vielleicht waren es auch die Neuigkeiten. Später am Nachmittag wird er bei Grazetta vorbeischauen, aber vorher muss er zum Feedback in die WG, und bis dahin ist noch jede Menge Zeit. Langsam schnürt er den Sportsack zu, langsam schultert er ihn. Die Frau, die vorher am Nebentisch gestrickt hat, ist gegangen. Überhaupt hat sich die Mensa geleert. Er verabschiedet sich von den Frauen hinter der Theke, als würde er bald wiederkommen. Als er geht, lächeln sie in den Salat.

Behäbig geht er die Stufen hinauf. Die Sonne scheint durch die deckenhohen Fenster in der Aula. Dass Grabner ihm den WG-Platz wegnehmen könnte, hätte Arthur gar nicht erst in Betracht gezogen. Nicht auszudenken! Für einen Moment setzt Arthur sich auf eine der Bänke entlang der Glaswände und hält das Gesicht in die Sonne. Obwohl er seine Jacke schon anhat, ist diese Wärme angenehm. Er bleibt so sitzen, bis die Geschäftigkeit um ihn herum wieder zunimmt.

Menschen strömen von draußen herein, das Reden, das Wetzen der Jacken. Alle verschwinden in einer der beiden größeren Türen, die in der Aula einander gegenüberliegen. Auch Arthur geht hin, an der einen Tür vorbei, an der steht: *Großer Saal 367*. Erst da bemerkt er die digitale Anzeigetafel an der Wand: *Vorlesungsverzeichnis*. Arthur beginnt zu lesen. Er liest jede Zeile ganz: Raumnummer, Name der Vorlesung, Untertitel, Vortragender, ECTS-Punkte. Die Vorlesung, die jetzt in

367 beginnt, heißt *Grundlagen der Geophysik*, die Schrift blinkt grün, weil man gerade noch reinkann. Arthur steht im Weg. Drei oder vier wollen vorbei an ihm, und auch dahinter drängt es sich schon. Eigentlich will er nur Platz machen, aber dann steht er doch auf einmal im Saal.

Er weiß nicht, wie man sitzt. Viele Plätze sind nicht mehr frei, das hilft bei der Wahl. Andererseits macht es das Hinsetzen noch schwieriger. Was, wenn Arthur jemandem den Platz wegnimmt und es gar nicht merkt? Und man dann auf ihn zukommt, um ihm das zu sagen. Jetzt steht er da, und gleich wird es jemandem auffallen, gleich werden die, die jetzt noch die Köpfe zusammenstecken oder auf ihre Displays gesenkt haben, auf ihn aufmerksam werden und merken, dass hier einer herumsteht, der gar nicht dazugehört. Er muss sich setzen.

Also geht er zügig, nicht schnell, zu einer der Reihen hinüber, schiebt sich weiter Schritt für Schritt, seitwärts, an Knien und Mappen und Laptops vorbei, bis er dort angekommen ist, wo er hinwollte, und sich erleichtert fallen lässt.

Als sich nach einer Weile die Verkrampfung in seinen ineinander verschränkten Armen löst, schaut er auf die riesige Bühne vorne, das glatte Parkett, das mickrig wirkende Pult mit dem höhenverstellbaren Fühlermikrofon. Er starrt auf die weiße Fläche dahinter, eine Leinwand. Mit Entsetzen fällt ihm ein, dass man ihn etwas fragen könnte. Oder, noch schlimmer, es könnte eine Prüfung angesetzt sein, die er dann mit fiktivem Namen mitschreiben müsste, wenn er sich nicht als Eindringling outen will. Doch der Beamer läuft schon, und in blauen Großbuchstaben steht dort auf der Leinwand: *Einführungsveranstaltung*. Langsam beruhigt sich Arthurs Puls. Während er beginnt, sich zu entspannen, fällt ihm auf, dass er nun schon einige Stunden hier in diesem Gebäude verbracht hat und kein einziger Mensch ihm irgendwie blöd gekommen ist. Vielleicht übertreibt er es, aber alles hier kommt ihm geordnet und gefahrlos vor.

Der Vortragende ist ein überraschend junger, Arthur augenblicklich sympathischer Mensch mit einem *Etwas-mehr-als-drei-Tage*-Bart und einem Bauchansatz. Statt einer Begrüßung sagt er nur: »So«, aber nicht, ohne zuvor seinen Blick in die Reihen der Studierenden gerichtet zu haben, als fasse er den mittlerweile randvollen Saal als Kompliment auf.

Der Professor steigt sofort in den Stoff ein. Aus den Augenwinkeln sieht Arthur, dass es viele gibt, die wie er weder Stift noch Papier dabeihaben. Arthur sitzt da wie alle und hört auf, aus den Augenwinkeln zu schauen, als das Gesprochene seine Aufmerksamkeit auf sich zieht. Er hört zu, als lausche er einer ihm fremden Sprache, die ihn Wort für Wort, mit einer anziehenden Aufdringlichkeit fasziniert. Eine Zeitlang sitzt er da und bemerkt gar nicht, dass sein Mund offen steht.

»Die Bewegung von Planeten gegenüber dem starren Fixsternhimmel wurde seit dem Altertum beobachtet und galt bis ins 16. Jahrhundert als eines der Hauptprobleme der Wissenschaft. Aristoteles, etwa 350 vor Christus, und Claudius Ptolemäus, 150 nach Christus, prägten über Jahrhunderte das astronomische Weltbild der Wissenschaft, indem sie zwei prinzipielle Grundformen der Bewegung postulierten: die kreisförmige als vollkommene, als himmlische Bewegungsbahn und die geradlinige als unvollkommene Bewegung auf der Erde. Beides wurde durch eine geozentrische Himmelsmechanik erklärt«, sagt der Professor, ohne auch nur ein einziges Mal in seine Unterlagen zu schauen. »Aristarch von Samos, etwa 310 bis 230 vor Christus ...« – an dieser Stelle beginnen auch die Letzten, Notizblöcke und Kugelschreiber herauszukramen, um die

Jahreszahl auf der Leinwand abzuschreiben –, »hatte bereits versucht, die Bewegung von Sonne, Mond und Planeten alternativ durch ein heliozentrisches System zu deuten. Er war seiner Zeit damit weit voraus und blieb leider unbeachtet. Denn erst im 16. Jahrhundert kam Nikolaus Kopernikus, 1473 bis 1543« – wieder wird es vom geschäftigen Notieren laut –, »zu den gleichen Erkenntnissen wie Aristarch, formulierte ein heliozentrisches Weltbild und leitete damit eine geistige, weltanschauliche und astronomische Revolution ein. Für uns ist *eine* der zentralen Thesen von Bedeutung. Diese *merken* Sie sich bitte, das brauchen Sie nicht mitzuschreiben: Kleine Körper werden durch Gravitation von größeren Körpern angezogen. Größere Körper wachsen ständig auf Kosten kleinerer. Das nennt man gravitative Akkretion. Dieser Vorgang findet bis heute statt.«

Ohne nachzudenken, steht Arthur einfach auf. Die Vorlesung hat gerade erst begonnen, aber er muss jetzt hier raus. Er zwängt sich an den anderen vorbei, den Knien und den Mappen und den Laptops, aber kaum jemand beachtet ihn. Es kann einem auch einmal schlecht werden. *Dieser Vorgang findet bis heute statt.* In Arthurs Kopf hallt es noch nach, als er sich draußen auf die Bank sinken lässt, die Studierenden aus und ein gehen hört, sich zurücklehnt an die Glaswand und einfach sitzen bleibt. Er hat gerade etwas gehört, was er noch nie zuvor gehört hat. Zur Sicherheit, als könnte er es vergessen, notiert er sich Wochentag und Uhrzeit der Vorlesung auf seinem Handy. Er wird niemandem davon erzählen, aber nächste Woche wird er wiederkommen. Er muss sich das noch einmal anschauen, diesen Professor und wie der da gleich loslegt. Das Hineingehen kann er ja jetzt schon. Kleine und große Körper.

Der Frühling ist da, und Arthur kommt es so vor, als warte er schon Wochen auf die Antwort des Grafikdesigners. Dabei ist er erst sechs Tage säumig. Ihn anrufen kommt nicht in Frage, denkt er, unter einer Woche ist das bestimmt unhöflich. Einen Tag gibt er sich noch. Es ist März, und mittlerweile kann er die Zeit, die ihm bleibt, eine Stelle zu finden, in Wochen ausdrücken, wenn er will. Aber er will nicht. Genauso wenig, wie er sich fragen will, was er tut, wenn alle Stricke reißen. Wenn die ihn rauslassen und er nichts hat. Keine Wohnung, keinen Job, nichts.

Marianne will er nicht fragen. Er will überhaupt nicht auf sie zugehen, in keiner Form. Sie soll auf ihn zukommen, das hat er Länge mal Breite mit Grazetta durchgekaut. Darüber, dass Marianne bisher keine Anstalten gemacht hat, Arthur zu sehen, will er nicht nachdenken. Er fragt sich, ob Klaus studiert hat. Und wenn ja, was. Er könnte Klaus über die Universität suchen. Herausfinden, ob er in Wien geblieben oder weggezogen ist. Aber Klaus und ein Studium? Was für eines sollte das sein?

Für Arthur entscheidet sich die Frage allein schon wegen des Geldes. Auch wenn ein Studium in diesem Land kaum etwas kostet, Arthur muss dennoch was verdienen, um zu essen und zu wohnen.

Seit Lennox weg ist, schläft Arthur unten. Als er an diesem Abend im Bett liegt, merkt er, dass er vergessen hat, die Vorhänge zuzuziehen, steht aber nicht mehr auf. Ihm ist vieles egal geworden, was ihm früher was ausgemacht hat. Vielleicht ist er lockerer geworden. Vielleicht lässt er sich gehen. Fest steht: Er war einmal ein anderer, und etwas von diesem Arthur bräuchte er jetzt. Von dem, der er damals als Kind war. Dem, der das mit Georg gar nicht so schwergenommen hat. Der mir nichts, dir nichts, in ein anderes Land übersiedelt ist und eine

Sprache gelernt und Freunde gefunden hat. Der nach Millas Tod ein neues Leben beginnen wollte. Diesen Arthur bräuchte er jetzt, der zwischen Princeton und Milla ausgleichen konnte, was bei jedem sonst eine misslungene Dreiecksgeschichte gewesen wäre. Im Grunde, denkt Arthur jetzt, war das, was zwischen ihnen war, schön, und er weiß, dass er mit seinem Gleichmut und seiner nie allzu besitzergreifenden Zuneigung für beide ganz maßgeblich daran beteiligt war. Dieser Arthur ist dünn und leise, aber er weiß auch, wie er mit den Menschen reden muss, damit sie ihn verstehen. Vielleicht weiß er über die Menschen mehr, als man lernen kann. Vielleicht war das auch der Arthur, der in dieser Vorlesung angesprochen worden ist. Diesen Arthur spürt er jetzt, als er sich im Bett zur Seite dreht, um zu schlafen.

Dieser Arthur wird es sein, der sich bald bei einer Firma vorstellt und sich nach der Arbeit auch noch in die Vorlesung setzt. Dieser Arthur könnte einen Inskriptionsantrag für Astrophysik unterschreiben, aber nur, wenn er sich dabei selbst für voll nimmt. Er will nicht so tun müssen, als ob. Er will dieser Studienanfänger *sein*. Ein Studium und daneben was Handfestes. Autowerkstatt vielleicht. Arthur möchte kein Praktikum in einer Autowerkstatt machen, weil er mit Autowerkstätten nichts anfangen kann. Er möchte nur einen Praktikumsbescheid aus einer Autowerkstatt. Was riskiert Börd denn schon noch groß? Wer wird nachprüfen, ob Arthur sechsundzwanzig Monate in einer Anlehre war? Das hätte er bei dem letzten Treffen nicht sagen können, weil das neben Betty nicht geht. Aber Arthur findet, dass Börd ihm was schuldet. Er wird ihn noch einmal treffen, um viel geht es nicht. Ein Spaziergang vielleicht. Wenn es gut läuft, erzählt er ihm von der Vorlesung. Börd wird staunen zu hören, wo Arthur hineingestolpert ist.

28

Meidling, April 2011

Sieben Wochen bis zur Entlassung. Sieben Wochen für ein Praktikum, das nahtlos in die Fixanstellung übergeht, das Konto eines Normalverdieners und eine Wohnung, für die er regelmäßig Miete bezahlen kann.

Auch wenn Grabner, Annette und die anderen immer wieder an diese Möglichkeit erinnern: Es gibt für Arthur keine Chance, sich Geld für den Anfang zu borgen, damit er erst mal über die Runden kommt. Das bisschen, das er sich im Gefängnis erarbeitet hat, reicht längst nicht. Auch Grazetta kann er nicht mehr fragen, sie braucht ihr Geld für die Pflege im Bristol. Trotz der positiven Rückmeldung, die Arthur vom Team erhält: Es sieht nicht gut aus für ihn. Genauso übel wie für alle anderen, da braucht man sich nichts vorzumachen. Zwei Hoffnungsschimmer gibt es aber noch. Erstens, dass der Grafikdesigner sich meldet. Und zweitens, Plan B.

Auf seinem Mobiltelefon hat Arthur sich alle möglichen Schnellsuchdienste eingerichtet. *Jobalarm, menpower, steadygo, willwohnen Punkt at.* Die Wohnungs- und Arbeitssuche betreibt er mit zwei verschiedenen Häkchenoptionen, die er fix eingestellt hat. Einmal mit: *männlich, Matura, Jobs ohne spezifische Qualifikation* und die optimistische mit: *männlich, Matura, Berufserfahrung, besondere Kenntnisse und Qualifikationen.* Arthur weiß nicht genau, was alles unter Qualifikation fällt, und auch die Suchergebnisse geben ihm nicht unbedingt Aufschluss darüber, aber sich von vornherein um jede Chance zu bringen, das kommt ihm auch nicht richtig vor. Und es ist ja nicht so, dass er nichts kann. Er kann fließend Spanisch. Er kann mit Computern umgehen. Warum also nicht aus diesen Fähigkeiten etwas ableiten, das am Ende auch jemandem dienen kann? Einer IT-Firma zum Beispiel. Denen könnte er gleich mal präsentieren, wie er ihr System lahmlegt.

Bei den Wohnungen ist es noch weniger, was Arthur anhaken kann. *Provisionsfrei* und *bis siebenhundert inklusive*, das schränkt die Suchergebnisse schon einmal ziemlich ein. Wenn etwas angezeigt wird, dann ist es meistens etwas mit *externer Heizmöglichkeit* oder mit *Co-Unterbringung*. Bei einer Wohnung gibt es den Hinweis auf *gemeinsame Badezimmerbenützung mit dem Vermieter*, was Arthur nicht grundsätzlich abgeschreckt hätte, bis er dann den Vermieter gegoogelt hat und auf eindeutige Zeichen für dessen *BDSM-Vorliebe mit minderjährigen Männern* gestoßen ist. Arthur musste gar nicht mehr nachlesen, was BDSM ist, er ließ auch so von einer Bewerbung um die Wohnung ab.

Weil die Suchergebnisse dürftig ausfallen, versucht Arthur es zwischendurch auch mal mit siebenhundertfünfzig und achthundert Euro. Nicht weil er so viel hat, sondern weil er, wenn er ehrlich zu sich ist, auch die siebenhundert monatlich bei weitem nicht hat. Das sind ohnehin theoretische Größen, auch wenn Grabner beharrlich behauptet, dass sie sich schon bald in praktische Größen verwandeln würden, ja, *müssten*, und dass das vor Arthur schon ganz andere geschafft hätten. Das eine räumt Grabner aber schon ein: »Im Grunde braucht es ein Wunder.«

Bei den Jobs gibt Arthur keinen Beruf in die erste Zeile ein. Dafür weiß er den Ort sehr genau: *Wien*, ohne Umkreis. Das Ergebnis ist dann immer vielversprechend, *8678 Jobs in Wien heute*. Bei jedem Jobangebot, das er öffnet, liest Arthur zuerst die Anforderungen. Hier zum Beispiel wird ein Hausverwalter gesucht. Anforderungen: *kunden- und lösungsorientiertes Arbeiten, Teamfähigkeit, Bereitschaft zur Eigenverantwortung, einschlägige Berufserfahrung, Stressresistenz, Befähigungsprüfung zum Immobilienverwalter von Vorteil, gute Computer- und Anwenderkenntnisse*. Er wird eine Bewerbung hinschicken.

Seine Hafterfahrung steht als *Auslandsaufenthalt* in Arthurs Lebenslauf. Er hat sich dafür entschieden, bei den potenziellen Arbeitgebern die Karten auf den Tisch zu legen, tut dies jedoch auf Anraten von Annette immer erst beim Gespräch. Nur kam es bisher nicht oft dazu, obwohl Arthur mittlerweile so viele Bewerbungen verschickt hat, dass er nicht einmal alle auf der Punktekarte eingetragen hat. Er muss versuchen, Grabners Ratschlägen nachzukommen, und das umsetzen, was er in der Wohngemeinschaft gelernt hat: sich bekanntmachen und dann überzeugen. Durch *Genauigkeit, Verlässlichkeit, Freundlichkeit* und *Persönlichkeit*. So hat Grabner selbst es ihnen in einem von Arthurs ersten Feedbacks auf das Flipchart gemalt, jedes Wort in einer anderen Farbe, jedes Wort doppelt eingekreist mit einem quietschenden Edding. Kurz denkt Arthur an die Studierenden in der Vorlesung für Geophysik und dass sie diese Begriffe wohl alle sofort in ihre Unterlagen hineingeschrieben hätten. In der Wohngemeinschaft hat nie jemand etwas notiert. Grabner war schon zufrieden, wenn alle halbwegs gerade auf dem Stuhl saßen.

An einem Tag schreibt Arthur ungefähr sieben Bewerbungen. Heute ist es eine für den Hausverwalterjob, eine für ein Ferialpraktikum bei *Knorr-Basis GmbH*, eine für die Stelle eines *IT-Allrounders mit Aufstiegsoption*, eine für ein Praktikum in der

Zentralen Order-Bearbeitung bei C & A. Dann noch ein *Praktikum zur Unterstützung des Empfangsmitarbeiters im Backoffice der Studierendenheime Wien* und eine für die ausgeschriebene Stelle einer *Seminarassistenz Hansaton Höraktustik mit höchster räumlicher und zeitlicher Flexibilität.* Da Arthur von Annette gelernt hat, immer exakt die angegebene Stellenbezeichnung in der ersten Zeile des Bewerbungsschreibens zu wiederholen, hält er sich auch in diesem Fall akribisch daran: *Bewerbung um die Stelle der Seminarassistenz Hansaton Hörakustik mit höchster räumlicher und zeitlicher Flexibilität,* auch wenn er sich dabei blöd vorkommt.

Am nächsten Tag gibt es bei *immowelt.at* 416 zu Arthurs Suchkriterien passende Wohnungen. Der Hinweis *Jetzt auch ohne Makler* verunsichert ihn dann aber doch, weil er doch ohnehin bloß Anzeigen sehen wollte, die von vornherein ohne Makler zu besichtigen sind. Dafür aber ploppt ein Hinweis zur Erstellung eines *Infopasses* für Mieter auf: *Weisen Sie jetzt ihre Zahlungsfähigkeit nach. Dieses Dokument wird von Vermietern als objektive Information anerkannt.* INFOPASS *KSV1870. Schnell und einfach zu beantragen.* Arthur geht sofort auf *alle Fenster schließen.*

Von einem Infopass hat Arthur noch nie gehört. Wenn jemand so etwas von ihm verlangt, hat er ohnehin keine Chance. Wenn das jetzt normal ist, denkt Arthur, kann er sich gleich irgendwo ein Loch graben und sich hineinlegen. Allzu verbreitet kann das nicht sein, in der WG hat Arthur noch nie davon gehört. Aber ehrlich: Wer ist in letzter Zeit überhaupt so weit gekommen? Arthur weiß von keinem einzigen geglückten Auszug in eine normale Mietwohnung. Lennox wäre der Erste gewesen.

Im Grunde hat er nur zwei Möglichkeiten, und Möglichkeit

zwei kann er mit niemand anderem besprechen als mit Börd. Damals hat er abgelehnt, Arthur zu helfen, aber das waren andere Voraussetzungen. Heute ist Börd ja alles los, was er damals hätte verlieren können, denkt Arthur. Und dass das schon etwas ändern kann.

Unter den ausgeworfenen Ergebnissen findet Arthur eine Wohnungsanzeige, die vielversprechend klingt. Ohne Hinweis auf einen Zahlungsfähigkeitspass. Er liest die Anzeige zwei- oder dreimal, weil sie so sonderbar formuliert ist. Hier steht: *Suche liebevollen Bewohner für renovierungsbedürftige Bleibe mit Herz,* und in der geöffneten Anzeige, ganz unten, ein Vermerk: *Nicht gerichtlich beeidigter Bürge höflichst gewünscht.* Fotos sind keine dabei. Die Wohnung ist im zweiundzwanzigsten Bezirk.

Nicht gerichtlich beeidigter Bürge gewünscht, liest Arthur noch einmal. *Nicht gerichtlich beeidigter Bürge,* das klingt doch schon mal nach was. Das klingt, als habe jemand, der keine Ahnung von gerichtlich beeidigten Bürgen hat, das von irgendwo abgeschrieben. Das klingt, als habe jemand Angst vor Behörden aber auch vor ausbleibenden Zahlungen. Gut klingt das in Arthurs Ohren. Und ein bisschen klingt es auch nach Börd und einem guten Grund, ihn anzurufen.

29

Donaustadt, Mai 2011

»Das ist draußen bei der Donauplatte«, sagt Börd mit heiserer Stimme ins Telefon, »ich kann dir zeigen, wo das ist.«

Als sie einander zwei Stunden später am Bahnsteig treffen, sieht Börd überraschend gut aus, und auf den ersten Blick merkt Arthur gar nicht, was anders ist. Erst als Börd aus der U-Bahn aussteigt, Arthur kräftig die Hand schüttelt, der sich wie immer wappnet, durch den heftigen Schulterklopfer nicht das Gleichgewicht zu verlieren, merkt er: Der Mantel ist weg. An seiner Stelle trägt Börd einen braun-grünen Strickpullover, darüber eine ärmellose Weste zu Jeans und Turnschuhen, die aussehen, als hätte er sie eine ganze Weile unten in einem Kleiderschrank geschont. Arthur mustert Börd. Der hebt die Arme und lässt sie fallen. »Tja«, sagt er, »dann wollen wir mal.«

Die Wohnung befindet sich in einem der Siebzigerjahrehochhäuser inmitten von neuen, glänzenden Glastürmen mit Büros und Firmensitzen und teuren Wohnungen. Die Siebzigerjahrebauten stehen auf einem Betonplateau, zu dem man einige Stufen hinaufsteigen muss. Das Haus, auf das sie jetzt zugehen, schaut mit ungefähr fünfhundert Minibalkonen auf die beiden herab.

Es ist früher Nachmittag, als Arthur und Börd über den Vorplatz gehen. Niemand steht auf einem der Balkone, die offenbar ganz unterschiedlich genutzt werden. Auffällig sind die vielen Katzennetze, und dass kaum jemand was auf echte Pflanzen hält. Bis sie den richtigen Namen auf dem Klingelschild entdeckt haben, dauert das schon eine Weile, aber schließlich klingelt Arthur zweimal kurz, und die beiden schauen einander erwartungsvoll an.

»Wer bin ich eigentlich«, fragt Börd, die Hände in den Hosentaschen, »dein Vater?«

Arthur nickt, Börd grinst.

»Das klingt wohl am ehesten nach Zahlungssicherheit.«

Sie lachen kurz, dann schauen sie wieder die kleinkarierte Milchglastür an. Nichts. Arthur klingelt noch mal, einmal kurz, dann lang.

»Zwölfter Stock, zweite links.« Eine Frauenstimme, dann das Summen, sie sind drin.

Der winzige Lift schleppt sich von Stockwerk zu Stockwerk. Arthur und Börd stehen einander gegenüber. Arthur merkt, dass er eine Zigarettenfahne noch immer nicht von einer Alkoholfahne unterscheiden kann, und das ist ihm auch ganz recht so. Es dauert, der zwölfte Stock ist der vorletzte unterm Dach.

»Ganz schön hoch«, sagt Arthur, aber Börd hat schon die Arme ausgebreitet und flattert in den Flur hinaus. »Bin mal gespannt auf die Aussicht«, ruft er, aber ein Gangfenster gibt es nicht.

Weiter vorne wirft die einzige geöffnete Tür einen schmalen Streifen Licht in den dunklen Flur. In der Tür steht eine sehr dünne Frau, die vermutlich jünger ist, als sie aussieht. Fahles, hellgraues Gesicht, Zigarette in der Hand, den einen Fuß in schmutzigen, flauschigen Socken auf dem Fußballen des anderen, die Hüfte geknickt, zieht sie an der Zigarette. So mustert sie die beiden.

»Lassen Sie die Schuhe ruhig an«, sagt sie ohne ein weiteres Grußwort, bleibt aber in der Tür stehen, ohne Platz zu machen.

»Es ist so«, sagt sie weiter, bevor sie nach einer Untertasse greift, die mit Briefmarken und Schrauben gefüllt ist, zwischen denen sie jetzt ihre Zigarette ausdrückt. »Es ist so, dass die Wohnung meiner Mutter vermietet werden muss.«

Arthur, der nun direkt vor ihr steht, und Börd, der gerade nach dem Zeitschaltlicht sucht, nicken.

»Ich muss die Wohnung vermieten, es bleibt mir nichts übrig, der werte Erzeuger meiner Kinder hat sich entschieden, keine Alimente zu zahlen.« Sie schaut die beiden erwartungsvoll an. »Wenn nichts reinkommt, stehen wir bald auf der Straße.«

Börd hat den Lichtschalter gefunden, wirklich heller wird es aber nicht. »Verstehe, das tut mir leid für Sie, so weit soll es nicht kommen. Dürften wir denn mal rein?«, fragt Börd.

Die Frau nickt, rührt sich aber nicht. Dann tritt sie einen Schritt beiseite, aber nicht hinein in die Wohnung, sondern in den Flur heraus, und streckt dort die Hand zu einer einladenden Geste aus: »Bitteschön.«

Jetzt sieht Arthur auch, weshalb die Frau selbst nicht hineingeht. Drinnen ist nämlich gar kein Platz. Direkt hinter der Vorzimmertür stapelt sich deckenhoch Papier. Zeitungen und Zeitschriften vom Boden bis zur Decke, links und rechts die Wand entlang. Nur ein schmaler Gang führt in das angrenzende Zimmer, schwer zu sagen, ob Küche oder Wohnzimmer. Arthur muss sich seitwärts drehen, um durchzukommen, Börd winkt gleich ab.

»Das ist nichts für mich«, sagt er. »Erstens der Bauch und zweitens mein Ohr. Wissen Sie«, wendet er sich an die Frau, die jetzt neben ihm im Flur steht, »ich hab es mit dem Ohr, und in engen Räumen ist es am schlimmsten.«

Sie nickt, als wüsste sie, was gemeint ist, und schaut dann

wieder ganz ruhig in die offene Wohnungstür, als würde Arthur sich dort schon allein zurechtfinden.

»Kommen Sie einfach wieder, wenn Sie alles gesehen haben«, ruft sie ihm nach, »hinten links ist das Bad.«

Aber von drinnen ist nichts mehr zu hören.

Arthur hat sich durch den Gang geschoben und steht jetzt in dem Zimmer, von dem es wahrscheinlich auf den Balkon hinausginge. Auch hier ist alles vollgestellt. Da, wo Arthur die Mitte des Raumes vermutet, steht ein Sofa, das einmal weinrot gewesen ist. Ein Röhrenfernseher steht auf der Sitzfläche, ein staubiges Riesending, es läuft ein Homeshoppingkanal. Auf dem Sofa liegt allerhand herum, mehrere randvolle Aschenbecher und wieder Zeitungsstapel.

Dazwischen liegt ein Säugling auf einer gelben Babydecke, vielleicht ein halbes Jahr alt, nur in Windeln, strampelt zwischen all dem Chaos mit den Beinchen und schaut Arthur an.

Auf dem Fernseher steht ein Jausenbrett mit einer grün angeschimmelten Rinde Brot darauf und etwas, das wahrscheinlich ein Stück Käse ist. Daneben liegt ein riesiges Fleischmesser, das im Gegensatz zu allem anderen hier unbenutzt und sauber wirkt. Arthur, der knapp vor dem Sofa steht, auf dem einzig freien Platz, versucht sich umzudrehen. Rund um das Sofa stapeln sich bis zur Zimmerdecke Tupperwaredosen in allen Farben, dazwischen hunderte, vielleicht tausende Plastiktüten, akribisch verschlossen mit diesen weißen, papierummantelten Drähten, die auch Maria für Gefrierbeutel benutzte. In einem der größeren Säcke glaubt Arthur, gestapelte Holzbilderrahmen zu erkennen, in einem anderen ein kopfgroßes Knäuel roter Rexgummis. Kein Zentimeter in diesem

Zimmer ist nicht voll. Über dem Sofa hängt ein Lampenschirm, von dem baumelt ein waldgrünes Duftbäumchen.

»Wie finden Sie es?«, ruft die Frau von draußen herein, und als Arthur nicht antwortet, in demselben, unbekümmerten Ton: »Ganz schön voll, nicht?«

Arthur sagt nichts. Er versucht zu erkennen, wo die Balkontür ist.

»Gibt es denn eine Kochgelegenheit?«

»Aber ja doch«, antwortet die Frau, »in der Küche!«

Arthur kann beim besten Willen nicht erkennen, wo es hier einmal einen Küchenzugang gegeben hat. Aber er kann jetzt nicht anfangen, diese Stapel aus Säcken und Papier zur Seite zu räumen. Außerdem: wohin?

»Und der Balkon ist so wie bei allen anderen?«

»Wie bei allen!«, ruft die Frau.

»Und Sie selbst«, sagt Arthur, als er es zur Eingangstür zurückgeschafft hat, »ziehen aus?«

»Ich wohn gar nicht hier«, sagt sie. »Das ist die Wohnung meiner Mutter.«

»Und Ihre Mutter?« Jetzt sagt Börd auch mal was.

»Ist im Altenheim. Ging nicht mehr.« Die Frau trägt am Handgelenk ein Haargummi aus rosa Blümchen.

»Und Sie selbst wohnen ...«

»Bei meinem Mann.« Arthur und Börd wechseln einen Blick. Sie lacht, wieder unbekümmert. »Ein anderer Mann«, sagt sie, leiser jetzt, und schaut auf ihre Socken. »Ich hab ja auch zwei Große. Ich komm hier nicht so einfach mal zum Aufräumen, mit den Kindern. Ich bräuchte da schon jemand Verlässlichen, also einen ... der das auch macht.«

»Ist das Ihr Kind?«, fragt Arthur.

»Welches Kind?«, fragt Börd.

»Ja«, sagt die Frau, »das ist Wendy. Also«, sie verschränkt die Arme, als würde sie frösteln, »wollen Sie?«

Arthur schaut Börd an. Börd schüttelt mit geweiteten Augen fast unmerklich den Kopf.

»Wir wollen«, sagt Arthur.

Draußen auf der Terrasse vom Café Gabi in Kaisermühlen lassen sie sich Verlängerten und Melange servieren und atmen immer noch durch, als hätte sie die Wohnung gerade erst ausgespuckt. Börd braucht eine ganze Weile, bis er sich zu seinem Kaffee überhaupt eine anzünden will.

»Ob die überhaupt geschäftsfähig ist, kannst du aber nicht wissen.«

»Stimmt schon. Kann ich nicht.«

»Gut, dass ich selber nicht drinnen war, wegen dem Kindeswohl. Sowas müsste ich sofort melden. Normalerweise.«

»Normalerweise?«

»Na ja, ich bin ja nicht mehr im Dienst.«

»Ja«, nickt Arthur, in Gedanken noch bei der Wohnung. »Wir räumen das aus. Dafür gibt es die vereinbarte Mietminderung, und Kaution zahl ich auch keine.«

Börd nickt anerkennend und nippt an seinem Kaffee. Der ganze Mann nickt, mit dem Sessel auf dem Kies noch mit. »Hätt ich nie geglaubt, dass die das macht.«

»Dass die das macht«, sagt Arthur und nimmt sich auch eine. »Was soll die sonst machen? Das nimmt doch keiner, wie das ist. Kein Normaler nimmt sowas. Und die braucht dringend das Geld. Schlimm genug das alles.«

Arthur trinkt vorsichtig aus seiner Tasse, aber der Kaffee im Café Gabi erweist sich leider nicht als positive Überraschung. Mit zusammengekniffenen Augen schluckt er. »Sowas find ich nie wieder, so eine Gelegenheit«, sagt er dann ernst. »Das ist die erste Wohnung und gleich ein Volltreffer. Wenn ich das Grabner erzähl!«

»Erzähl bloß nichts von dem Kind. Die müssten wir eigentlich anzeigen.«

»Die können wir nicht anzeigen. Vielleicht kann man sich auch anders um das Kind kümmern. Indem man Miete zahlt.«

»Schon klar«, nuschelt Börd in seine Tasse hinein.

Beide sitzen eine ganze Weile einfach so da, die Sonne scheint, wenige Leute gehen mit Einkaufstaschen vorbei. Ein kleiner Junge fährt Skateboard und zeigt ihnen grimmig den Mittelfinger, als sie zu ihm hinschauen.

Ganz leicht nickt Arthur, einfach so, ohne dass er es will. Wenn diese Frau ihm wirklich den Vertrag unterschreibt und kommende Woche die Tür wieder aufmacht, hat er eine Wohnung. Über den Zustand muss man reden, da wird einiges zu tun sein, das geht nicht von jetzt auf gleich. Möglicherweise braucht es sogar einen LKW. Vielleicht geht das auch mit dem Ford Transit von der Wohngemeinschaft, wenn man vorher innen alles gut auslegt. Er kann ja mal mit Grabner reden.

»Was ist eigentlich mit dem Mantel passiert?«, fragt Arthur, der es fast vergessen hätte, so schnell hat er sich an den Anblick gewöhnt.

Börd winkt müde ab. »Den hab ich jetzt auch an, ohne ihn zu tragen«, grinst er. »Wer in einer Werkstatt wohnt und arbeitet, der braucht keinen Mantel mehr.« Er lacht hustend.

»Was das betrifft, wollte ich dich was fragen«, sagt Arthur vorsichtig. »Nämlich, ob wir, wenn es nicht anders geht, ob wir dann vielleicht was über die Autowerkstatt machen können?«

»Wie machen? Ein Praktikum?«

»Ein Praktikum, das schon stattgefunden hat?«

Börd mustert ihn von der Seite. Arthur wagt nicht, ihn anzusehen.

Börd schüttelt den Kopf. Er schnippt seine Zigarette in den Wind. »Sicher nicht«, sagt er dann.

Arthur springt auf.

»Sicher nicht! Sicher nicht! Toll! Großartig! Danke für die Hilfe. Du bist ja schuld, dass ich jetzt rein gar nichts hab vom letzten Jahr. Du allein bist schuld, und denkst nicht daran, mir was zu geben dafür. Nicht einmal jetzt, wo du nichts mehr zu verlieren hast!«

»Nichts mehr zu verlieren?«

Jetzt steht auch Börd auf, legt einen Zehner auf den Tisch und nimmt seinen Rucksack, aber da rennt Arthur schon davon.

»Wo willst du hin?«, schreit Börd ihm hinterher. »In die WG würd ich an deiner Stelle nicht fahren. Da sucht dich jemand!«

Aber Arthur tut, als hätte er das nicht gehört. Wer soll ihn schon suchen! Gegen ihn hat niemand was, im Gegensatz zu Börd. Er hat sich nichts zuschulden kommen lassen und kann hinrennen, wo immer er will.

»Nichts mehr zu verlieren«, murmelt Börd noch einmal, bevor er seine Zigaretten einsteckt und geht.

30

Innere Stadt, Mai 2011

Arthur ist schon fast in der WG, als der Anruf von Jolana kommt. Er macht sofort kehrt und ist in weniger als vierzig Minuten im Bristol.

Jolana tritt gleich zur Seite, damit er ins Zimmer kann. Der erste Blick: schlimm. Was sich während der letzten Tage abgezeichnet hat, diese Veränderung des Schädels unter der gespannten Haut, ist nun deutlich erkennbar. Die Augen sind eingefallen, die Augenhöhlen deutlich sichtbar. Die Lider halb geschlossen, darunter schaut sie, als sähe sie nichts. Er setzt sich zu ihr aufs Bett. Ihre Nägel sind gemacht, farblos lackiert und gefeilt. Sie trägt eine frische, schwarze Bluse, ihr feines Haar ist gekämmt. Sie hebt ganz leicht das Kinn, als würde es ihr das einfacher machen, ihn anzusehen. Aber sie schaut wieder nicht her. Sie hebt nur leicht den Zeigefinger, dessen Nagel nun gleich lang ist wie alle anderen. Sie zeigt auf nichts mehr und muss nach nichts mehr klopfen. Wenn das Stöhnen schlimmer wird, erhöhen Jolana oder Julinka die Dosis, und sie schläft ein. Nur jetzt hebt sie ihn fast unmerklich, diesen Finger, hebt ihn wie zum Gruß. Arthur streicht ihr mit der Hand über den Oberarm und erschrickt, wie papieren diese Haut ist. Da öffnet sie langsam den Mund und beginnt einen keuchenden Schnaufer, ein Einatmen, das lange nicht aufhört.

Arthur schaut von Grazetta zu Jolana, aber Jolana tut, als bemerke sie ihn nicht. Arthur weiß nicht, ob er überhört, dass auf das Einatmen kein Ausatmen folgt. Er wartet auf das Ausatmen, aber es kommt nicht. Er betrachtet ihr Gesicht, sieht aber keine Regung. Das Fahle in ihrem Gesicht ist jetzt einem wächsernen Gelb gewichen. Sie bewegt die Augen in die Richtung, in der er sitzt. Wieder der Finger.

»Möchten Sie was schreiben?«, fragt Jolana und legt ihr das Klemmbrett mit einem frischen, weißen Blatt in den Schoß. Sie stellt das Pflegebett leicht nach oben, damit sie aufrechter sitzt. »Mit dem Füller geht es am besten.« Jolana nimmt Grazettas Hand, krümmt Zeige- und Mittelfinger zu einer kleinen Grube, dann steckt sie den Füller hinein und legt die Hand mit dem Füller auf das Blatt.

Arthur hat gar nicht bemerkt, dass Grazetta ihn immer noch anschaut. Ohne etwas davon zu erkennen, hat er das Gefühl, dass irgendwo hinter diesem Gesicht noch das spöttische Grinsen liegt, das er von ihr kennt. Sie atmet aus. Ein röchelndes, langgezogenes Seufzen.

»Die meiste Zeit schläft sie«, sagt Jolana.

»Wie lang geht das mit der Atmung schon so?«, fragt Arthur.

»Seit ich Sie angerufen habe.«

Er nickt. Es sind lange Minuten, in denen Grazettas Finger den Füller nicht bewegen. »Du musst nichts schreiben«, sagt Arthur schließlich, »musst du nicht.«

Damit scheint er sie nun doch zu provozieren. Etwas, das nach Entschlossenheit aussieht, zeigt sich zwischen ihren Augen. Aber nichts geschieht.

Ziegel schreibt sie schließlich, wie mit einem Ruck, sodass Arthur erschrickt. Sie schaut ihn an.

»Der Ziegel«, sagt Arthur, »das Stück Stein, mit dem du verhindert hast, dass ich mich mit Ramon treffe.« Arthur nickt. »Der Ziegelstein, den du damals in der Handtasche hattest, wie andere eine Puderdose, den meinst du?« Und zu Jolana, die sich unter dem geöffneten Fenster einen Stuhl genommen hat und Wäsche zusammenlegt, sagt er: »Als ich entlassen worden bin, war sie es, die auf mich gewartet hat. Stand da und holte mich ab.«

Richtig, schreibt Grazetta, fast so, als wäre sie verstimmt darüber, dass ihr gerade keine Aufmerksamkeit geschenkt wird.

»Richtig«, liest Arthur laut und lacht. »Du meinst, es war richtig, dass du mir den Ziegel über den Schädel gezogen hast, als ich Ramon helfen wollte?«

Jetzt schaut sie ihn sehr kurz sehr direkt an. Das muss ein *Ja* sein.

»Ja?«

Ihr Gesicht bewegt sich nicht mehr. Dann schaut sie weg.

Zu Jolana sagt Arthur: »Ich dachte wirklich, mein Vater wollte mich nach all den Jahren sehen. Ich habe gar nicht kapiert, dass er sich etwas erwartet ... Ich habe nicht einmal erfahren, wohin er mich genau bestellt hätte. Oder woher er gekommen wäre zu diesem Treffen. Dank ihr. Gar nichts habe ich erfahren, weil ich nicht wie ausgemacht direkt vom Gefängnis in die Telefonzelle gegangen bin, um ihn anzurufen. Das hätte ein wichtiger Anruf sein können.«

Arthur lächelt, aber er meint es ernst. Es ist ein leises Lachen, ein aufgeräumtes, nichts tut ihm weh.

Dabei hat er gar nicht gemerkt, dass Grazetta ein weiteres Wort geschrieben hat.

»*Frühling*«, liest Arthur.

Jolana lächelt.

»Es ist Frühling«, sagt Arthur.

Zeit, schreibt Grazetta, dann atmet sie lange ein.

31

Meidling, Mai 2011

Arthurs Hilfe wird bei allem, was jetzt folgt, nicht gebraucht. Jolana ruft den Amtsarzt, der Amtsarzt stellt den Tod fest. Da ist Arthur schon nach Hause gefahren, weil Jolana die Totenwäsche macht und sie ankleidet. Die folgenden Tage erinnern Arthur zwar an den Zustand, in dem er damals von El Rocio nach Wien gekommen sein muss, und sind doch ganz anders. Er ist gefasst. Er schreibt Bewerbungen. Er hat es lange gewusst, und jetzt ist es geschehen. Arthur kommt bei der Urnenbeisetzung zu spät, weil er nicht wo stehen will, von wo er vielleicht nicht wegkann, falls ihm alles zu viel wird. Aber dann bleibt er doch bis zum Schluss stehen und schaut noch den Rücken der vielen Menschen nach, die gekommen sind.

Als Arthur in die Wohngemeinschaft zurückkommt und die Eingangstür hinter ihm zufällt, ruft Grabner ihn sofort ins Büro. Dann schaut er ihn lange an, ohne ein Wort zu sagen. Schweigeminutenmarathon unter Champions.

»Sie sehen traurig aus, mein Freund«, sagt Grabner.

Arthur nickt, erst jetzt steigen ihm die Tränen in die Augen.

»Es ist dann doch anders, als man zuvor glaubt.«

Grabner nickt. »Ich weiß.«

Was der Mensch nicht alles weiß! Da merkt Arthur wieder einmal, dass er überhaupt keine Ahnung von Grabners Leben hat. Wo er aufgewachsen ist. Wie seine Frau heißt. Ob er noch Eltern hat. Wahrscheinlich nicht. Wahrscheinlich steht auch er schon vorne in der Reihe.

»Ich hab da was für Sie«, sagt Grabner und schnauft, als fiele es ihm schwer, ihm diesen großen, braunen Umschlag aus seiner Schreibtischschublade auszuhändigen. Arthur erkennt die Schrift sofort. In Volksschullehrerinnenmanier hat Jolana fein säuberlich die Adresse der Wohngemeinschaft auf einen Adressaufkleber geschrieben. *Zu Handen Herrn Arthur Galleij*, steht da, *persönlich und vertraulich*. Dass man Briefe so beschriften muss, denkt Arthur. Dass nicht jeder das aufreißt, aus reiner Neugierde.

»Ist heute gekommen«, sagt Grabner. »Sieht aus, als könnte es wichtig sein.«

Arthur nickt. Er kann nicht erkennen, ob Grabner den Umschlag geöffnet und wieder zugeklebt hat und mehr weiß als er.

»Ich weiß nicht, was da drin ist«, sagt Arthur. »Vielleicht Briefe. Oder irgendwas mit meiner Mutter. Grazetta ist alles zuzutrauen.«

Schwer ist der Umschlag nicht. Arthur steht auf.

»Eine Sache noch«, druckst Grabner herum, »ich muss das leider fragen, organisatorische Gründe, wenn Sie verstehen. Da rücken welche nach ... Mitte Juni, bleibt es dabei?«

Arthur nickt.

»Das kriegen wir schon hin«, sagt Grabner, da steht Arthur schon in der Tür. »Falls wir über etwas reden müssen ...«, sagt er noch, »also, falls sich etwas ergeben sollte, worüber zu sprechen wäre ...«

Arthur drückt den Umschlag an die Brust.

»Ja?«

»Dann kommen Sie zu mir.«

Als Arthur am nächsten Tag bei Annette im Büro ist, um von dort aus den Grafikdesigner anzurufen, denkt er nicht mehr an das Kuvert. Das heißt, er denkt natürlich an das Kuvert, aber nicht in dem Sinne, dass er überlegt, wo er es am besten verstecken soll, sondern: dass dieser Umschlag ihm noch einmal den Arsch retten wird. Zum Beispiel, wenn sich der Grafikdesigner nie wieder meldet und so tut, als habe es das Gespräch zwischen ihnen niemals gegeben.

Die Mobilbox springt an. Annette schreibt Arthur einen Text auf ein Blatt Papier, den Arthur herunterliest.

»Ruft sowieso nicht zurück«, sagt er dann.

Was wird er jetzt anfangen? Annette anschreien? Das ist auch nur eine Frau, die ihre Arbeit macht. Für den Grafikdesigner kann sie nichts. Obwohl ein Schreianfall guttun würde, lässt er es. Er lässt es auch und vor allem, weil er an den Umschlag oben in seiner Sporttasche denkt.

In Salzburg, Stuttgart, München, Berlin war er, sogar Zürich ist dabei. Was ihm Grazetta (mit Jolanas Hilfe, anders scheint ihm das nicht möglich) in diesem Umschlag zusammengestellt hat, ist ein absolut einwandfreier und vollständiger Lebenslauf über die sechsundzwanzig Monate zwischen April 2008 und Juni 2010. Belegt mit knapp formulierten, dann wieder ausführlich ausgeschmückten Arbeitszeugnissen und Anwesenheitsbestätigungen von Bühnen quer durchs Land. Bühnenaufbau, Künstlerbetreuung, Regieassistenz, alles dabei. Belege über Zeitraum und Tätigkeit in kurzen, wohlwollenden Sätzen. Als Arthur den Umschlag auf seinem Bett sitzend geöffnet hat, schlug ihm das Herz bis zum Hals. Ein Blatt nach dem anderen sah er genau durch, bevor er es beiseitelegte. Ein Stapel, chronologisch geordnet, und überall stand etwas wie *alle ihm anvertrauten Aufgaben zu unserer vollsten Zu-*

friedenheit und so weiter. Darunter jeweils eine stattliche Unterschrift auf einem Stempel, nicht selten mit Füller. Alles im Original.

Als Arthur jetzt sein Zimmer betritt, denkt er zuerst an Grabner.

Für den Bruchteil einer Sekunde glaubt er wirklich, Grabner habe in einem Anfall von Misstrauen sein Zimmer durchsucht und hier alles durcheinandergeschmissen. Pullover, Kaugummipapiere, ein Bilderrahmen, den Arthur einmal geschenkt bekommen und nie befüllt hat, der ausgetrocknete Deoroller ohne Kappe aus seiner Sporttasche, Kugelschreiber, Bleistift, Ladekabel: alles zusammen anscheinend nicht das, was hier jemand gesucht hat. Arthur stürzt auf das Bett zu, unter das die offene Sporttasche wieder zurückgeschoben worden ist. Der Umschlag ist weg. Er knallt die Tür hinter sich zu und rennt hinunter zu Annette, die gerade telefoniert. Als sie Arthurs Gesicht sieht, sagt sie in den Hörer, dass sie auflegen muss.

»Grabner hat mir mein Erbe geklaut«, keucht Arthur.

Sie schaut ihn irritiert an: »Grabner ist heute nicht da.«

»Doch, er ist es, oben in meinem Zimmer hat er den Umschlag geklaut.«

»Grabner ist in Hamburg.«

»Eben war er noch oben.«

»Haben Sie das gesehen?«

»Nein. Aber oben ist alles durchwühlt, und nur Grabner hat von dem Umschlag gewusst.«

Annette ist aufgestanden, hat ihre Strickjacke übergezogen, nimmt das Schnurlostelefon aus der Ladestation und sperrt das Büro ab.

»Bleiben Sie hinter mir«, sagt sie zu Arthur, als sie die Treppe hinauflaufen. Dann steht sie in seiner Tür und drückt eine Nummer in die Tastatur.

»Rufen Sie ihn an!«, sagt Arthur und zeigt auf die leere Sporttasche.

»Ich rufe die Polizei«, sagt Annette.

32

St. Pölten, Juni 2011

»Eine letzte Sitzung?«, fragt Börd Arthur, als er ihn endlich am Telefon hat. »Dann schließen wir das Ganze ab. Wir machen aber, was *ich* will.« War das jemals anders?

»Meinetwegen«, sagt Arthur versöhnlich, »ist gut.«

Er denkt: Jetzt brauche ich dich nicht mehr. Ich habe Zeugnisse, und ich habe sie inzwischen auch wieder nicht mehr. Ein weiteres zu organisieren wäre schwachsinnig. Diese Zeugnisse bringen kein Glück, das hat man ja gesehen. Außerdem hat Arthur heute so ein Gefühl, dass der Grafikdesigner sich melden könnte, bis ihm einfällt, dass Samstag ist. Aber Montag, denkt er, am Montag meldet er sich und lädt mich ein, und dann brauche ich weder das eine noch die anderen Zeugnisse. Dann kann Lennox den Umschlag auch in die Donau schmeißen oder ins Klo runterspülen, Arthur wird es nicht mehr kümmern. Die erste Miete kann Arthur vom Lohn aus dem Gefängnis bezahlen. Wenn Grabner ihm die Kaution für den Schlüssel zurückgibt, bringt er die 640 Euro zusammen, und wieso sollte er das nicht tun?

»Holst du mich in der Wohnung ab?«, fragt Arthur. »Dann kann ich dir zeigen, was wir in der Zwischenzeit gemacht haben.«

Während der letzten Tage sind Grabner und Arthur so oft zum Recyclinghof gefahren, dass sie sich die Mediation sparen hätten können, bei der Arthur Grabner um Entschuldigung bat, weil er ihn zu Unrecht beschuldigt hat. Das hätten sie auch so hingekriegt, von Fahrer- zu Beifahrersitz, Wurstsemmeln essend und Cola trinkend, aber dank der Mediation gibt es zur Versöhnung auch ein Protokoll.

Börd möchte die Wohnung nicht sehen. »Die zeigst du mir hinterher. Wenn wir zurückkommen, zeigst du mir alles. Es ist wichtig, dass wir früh losfahren.«

»Weil es ein Naturschauspiel ist?«

»Nicht direkt«, antwortet Börd, »Montagmorgen am Hauptbahnhof, Treffpunkt 6 Uhr 30.«

Arthur will noch etwas fragen, aber da hat Börd schon aufgelegt.

Im Zug ist Arthur so müde, dass er kaum die Augen offen halten kann. Er und Börd fahren aus Wien hinaus, aber der Zug ist trotzdem gut gefüllt. Börd scheint die Stille ganz recht zu sein, er schaut die meiste Zeit entschlossen aus dem Fenster.

»Hier steigen wir aus«, sagt er schließlich. Er streicht seine Hose glatt und nimmt seinen Rucksack von der Ablage.

Arthur schaut sich um. Ist er eingeschlafen? »Das ist St. Pölten! Ich dachte, wir fahren weit.«

»Das *ist* weit! Du hast geschlafen.«

Arthur springt auf und sucht seine Sachen zusammen, ein paar Sekunden später stehen sie am Bahnsteig. Nur weil er noch nie in St. Pölten war, braucht er sich jetzt nicht zu wundern, was all diese Menschen in St. Pölten wollen, die mit ihnen ausgestiegen sind.

»Wir suchen jetzt die Autovermietung Riedelsberger«, sagt Börd und bedeutet Arthur, hinter ihm herzugehen. »Ich habe extra kein Auto vom Flughafen Wien gebucht. Mit einem slowakischen Kennzeichen machen wir uns hier womöglich noch verdächtig.«

Arthur spart sich die Nachfrage, man kann nie wissen, was dieser Mensch ernst meint. Er geht einfach neben Börd her, durch die Unterführung und aus dem Bahnhofsgebäude hinaus. Sie sprechen kaum, und Arthur ist das ganz recht. Es gibt immer noch die Möglichkeit, Börd alles zu erzählen. Vielleicht hat er eine Idee, wie Arthur an seinen Umschlag kommt. Es ist nicht auszuschließen, dass Lennox sich wieder bei ihm gemeldet hat. Bei passender Gelegenheit wird Arthur versuchen, etwas aus ihm herauszubekommen.

Als sie schließlich ihre Rucksäcke auf der Rückbank des gemieteten Skoda verstaut und Platz genommen haben, Arthur am Beifahrer-, Börd am Fahrersitz, tippt Börd eine Adresse in das Navigationssystem.

»Hast du die Farbe ausgesucht?«, möchte Arthur wissen.

»Was hast du gegen Grau?«

»Gar nichts. Grau ist toll.«

Dann fährt Börd los. Von der Bahnhofsgegend kommen sie schnell in eine Einfamilienhausthujenheckenidylle.

»Ich war noch nie in St. Pölten«, sagt Arthur, aber Börd kommentiert das nicht und fährt, als müsste er sich auf das bisschen Verkehr übermäßig konzentrieren.

Nicht einmal zehn Minuten später biegt er plötzlich in eine Seitenstraße ab und parkt schräg gegenüber eines lindgrünen Hauses mit sehr breiter Zufahrt, einem Gartenzaun und einem offensichtlich neu errichteten Carport, der im Vergleich zum Haus eindeutig zu groß wirkt. Vor dem Haus steht ein weißer VW Polo.

»Hier sind wir«, sagt Börd, stellt den Motor ab, legt die Hände in den Schoß und schaut die Zufahrt hinauf.

»Und jetzt?«, fragt Arthur nach ein paar Sekunden.

»Jetzt warten wir.«

Rund um das Haus rührt sich nichts, kaum einmal fährt ein Auto an ihnen vorbei.

»Und?«, sagt Börd laut in die Stille hinein, als hätte er sich einen Ruck gegeben. »Wie geht es dir damit?«

»Grazetta, meinst du? Es geht.«

»Kommen Erinnerungen auf, was? Denkst wahrscheinlich an Milla. Der eine Tod, der andere Tod …«

»Nein«, sagt Arthur zu schnell und zu laut und dann noch einmal leiser: »Nein.«

Es beginnt zu nieseln. Arthur schaut ebenfalls die Auffahrt hinauf.

»Hier ist es echt grün«, sagt er und zeigt auf die Bäume zwischen den Häusern, »und das so nahe an Wien.«

Börd schaut ihn etwas ungläubig an, macht aber dann den Mund wieder zu und konzentriert sich weiterhin auf die Auffahrt.

So sitzen sie noch eine ganze Weile. Dann geht die Haustür auf, und eine dunkelblonde Frau kommt heraus. Oben am Kopf hat sie die Haare zu einem Knoten zusammengebunden. Sie trägt eine schwarze Jogginghose und eine weiße Jacke, an einem Arm hat sie eine Babyschale untergehakt.

»Wer ist das?«, fragt Arthur, aber Börd schweigt.

Die Frau scheint den Skoda nicht zu bemerken. Sie stellt die Babyschale ab, um die Haustür zweimal zu versperren. Dann trägt sie sie die Stufen hinab zu dem weißen Polo, öffnet hinten eine Tür und schnallt die Babyschale auf dem Rücksitz an. Das Kind beginnt zu schreien, aber die Frau reagiert nicht darauf. Sie scheint sich zu beeilen, setzt sich hinters Lenkrad, startet und fährt die Straße hinunter, vorbei an Arthur und Börd. Blinkt und ist nicht mehr zu sehen.

»Geht uns diese Frau etwas an?«, fragt Arthur. »Oder beobachten wir einfach nur Fremde? Fremde zu beobachten ist nämlich, glaube ich, nicht erlaubt.«

»Ha«, ruft Börd, »erlaubt, was?«

Da geht die Haustür ein zweites Mal auf, und Klaus schließt sie hinter sich. Ein erwachsen gewordener Klaus in Jeans und einer leichten, hellgrauen Jacke. Spannt jetzt mit Blick zum Himmel einen dunkelblauen Schirm auf und geht auf das Gartentor zu. Ohne sich umzuschauen, lässt er es hinter sich ins Schloss fallen und eilt, nur einen Meter an Arthur vorbei, die Straße hinunter.

»Das ist Klaus«, sagt Arthur. »Wo geht er hin?«

Das fällt ihm ein, wenn er den Bruder nach Jahren das erste Mal wieder sieht?

»Er arbeitet in der Nähe. Versicherungsbüro.«

»Ist das *sein* Haus?«

»Hier wohnt er. War nicht schwer herauszufinden. Hättest du auch selber machen können.«

Arthur nickt. Ja, aber ich habe mich nicht getraut. Das hat er nicht laut gesagt.

»So ist das also«, sagt Börd, öffnet die Autotür und verschränkt die Arme vor der Brust, was auf dem Fahrersitz nicht ganz leicht ist. »Hier ist er und wohnt nur zwanzig Kilometer entfernt von dir. Weißt du, Arthur …« Jetzt steigt Börd aus, stützt sich mit einer Hand am Autodach ab und spricht geduckt herein zu ihm: »Nimm dir meinen Rucksack. Da drin sind ein Kugelschreiber und ein Blatt Papier. Du gehst jetzt da rein, stellst dich unter das Vordach und schreibst deinem Bruder. Du schreibst ihm, dass du in Wien bist. Du schreibst ihm, dass du ihn sehen möchtest, und du schreibst ihm deine Adresse und Telefonnummer auf. Bevor du das nicht getan hast, fahren wir nicht zurück.«

33

Donaustadt, Juni 2011

Die Rückfahrt verläuft schweigend. Börd schaut aus dem Fenster, Regen schlägt dagegen. Jemand am Nebenvierer sagt, das sei vielleicht ein Sommer. Börd hat sein Handy auf lautlos gestellt, in seinem Rucksack summt bereits der dritte Anruf.

»Jemand möchte dich erreichen«, sagt Arthur.

»Das möchten viele«, sagt Börd.

»Vielleicht ist es wichtig«, sagt Arthur.

»Davon kannst du ausgehen«, sagt Börd.

»Hat Lennox sich bei dir gemeldet?«

»Wer?«

Wer. »Also nein?«

»Ich wüsste nicht, wieso.«

Vielen Dank! Ignorier den Kerl! Ignorier ihn einfach, weil das so nichts bringt. Außerdem lenkt es bloß ab. Es lenkt ab von diesem Gefühl, mit dem Arthur von diesem Haus weggegangen ist, sich ins Auto gesetzt hat und später in den Zug gestiegen ist. Von dem Gefühl, dass jetzt etwas in Gang kommt, das nicht mehr aufzuhalten ist.

Arthurs Gesicht glüht noch immer. Er denkt: schön eigentlich. Immer wieder geschieht etwas, und der Mensch macht weiter. Geht los und kauft frische Milch. Vielleicht wird Arthur seinen Kaffee nun doch wieder mit Milch trinken. In diesem Leben wird kein Superheld mehr aus ihm. Er mag Milchkaffee, er ist nicht besser, als er ist. Und dennoch sieht es gerade ganz danach aus, als hätte sich alles gelohnt. *Machsbesservielleicht*, war das Letzte, was Arthur damals zu Klaus gesagt hat, und Klaus hat es besser gemacht.

Arthur hat heiße Ohren vor Stolz auf den Bruder und vor Schmerz, wie wenig dieser ihn angeht. Der kennt dich gar nicht mehr! Natürlich kennt er dich, er ist dein Bruder. Immerhin besteht eine Blutsverwandtschaft und ihr habt *Rocky* 1 bis 5 geschaut. Klaus hat ein Kind. Ein richtiges Kind aus Fleisch und Blut, und Arthur weiß nicht einmal, wo er stehen soll, wenn der Zug hält. Klaus hat immer den Weg gekannt, und man sieht ja, wo er jetzt ist.

Arthur hat unter dem Vordach mehr auf diesen Notizzettel geschrieben, als Börd ihm aufgetragen hat, vielleicht sogar zu viel. Jetzt denkt er, er hätte das eine oder andere lieber nicht schreiben sollen.

Dass es ihm leidtut. Dass er *nicht so unbedingt ideale Jahre* hatte, und Klaus einmal bei passender Gelegenheit alles erzählen könne. Vielleicht hätte er nicht schreiben sollen, dass er Hilfe braucht. Wie das klingt! Hat er das wirklich geschrieben? Das kann eigentlich nicht sein. *Ich brauche Hilfe,* so hat er das nicht ausgedrückt. *Jetzt ist es leider so, dass ich …*, möglich. Oder: *Ich kann es nicht anders sagen, aber …*, vielleicht so. Vielleicht aber auch nicht, er weiß es nicht mehr. Er kann nur hoffen, dass es nicht stimmt.

Als Arthur und Börd an der Haltestelle vor Arthurs Wohnung aussteigen und durch die Unterführung auf die Hochhäuser zugehen, schüttet es.

»Das ist vielleicht ein Sommer«, wiederholt Börd, aber Arthur zieht sich einfach die Jacke über den Kopf, läuft auf das Haus zu und merkt schon von weitem, dass die Tür weit offen steht. Drinnen ist es stockdunkel, der Fliesenboden nass, im untersten Stockwerk ist die Lampe ausgebrannt. Am Lift hat jemand einen Zettel mit Tixo angebracht: *Kaputt*.

»Kaputt«, sagt Börd, »ich glaube, wir verschieben das mit dem Besuch.«

In diesem Augenblick hören sie von sehr weit oben die schrille Stimme der Vermieterin. »Ist die immer noch da?«, fragt Börd.

»Eigentlich nicht«, sagt Arthur.

Sie gehen los.

Börd keucht. Dritter, vierter Stock, das geht ja noch, aber wann ist er zuletzt irgendwo noch weiter raufgestiegen? Und das mit einem Rucksack hinten drauf. Arthur macht keine Pause, hechtet nach oben und braucht gar nicht bis in den zwölften Stock zu laufen, um zu hören, dass es Betty ist, mit der die Vermieterin streitet. Wendy brüllt wie am Spieß.

»Ich sollte das nicht machen«, keucht Börd und muss sich am Geländer festhalten. »Ich bin eigentlich außer Dienst.«

Aber Arthur beachtet ihn gar nicht mehr, lässt ihn zurück, rennt einfach weiter. Wieder so jemand, der noch Zugang hat, ärgert er sich. Er hätte der Vermieterin längst die Schlüssel abnehmen sollen. Wieso denkt er an so etwas nicht, nach allem, was jetzt schon passiert ist? Und gibt es normalerweise nicht so etwas wie eine komplette Übergabe, sobald man unterschrieben hat? Und wieso wird er dann nicht stutzig, wenn er nur einen Schlüssel kriegt? Das ist doch nicht normal, es gibt immer zwei Schlüssel, sowas muss man doch wissen! Er hätte es wissen können, bei dieser Vermieterin wäre ein wenig Vorsicht schon angebracht gewesen. Womöglich zieht sie jetzt bei ihm ein, mit dem schreienden Kind. Endlich kommt Arthur oben bei Betty an. Aber so hat er sie noch nie gesehen. Wie fremd sie in diesem Haus ist! Betty war noch nie auf der Donauplatte, schon gar nicht in so einem Haus, und jetzt, wo sie hier ist, weiß sie auch, warum.

»Er ist verrückt geworden!«, schreit Betty Arthur entgegen.

Er?

»Er ist nicht gefährlich«, will Arthur beschwichtigen und dreht sich nach Börd um. »Er braucht nur länger.«

»Nicht *er*«, Betty packt Arthur an den Armen, »Lennox!«

Sie deutet mit dem Kinn Richtung Wohnung. Die Vermieterin mit der brüllenden Wendy am Arm steigt in ihren Plüschsocken von einem Fuß auf den anderen und kichert leise.

Arthur schaut zur geöffneten Wohnungstür hinein. »Ist er da drin?«

»Er ist auf dem Balkon. Er wartet auf dich. Ich weiß nicht, woher er deine Adresse hat!«

»Aus meinem Zimmer«, sagt Arthur und geht an ihr vorbei in die Wohnung. »Wenn Börd kommt, schick ihn bitte zu uns.«

Lennox steht auf dem Balkon, auf einem vor Feuchtigkeit aufgedunsenen Stehtisch, den Grabner und Arthur nur deswegen nicht weggebracht haben, weil Grabner meinte: »Für die Raucher.« Dabei kennt Arthur überhaupt keine Raucher, oder zumindest keine, die er auch zu sich einladen würde. Lennox hält Arthurs Umschlag in die Höhe. Er schaut irr, trägt ein weißes Nike-T-Shirt, kurze Hosen und Turnschuhe ohne Socken. Er hat abgenommen.

»Was soll das werden?«, sagt Arthur ruhig. »Komm da runter! Wenn der umkippt, dann fällst du.«

Das Geländer auf dem winzigen Balkon ist niedriger als der Tisch.

»Er hat mich ins Messer laufen lassen«, jammert Lennox mit einem Zittern in der Stimme. »Die hätten mich umgebracht, und dem wär es egal gewesen.«

»Ich weiß nicht, wovon du sprichst«, schreit Betty, die Arthur bis an die Tür gefolgt ist, heraus.

»Mir nicht geholfen, mich einfach ins Messer laufen lassen.«

Heult er jetzt? Heulen oder Lachen, es könnte beides sein.

Lennox öffnet den Umschlag, nimmt das erste Blatt heraus, schaut Arthur geradewegs ins Gesicht und lässt es über die Brüstung hinaussegeln.

Arthur steht in der offenen Balkontür, zieht die Nase hoch und schaut ihm reglos zu.

»Was bist du nur für ein Idiot«, sagt er. »Musst dich jetzt auch noch rächen.« Arthur spürt Bettys Atem hinter sich.

»Ssssch«, sagt Betty, »sei jetzt still.«

»Er ist ein Vollidiot«, schüttelt Arthur den Kopf, »schau ihn dir doch an.«

»Sei jetzt still«, sagt Betty streng.

Lennox nimmt ein Blatt nach dem anderen aus dem Kuvert und schmeißt es in die Luft. Er kommt ins Schwanken. Betty stürzt an Arthur vorbei, auf ihn zu, und packt ihn am Arm.

»Komm jetzt da runter, bevor noch was passiert.«

Aber Lennox reißt sich los und taumelt in die andere Richtung. Der Tisch schwankt. Wendy beginnt wieder zu brüllen.

Arthur steht jetzt ganz draußen. Unten haben sich ein paar Leute zusammengefunden und schauen herauf. Die Blätter segeln himmelwärts, bevor sie fallen. Langsam erst beschwert sie der Regen. Die Vermieterin schaut zum Fenster hinaus, als sähe sie gerade den ersten Schnee. Arthur, Betty und Lennox schauen vom Balkon aus zu, wie die Blätter hinabsegeln, als wären es Möwen. Unten saugen sich die ersten schon rund um die Schaulustigen am Boden fest.

Lennox nimmt jetzt immer drei oder vier und schmeißt sie

hinaus. Zuletzt zerreißt er den Umschlag und lässt auch ihn hinunterfallen. Dann blickt er ratlos in seine Hände, als sähe er sie zum ersten Mal.

In dem Moment, als er das Gesicht hebt, stürzt Börd auf den Balkon und schreit: »Runter mit dir!« und packt ihn zugleich am Shirt. Lennox geht in die Knie und rutscht vom Tisch. Börd schiebt ihn energisch durch die offene Balkontür. »So ein Blödsinn«, flucht er.

Lennox lässt sich drinnen auf den Boden sinken, vergräbt das Gesicht in den Händen. »Keine Polizei aber jetzt«, schluchzt er.

Betty und Börd schauen einander an.

Auf einmal weiß Arthur, was zu tun ist. Es ist wie ein Instinkt. Raus hier! Ohne ein Wort geht er durch sein Wohnzimmer, an ihnen allen vorbei.

»Arthur«, schreit Börd ihm hinterher, läuft ihm nach bis zur Wohnungstür, als Arthur schon am Treppenabsatz ist. »Du wirst eine Aussage machen müssen.«

»Du weißt ja, wo sie mich finden.«

»Wirst du hier sein?«, schreit Börd ihm hinterher.

Aber Arthur geht schon die Treppen hinab, nimmt die Hände aus den Hosentaschen und rennt. Elf, zehn, neun, acht, hinunter geht es schnell. Nicht einmal außer Atem ist er. Im fünften Stock probiert er einmal, ob das Licht geht, und siehe da, es funktioniert. Im Hellen rennt er weiter, auf einmal ist es erleichternd, so zu rennen. Es könnte mehr von diesen Stockwerken geben, er wäre auch zwanzig hinuntergerannt.

Es tut auch gar nicht so weh, als er draußen über seine Zeugnisse hinwegsteigt. So viel sieht er: Das wird man nicht mehr lesen können. Er beachtet sie nicht weiter, und jetzt rennt er auch nicht mehr. Es nieselt wieder leicht. Und Arthur überlegt, wo auf einmal dieses Gefühl herkommt, dass er weiß, wohin. Dabei weiß er nicht mal, welche U-Bahn er gleich nehmen wird.

Er bemerkt dabei fast nicht, wie sich die Autotür des weißen VW Polos öffnet. Gerade noch sieht er die blonde Frau, dass sie aussteigt und hinten die Babyschale abschnallt, sie herausnimmt und sich unter den Arm klemmt. Arthur bleibt stehen. Die Frau dreht sich um, und Arthur geht auf sie zu.

»Ich bin Ramona«, sagt sie, »ich habe deine Adresse aus dem Brief an Klaus.«

Arthur weiß nicht, was er tun soll. Er weiß nicht, was er fühlen soll. Das Kind ist viel wärmer angezogen als Wendy. Es schläft. Es trägt eine gelbe Haube und dicke, weiße Söckchen an den Füßen. Arthur schaut an Ramona vorbei auf die offene Autotür.

»Klaus kommt erst um halb sechs von der Arbeit. Ich dachte, wir könnten in der Zwischenzeit reden, und dann …«

Arthurs Herz rast. Wahrscheinlich starrt er sie an. Vielleicht hat sie Angst. Er will nicht so starren. Er sagt: »Und dann?«

»Bleibst du bei uns zum Essen oder so.«

Zum Essen. Er kann doch nicht einfach zum Essen bleiben. Was, wenn Klaus das nicht recht ist? Und er ihn rauswirft, wenn er heimkommt.

»Ich weiß, dass er sich freut«, sagt Ramona.

Jetzt starrt er schon wieder. Schluck doch mal, tu irgendwas!

»Soll ich das tragen?«, fragt er. Sie schaut ihn erstaunt an.

»Nein«, lächelt sie, »danke. Das ist Marvin.«

»Oh«, sagt Arthur.

Wie nah alles beieinanderliegt, was der Mensch auseinanderhalten soll. Arthur dreht sich um, aber auf der Plattform stehen keine Schaulustigen mehr, und die Polizei ist noch nicht da.

»Brauchst du noch was?«, fragt Ramona.

Er schüttelt den Kopf.

»Die schaffen das ohne mich«, sagt Arthur und setzt sich auf die Beifahrerseite. Ramona schnallt die Babyschale an. Arthur ist heiß. Zuerst wird er fragen, wann Marvin geboren ist. Dann fällt ihm schon was ein.

Bevor Ramona einsteigt, kommt sie außen um den Polo herum und schlägt seine Tür zu.

DANK

allen, die mit mir über Haft, Resozialisierung und Bewährungshilfe gesprochen haben, allen voran aber der realen Vorlage für die Hauptfigur dieses Romans für die geduldige und beständige Gesprächsbereitschaft und die Anteilnahme an der Entstehung und der Weiterentwicklung des Manuskripts.

Annemarie, Albert und Britta Birnbacher, Anna und Johann Thurner, Ella und Hans-Jörg Stöckl, Conny Lang und Peter Köllerer, Kristin Zoller, Anja Dvorzak, Marie Jordan, Amela Kahriman, Brigitte Kasnik, Daniel Wisser, Thomas Mulitzer, Carina Graf, Maresa Esca-Genböck, sowie Christina und Michael Obermeier. Hr. K. für die vielen Gespräche über Resozialisierung und die feine Freundschaft, die daraus entstanden ist.